UNA CITA EN EL INFIERNO

UNA CITA EN EL INFIERNO

GWENDA BOND

TITANIA

Argentina • Chile • Colombia • España
Estados Unidos • México • Perú • Uruguay

Título original: *The Date from Hell*
Editor original: St. Martin's Griffin, an imprint of St. Martin's Publishing Group
Traducción: Mónica Campos

1.ª edición Septiembre 2023

ISBN: 978-84-19131-31-7
E-ISBN: 978-84-19699-53-4
Depósito legal: B-13.022-2023

Fotocomposición: Ediciones Urano, S.A.U.

Impreso por: Romanyà-Valls – Verdaguer, 1 – 08786 Capellades (Barcelona)

Impreso en España – *Printed in Spain*

Para Bill, Gretchen, Yanni y la pandilla.
No dudaría en cruzar el Infierno por vosotros.

1

Callie

LA FORTALEZA GRIS, EL REINO DEL INFIERNO

Me pongo de puntillas y deslizo un libro que tiene un lomo grueso y negro con calaveras doradas (*Reglas del reino del Infierno*, Vol. 99) hasta el lugar que ocupa en la estantería. La vela del candelabro más cercano empieza a chisporrotear.

—Aquí es donde va —digo—. Entre el noventa y ocho y el cien.

Los espectros diabólicos que mantienen estos tomos ordenados son muy quisquillosos. Se produce otra llamarada como respuesta.

—De acuerdo —acepto—, si vosotros lo decís... Pero lo comprobaremos luego.

Soy rarita con los libros. Lo acepto. Estudié una inútil licenciatura en Historia por mi desmesurado interés en la investigación. El Apocalipsis del que salvé al mundo también tuvo su origen en mi amor por los libros, aunque de forma indirecta: compré por casualidad un grimorio auténtico para el negocio de *escape room* de mi familia, luego apareció una secta que quería robarlo, invoqué a Luke, príncipe del Infierno (y ahora mi novio), y se desató el caos.

De todos modos, siempre supe que algún día entraría en una biblioteca, la biblioteca *perfecta*, y que esta se convertiría al instante en mi lugar favorito en la Tierra. Todas las demás bibliotecas con las que habría coqueteado hasta entonces no serían más que un «precalentamiento».

La parte de la Tierra acabó no siendo cierta. Pero la parte del precalentamiento es más cierta de lo que nunca imaginé. La biblioteca del Infierno intentó volverme loca la primera vez que puse un pie en ella, pero tras unas semanas con libre acceso, es casi como… si estuviera en casa.

Me doy la vuelta y respiro. Una respiración de verdad; una inhalación profunda del aroma que desprenden los libros viejos. Las estanterías tienen una altura de trece pisos, hasta el fresco del techo abovedado donde Lucifer presenta un libro (o sea, el acceso al conocimiento) a una horda de ángeles caídos. La típica exageración de Lucifer. Esta biblioteca suele tener poco público.

Ahora mismo es toda mía, aunque Luke debería llegar en cualquier momento.

Y, claro, también está aquí la única persona a la que la biblioteca quiere de vuelta.

—¡Milady! —dice Porsoth cuando entra por el pasillo. Cuando estoy aquí me saluda con demasiada formalidad.

—Solo Callie. No soy ninguna dama. Bueno, más o menos lo soy, pero ya me entiendes.

—Lo sé —dice Porsoth—. Simplemente te tengo en gran estima.

Hace un mes, mantener una conversación con un demonio erudito con cara de lechuza y cuerpo de cerdo habría sido algo muy extraño. Hoy, hablamos sobre etiqueta.

—Somos amigos —replico—. Los amigos no necesitan decirse cosas elegantes.

Eso hace que Porsoth se gire sobre sus talones. Olvido lo sentimental que puede llegar a ser. Se detiene y se lleva al pecho un ala con una manita en el extremo.

—Amigos —repite—. ¡Oh, milad…! Callie. Somos amigos.

Veo en sus ojos un brillo sospechoso de lágrimas. Merece la pena tenerlo como amigo. Sobre todo cuando recuerdo lo aterrador que puede ser cuando utiliza su tono de voz más estridente:

—¡Agnes! ¡No te entretengas! Callie necesita ayuda con un libro.

Sé que intenta ser útil, pero Agnes odia que le den órdenes. Dado que es una de las almas perdidas del Infierno, una antigua humana, pasa mucho tiempo de mal humor.

Con el ceño fruncido, entra por la puerta vestida con túnica y botas. Su cara es pequeña y tiene forma de corazón. Lleva dos coletas rubias. Sigue siendo una niña de once años, al menos por fuera.

—Puedo hacerlo yo —digo, y saco el tomo número cien de la estantería.

Agnes se acerca y lo agarra también.

—Permíteme.

—No te preocupes.

Mantenemos un breve tira y afloja, durante el cual me siento como si tuviera once años. Ella provoca este efecto.

Agnes mira hacia abajo y ve de qué libro se trata. Lo suelta.

—¿Esta es mi última oportunidad? Buena suerte.

Tal vez me lo esté imaginando, pero en esas palabras percibo una emoción distinta al enfado. Además de sarcasmo, claro.

—Agnes, hablaba en serio. Voy a encontrar una solución. Lo que te ha pasado es injusto, y Porsoth dice que no estás sola ni mucho menos.

—La mayoría de la gente daría las gracias por una ayuda tan generosa —dice Porsoth a Agnes.

—Porsoth, no me haré ilusiones —dice Agnes con dramatismo—. Estoy condenada a quedarme aquí. El Infierno es para siempre. Tú me trajiste, así que deberías saberlo.

Porsoth ladea la cabeza.

—No tuve elección.

Cuando conocí a Agnes, tardé varios días en sonsacarle su historia. Agnes robó la Biblia ilustrada de la iglesia de su pueblo, lo que es uno de los pecados más graves. «¡Quería ver las ilustraciones! ¡Pero las niñas no lo teníamos permitido!», me dijo, desafiante, cuando me lo contó. Salió corriendo a la calle y fue atropellada por un carro de bueyes. Sí, por lo que sería el equivalente a un autobús en la Edad Media. En aquel momento tenía once años, edad suficiente para que la consideraran adulta, por lo que llegó al Infierno por medio de Porsoth. Cuando este dejó su trabajo de torturador y adoptó su actual apariencia, se la trajo al palacio como ayudante de biblioteca. Ella dice que sigue siendo tortura, pero con otro nombre. En resumen, hasta un demonio cree que ella no se merece el castigo eterno.

Y así nació mi idea de una segunda oportunidad para Agnes y otros como ella.

Porsoth dice que nunca conseguiré tirar adelante una nueva ley si no cuento con un precedente. Una situación en que se haya producido un cambio tan importante. Desde entonces, he estado revisando leyes y reglamentos para encontrar algo que pueda ayudarnos en nuestro caso.

Asumiendo que Lucifer nos escuche siquiera. Pero ya cruzaremos ese puente en llamas cuando llegue el momento.

Tengo la sensación de que estoy a punto de encontrar mi propósito en la vida. Además de salir con el soltero más codiciado del Infierno. Porsoth dice que tengo una nueva perspectiva de las cosas porque no pertenezco a este sistema. Y, últimamente, tengo la sensación de que Lucifer podría estar un poco complacido con que Luke esté algo más centrado en el más allá, y que incluso le impresiona que yo no tema (demasiado) al mismísimo diablo. Este ratón de biblioteca sin rumbo empieza a tener *planes*.

Me acomodo con el libro en un sillón de cuero de aspecto serio y respaldo recto, pero que resulta ser muy cómodo. Porsoth manda a Agnes a por té y vuelve con una bandeja para él solo. No me lo tomo de forma personal.

Me he acostumbrado a cómo son estos libros y soy capaz de hojearlos. No han sido escritos por un solo espectro, sino que están conectados a la voluntad de Lucifer, por lo que se actualizan de forma automática cada vez que él añade o (lo estoy deseando) elimina o cambia una regla fundamental. Hasta ahora el texto ha tenido múltiples añadidos. Voy por la mitad del libro cuando lanzo un suspiro y echo la cabeza hacia atrás en el sillón, frustrada.

Unas manos me tapan los ojos con delicadeza. Inhalo un aroma aún más sexi que el de los libros viejos. Luke. Con una sonrisa, deslizo los dedos por sus brazos y me quito la improvisada venda. Miro fijamente su bonito rostro, que está medio oculto por un despeinado mechón rubio. Sus ojos azules casi me hacen olvidar que tenemos gente alrededor.

Cada día que pasa está más guapo; es insultante.

«O es porque te has enamorado de él». Pero aún no nos lo hemos dicho. Ninguno de los dos.

—¿Cuánto tiempo llevas aquí? —le pregunto.

Una cariñosa sonrisa juguetea en sus labios.

—¿Viéndote leer? Un rato —responde. La sonrisa se vuelve perezosa, coqueta—. Es una de mis aficiones favoritas.

Lucho contra el rubor.

—¿Cómo lo has hecho para que Agnes no me avisara?

Nos miramos y ella levanta media magdalena desde la cocina.

—Soborno —dice con la boca llena.

—¿Entiendo que no has tenido suerte?

Luke asegura que me apoya al cien por cien, pero como mucho participa en la lectura de libros. Sospecho que esto de las almas y las redenciones le toca de cerca. El otro día me confesó que aún no está seguro de lo que significa tener alma a largo plazo. Diría que tiene sus dudas sobre que él pueda cambiar, de que su naturaleza demoníaca no le defina.

—Le dije que era una tontería —dice Agnes.

—Pero Callie no se rinde porque alguien se lo diga —replica Luke—. Es una de las primeras cosas que aprendí de ella.

¿Estaba a punto de decir algo más? Busco su mirada, pero su expresión vuelve a ser de una belleza contenida.

—Por suerte para *ti*... —le digo a Luke, y luego a la contrariada Agnes, que tiene glaseado de chocolate en la mejilla—: Y también lo será para ti.

Vuelvo a hojear mi libro. Las dos páginas siguientes contienen más reglas nuevas. Y luego...

Luego casi dejo de respirar, cuando paso otra página y veo un encabezamiento seguido de una larga lista. En ese momento decido que se trata de la palabra más bella de la lengua:

ENMIENDAS

Me tiembla el dedo mientras recorro la lista y confirmo que tengo razón. Una fecha seguida de la modificación de una regla existente: «1327, no consumir carne humana en la Tierra, propaga enfermedades», (época de la peste negra, ¡uf!); «1684, cambiar un lago de sangre por un lago de vómito para torturar a aquellos que son especialmente quisquillosos», (asqueroso); «1908, el castigo de las almas que hayan sido capturadas con menos de quince años será considerado caso por caso», (¡espera un segundo!).

—Porsoth —intento mantener una voz serena—, ¿cuándo te mudaste a la Fortaleza Gris con Agnes?

—¡Ah! Creo que en tu época habría sido a principios del siglo XX —dice, y se ajusta las gafas contra el pico.

—¿Podría haber sido en 1908?

—Sí, creo que sí. ¿Por qué?

—Se cambiaron las reglas para permitirlo. ¿Por qué no me lo dijiste?

Porsoth parpadea.

—No tenía ni idea.

¡Ajá! Porque soy la única que lee estos libros. Lucifer tuvo que permitir que Porsoth se saltara las reglas y, como siempre, no se molestó en decírselo a nadie.

Pienso en lo que esto significa. Ya se ha hecho una excepción con Agnes que afecta a otros niños. Recordar a los niños que hay en el Infierno (como Agnes, capturados durante la época en que eran considerados adultos o casi) acaba de convencerme de que esto es algo que *podemos* utilizar a nuestro favor. Porsoth dice que los condenados no pueden ser liberados así como así, pero yo replico que esta regla debería extenderse a todos los condenados cuyo caso pueda tratarse de forma personalizada. Todos los que podrían merecer una segunda oportunidad.

—Lo he encontrado —digo—. El precedente es Agnes.

Salto de la silla y Luke se mueve tan rápido que me atrapa entre sus brazos.

—¿Qué? Claro, quiero decir. Por supuesto que lo has encontrado. Sabía que lo conseguirías.

—Buen intento —digo, pero siento que estoy flotando. «Lo he encontrado».

—¿Yo? —El escepticismo de Agnes no me sorprende.

Aprieto a Luke contra mí.

—¡Sí! ¡Vamos a redimir a todos aquellos que podamos redimir! Porsoth, tú lo has hecho posible al traer aquí a Agnes. ¡Y ni siquiera lo sabías!

Porsoth se lleva una mano al pecho, asombrado.

Luke me hace girar y ambos reímos. Aunque me doy cuenta de que hay algo de nerviosismo en su risa.

—¿Qué pasa? —pregunto.

El giro se hace más lento.

—Todavía necesitamos que mi padre lo apruebe.

Tiene razón. Es demasiado pronto para celebrarlo, pero...

—No te preocupes —dice—. Tú quieres esto, así que conseguiré audiencia con él.

—Príncipe —dice Porsoth—, ten cuidado con prometer demasiado.

Luke levanta las cejas.

—No lo hago.

—Yo le creo —dice Agnes. ¿Por qué nunca recibo esta confianza por su parte? Porque adora a Luke, por eso.

Luke se inclina y me susurra al oído.

—Iré a ver a Rofocale ahora mismo.

—Podemos conseguirlo, ¿verdad? —lo pregunto bajito, solo para nosotros, no para los fisgones de nuestros amigos.

—Sí. Puedes conseguir cualquier cosa. —Frota su mejilla contra la mía, quizá para distraerme del hecho de que no haya dicho que *nosotros podamos*.

Tendré que demostrárselo. Estoy dispuesta a hacer todo el trabajo. El trabajo.

¡Oh, no! De repente me doy cuenta de que no debería haber estado aquí todo el día. Luke llegó tarde y me distrajo de redimir al inframundo (una parte de él) y...

—¿Alguien sabe qué hora es en casa? ¿En la Tierra?

—Las nueve en el reloj —dice Porsoth.

¡Mierda! Me dirijo a la puerta. Llego una hora tarde a La Gran Evasión. Tengo que ayudar a mi madre a preparar un juego para la ciudad que durará todo el fin de semana (nuestra primera aventura fuera del espacio físico de la tienda) y que tendrá como tema «El Bien contra el Mal». Una forma de rentabilizar el Apocalipsis, que la mayoría de la gente cree que fue una alucinación colectiva. Espero que ella lo entienda.

—Mantenme informada —le digo—. Tú te encargas.

—Debería verte antes en casa —dice Luke.

Con el pañuelo de Luke puedo moverme libremente entre el Infierno y la Tierra, a través de una entrada que hay detrás de la tienda. Es una solución un tanto extraña, pero que no parece tener efectos secundarios para mí.

—No, tú usa tu encanto. Y, si eso no funciona, juega la carta del príncipe heredero. Nos vemos luego.

No puedo evitar que se me note la emoción. Aprieto los labios contra los suyos (deseando tener más tiempo y asombrada de poder besarlo simplemente porque me apetece) y luego me voy.

Estamos cerca. Podríamos conseguirlo. Cambiar el Infierno para siempre.

2
Luke

En cuanto Callie se va, Porsoth chasquea la lengua en el pico, preocupado.

—Sé que me mirarás de ese modo hasta que te escuche, así que adelante. —Le hago un gesto para que empiece a hablar—. ¿Qué te preocupa tanto? Creía que animabas a Callie a seguir adelante.

Mi tutor se levanta.

—Sin duda, estoy fascinado por lo que Callie ha conseguido. Lo que ha aprendido sobre nuestro reino en tan poco tiempo y sus nuevas ideas resultan impresionantes...

No necesita recordármelo. Admiro los esfuerzos de Callie más de lo que puedo expresar. Pero debo admitir que me habría gustado tener más tiempo para conocernos el uno al otro.

—¿Cuál es el «pero»?

—Pero tu padre puede ser, como ya sabes... —Porsoth cruza el suelo de mármol oscuro de la biblioteca—. Me temo que es pronto para pedir audiencia, y puede incitarle a conspirar contra ti. Contra vosotros dos. Ya sabes lo que piensa de la lealtad. —Baja la voz—. Ella hace peligrar la tuya hacia él.

La insinuación de que le tengo alguna lealtad a mi padre, cuando estuvo a punto de desintegrarme hace unas semanas por no estar a la altura de sus bajos estándares, resulta divertido.

—Puede que ya esté conspirando contra nosotros.

Porsoth se balancea de un lado a otro.

—Lo está haciendo, ¿verdad? —Claro. ¿Cómo no se me había ocurrido antes?—. Tal vez lo despistemos, lo distraigamos.

Porsoth murmura algo y examina una estantería como si fuera lo más interesante del universo.

Con mis sentidos aumentados, creo entenderlo, pero quiero que lo repita.

—Habla más alto.

—Él ya lo sabe. En términos generales.

Trato de entenderlo.

—¿Cómo?

—De vez en cuando Rofocale y yo tomamos el té. Le dije que fuera discreto, pero me temo que...

—¿Esperabas que Rofocale fuera discreto y luego me das un sermón sobre lo que mi padre es capaz de hacer? —Rofocale es mi tutor, al menos en teoría. Y es el segundo al mando de mi padre—. ¡Vaya! Parece que el alumno ha superado al maestro entendiendo qué está pasando.

—Tan solo me preocupo, Príncipe.

Agnes tiene los brazos cruzados. Ha estado mirándonos en silencio mientras hablábamos.

—¿Lo he oído bien? ¿Estáis discutiendo si vale la pena enfadar al diablo por mi única oportunidad de ser libre?

A diferencia de la mayoría de los habitantes del Infierno, que evitarían a toda costa enfadar a mi padre, Agnes está molesta.

—Es política, querida. —Porsoth agita las manos—. Sabes que nos importas.

—No me interesa la política —replico.

Agnes resopla.

—¿Qué?

—Eres un príncipe. Tú *eres* la política. —Se queda boquiabierta al instante, como si quisiera retirar sus palabras. Entonces añade—: Me he precipitado.

—No vas a buscarte un problema conmigo por eso... —Miro a Porsoth—. O con él. —¿Cómo no voy a intentarlo cuando Callie ha investigado en los archivos con tanto entusiasmo, cuando Agnes podría volver a la Tierra?

—Tengo miedo por ti —dice Porsoth—. Por todos nosotros.

Me temo que tiene razón. Como también que puedo perder a Callie cuando se dé cuenta de quién soy realmente (con alma o sin ella) y comprenda la auténtica naturaleza de este lugar...

—Deberías luchar contra esa sensación —le digo—. Así que enfréntate al miedo. O no lo hagas. Este es nuestro proyecto.

—¿Lo es? —Agnes lanza la pregunta como una daga—. ¿O es *tu* proyecto?

—Esa diferencia no importa ahora. Haré lo que le prometí. *Tendremos* audiencia con mi padre.

Pero tampoco soy tonto. Antes de llamar a Rofocale, le envío un mensaje urgente a mi madre con un demonio mensajero. Luego, me retiro a mis aposentos hasta que ella llegue.

* * *

Mi madre entra en mis aposentos media hora más tarde, lo que significa que está interesada. De lo contrario, se habría tomado su tiempo, como es habitual en ella.

Sus faldas de color negro se arremolinan a su alrededor, su pelo es una rebelde maraña y su cara una obra maestra gótica.

—¿Es verdad? ¿Estás preparado para discutir esa idea con tu padre?

—Sí, pero sabes que necesitaré tu ayuda. Rofocale necesitará convencerlo incluso de pedírselo.

Mi madre sonríe.

—Deja que yo me ocupe de él.

No le digo que esa es, precisamente, la razón por la que le he pedido venir.

—Me impresiona que Callie haya llegado tan lejos. ¿Crees que puede funcionar? —pregunta mi madre. Ella siempre tiene sus propias opiniones, así que solo intenta averiguar qué pienso yo. Mis padres son agotadores.

Callie y Lilith han desarrollado a regañadientes algo parecido a una admiración mutua. Sospecho que la razón es que Callie me salvó la vida. Puede que mi madre no sea muy sentimental, pero le gusto (bueno, me quiere a su manera) lo suficiente como para alegrarse de que siga existiendo.

—Mi padre es demasiado inestable para saber su opinión. Y me temo que ella no se da cuenta de que es muy improbable que él transija con sus ideas.

Mi madre aprieta los labios.

—No. Preguntaba por el concepto en sí mismo. ¿Crees que esas personas podrían demostrar que merecen la redención, si se les diera la oportunidad?

—Callie cree que sí.

—¿Y tú? ¿Quieres hacer esto?

—Sí. —O, al menos, espero poder hacerlo. Si una segunda oportunidad es posible, si los humanos pueden mejorar, evitar sus errores del pasado, quizá yo también pueda. Tal vez pueda tener la vida que yo elija.

—Vámonos entonces —dice mi madre con una sonrisa voraz.

Nos tomamos del brazo y nos dirigimos al despacho de Rofocale, en el ala de trabajo de la Fortaleza Gris. Si no está junto a mi padre, aquí es donde se le puede encontrar, trabajando duro en la sobrecalentada sala de piedra. Mientras que resulta fascinante observar a Callie mientras trabaja por la pasión que desprende, el mal humor de Rofocale hace que observarlo sea una tortura en sí misma.

Tiene la piel grisácea y escamosa, lleva uno de sus llamativos trajes a medida y con un bolígrafo de hueso escribe en el libro de contabilidad encuadernado en piel que tiene sobre su enorme escritorio de madera. Me ve primero y el gesto de desagrado que se dibuja en su rostro resulta delicioso. Este se acentúa cuando descubre que mi madre está conmigo.

—¡Lilith! —dice Rofocale, poniéndose en pie de un salto y haciendo una reverencia—. ¿A qué debo el honor?

No puedo evitar meterme con él.

—Así es como se debe saludar a un príncipe. Gracias. Por fin entiendes la jerarquía.

Frunce el ceño y sus pupilas rojas centellean.

—Sabes que no me refería a ti...

Lilith levanta una mano.

—Estoy aquí en nombre de mi hijo. Necesito que lo ayudes. Lo consideraría un favor personal.

La tensión en el rostro de Rofocale resulta magnífica. De verdad.

Mi madre le dedica su sonrisa más voraz. No es una bruja legendaria que ha vencido a los hombres por nada. Rofocale se lleva la mano a la nuca, como si estuviera acalorado. ¿Está nervioso?

Tengo que reprimir la risa.

—No decepcionarías a mi querida madre, ¿verdad?

Rofocale recuerda que estoy aquí. Habla con cuidado.

—¿Cuál es el motivo?

—Tengo entendido por Porsoth que ya sabes de qué se trata. Estamos listos para una audiencia con mi padre.

Un estallido de calor es la única advertencia que recibimos justo antes de que mi padre, el mismísimo Lucifer Morningstar, entre a grandes zancadas en la habitación. Sus alas blancas de puntas grises son casi tan anchas como su envergadura.

—¿Necesitas audiencia conmigo, muchacho? —dice.

Su gélida mirada se pierde entre Rofocale y mi madre. Mis padres no son pareja desde que tengo uso de razón, pero mantienen un extraño vínculo.

Mi madre levanta las cejas, pero no hace ninguna reverencia. «Mamá, se supone que me tienes que ayudar».

Rofocale ha conseguido controlar su involuntario coqueteo.

—Señor, estaba a punto de decirles que usted necesitaría tiempo para comprobar su apretada agenda y...

—Proceda —dice mi padre—. Estoy aquí.

«¡Oh, es el peor!». Aunque no puedo decir eso.

—Necesito audiencia para Callie y para mí. Tenemos que presentar una idea. *Juntos.*

Una sonrisa perezosa aparece en la cara de mi padre.

—Hecho —dice—. Digamos... ¿El sábado? ¿A la una?

Ha sido demasiado fácil. Las caras de Lilith y Rofocale confirman que están pensando lo mismo. ¿Qué está tramando? No importa. Solo hay una respuesta posible.

—Nos vemos entonces. —Y por el bien de Callie, añado—: Padre..., gracias.

—Ha sido un placer.

Bueno, eso nunca es bueno.

* * *

Me preparo antes de salir para ir a ver a Callie. Sé que me esperará despierta o que se pasará la noche en vela dándole vueltas. La única noche en vela que quiero que pase es conmigo. Pero aún no hemos dado ese paso, porque nunca la presionaría.

Esperaré hasta que esté lista, y me moriré un poco cada vez que tenga que dejar de tocarla.

No, no me siento intimidado por ella. Dijo que trabajaría hasta tarde con su madre.

Al principio, su madre parecía estar de acuerdo con lo que yo representaba. Pero ahora tengo la sensación de que está dejando de ser así. Y no puedo culparla. No soy lo bastante *bueno* para Callie, eso está claro.

Que no me importe y la quiera de todos modos es otra prueba.

Dejo que el ojo de mi mente encuentre a Callie y me *zapeo* a la sala de control del negocio familiar de *escape room.*

Los ordenadores y monitores se alinean en una pared. Callie está en el suelo frente a ellos, rodeada de sobres y hojas de papel. Está sola.

Reprimo un suspiro de alivio.

—Traigo buenas noticias —le digo.

Ella me mira sin la alegría que yo esperaba.

—Me vendría bien.

Le tiendo una mano y ella deja a un lado sus papeles. La levanto y ella acurruca su cabeza bajo mi barbilla y contra mi pecho. Mantiene su mano en la mía. El contacto es tan agradable que no me atrevo a moverme, salvo para preguntarle:

—¿Qué pasa?

—Llegué tarde.

—Sí.

—Mi madre ya se había ido. Me dejó una nota sobre lo que tenía que hacer. Estaba «no enfadada, solo decepcionada». Estoy fastidiando las cosas.

¡Ah!

—Yo he fastidiado muchas más cosas de las que podrías imaginar. Ella lo entenderá. —Hago una pausa—. Además, tienes unos días para concentrarte en lo que haces aquí antes de...

Se echa un poco hacia atrás, sacudiendo la cabeza. Aparece un atisbo de sonrisa. La he hecho sentirse mejor. Un punto para mí.

—¿Antes? —pregunta.

—Hemos quedado con mi padre este sábado. A la una en punto.

—¿Está de acuerdo? ¿Ya?

No le digo que eso podría ser una mala señal.

—Que diga que sí a nuestra petición será como escalar una montaña en llamas, pero ha aceptado.

La sonrisa de Callie se ensancha y... cambia.

—Tengo una idea —dice.

—¿En serio? —digo, fingiendo sorpresa—. ¿Tú? ¿Una idea? Jamás.

—Muy gracioso —dice ella—. Sé que he pasado... mucho tiempo con esto. —Levanta la mano antes de que pueda añadir nada—. Cien libros no se leen solos. Pero ¿qué tal si pasamos todo el día juntos? Una cita de verdad después de la audiencia.

Tiene las orejas rojas. Eso es lo que me revela que está avergonzada o interesada, o ambas cosas. Estoy tan al límite de mi paciencia que no puedo decir nada.

—Y entonces, ya sabes, podría quedarme a dormir —dice con duda—. Si quieres.

Calmo mis pulsaciones lo mejor que puedo. Aún no ha pasado una noche conmigo.

—Sí quiero. Claro que quiero.

Cuando la acerco y aprieto mis labios contra los suyos, nos fundimos el uno en el otro con avidez y es el anticipo de lo que está por venir.

«Sí, Callie Johnson, te deseo. Siempre. Ojalá me lo mereciera».

Otras ~~48~~ 72 horas
(e incalculables milenios) de trabajo

Primer día
Una cita excitante

«Cuando leía cuentos de hadas, creía que ese tipo de cosas nunca ocurrían, ¡y ahora aquí estoy, en medio de uno!».

Las aventuras de Alicia en el País de las Maravillas,
LEWIS CARROLL

«El infierno está vacío, y todos los demonios están aquí».

La tempestad,
WILLIAM SHAKESPEARE

3
Callie

El sábado por la mañana, me coloco en un extremo del mostrador y hago de todo menos bailar claqué. Tengo los brazos cruzados y el cuerpo tenso. Mi postura grita «¡Tengo que irme, ya lo sabes!» y, sin embargo, mi madre se toma su precioso tiempo para fotografiar, frente al cartel con forma de cerradura metálica, al grupo de cuatro adolescentes que han acabado con éxito la Cámara de Magia Negra para subirlo en nuestras redes sociales.

Lo hacemos con todos los que consiguen superar las *escape rooms* en sesenta minutos o menos. Y tengo que reconocerlo: son adorables.

Mientras tanto, mi hermano, Jared, y mi mejor amigue de toda la vida, Mag, retienen a mi perra de nariz moteada, Bosco, y a nuestra cabra pigmea, Cupcake (es una larga historia; era el líder de una secta humana), para que no se cuelen en la foto.

Una chica con unas gafas extra grandes muy bonitas pregunta:

—¿No pueden salir ellos también en la foto?

No podíamos imaginar que Cupcake se haría famosa y atraería a nuevos clientes, encantados por la mágica amistad existente entre ella y mi cachorra adoptada. Mi madre asiente. Jared y Mag me lanzan una mirada de disculpa y sueltan a los animales, que se acercan trotando y, lo juro, empiezan a posar.

Es encantador, como los chillidos de las chicas, pero me dan ganas de gruñir de frustración. Hoy es el día. Nuestra audiencia con Lucifer, seguida de una gran cita. No es lo habitual en las citas que pasan a la historia, pero esta vez espero que sí lo sea.

Me he pasado los últimos tres días trabajando sin parar. Lo que significa que estoy más ansiosa que nunca por llegar al Infierno y ver a Luke.

Las chicas acaban por fin su sesión de fotos y dan unas palmaditas a unas agradecidas Bosco y Cupcake.

—Muy bien, pandilla, tengo que ponerme en marcha —digo, lo más optimista posible.

Mi madre me lanza una mirada con la que me hace saber que es consciente de ello y que no va a darse prisa. El otro día estuvo a punto de preguntarme qué futuro podría tener con un príncipe heredero demoníaco.

No es que yo no me haya preguntado lo mismo. Pero... entonces vuelvo a negar que eso sea un problema.

—Iré pase lo que pase —añado. No voy a perder esta oportunidad. Me imagino lo que le habrá costado a Luke organizarlo. Y luego está Agnes.

Parece que mis palabras acaban calando. Mi madre vuelve a asentir a Jared y Mag, que se adelantan para mantener alejadas a Bosco y Cupcake mientras ella dirige a los clientes afuera por la puerta principal.

Después de despedirse, se vuelve hacia mí.

—¿Sabes que hoy tienes que trabajar, verdad? —me pregunta, con una forzada expresión de indiferencia—. Incluso con la ayuda extra que voy a traer, te necesitaré.

A los veintidós años, decepcionar a mi madre debería ser menos terrible, pero, desgraciadamente, la forma como me hace sentir culpable sigue funcionando a las mil maravillas. Sí, me organicé el trabajo del sábado cuando Luke consiguió audiencia.

—Prometo volver a tiempo para trabajar. Con Luke a remolque.
—Una cita rara se mire por donde se mire, pero así somos nosotros.

Miro a Jared y a Mag en busca de apoyo. Jared es tan correcto que su polo y sus vaqueros podrían ser un uniforme, y Mag va vestida con su habitual ropa informal de fin de semana: pintalabios brillante, Doctor Martens estampadas y una camiseta arcoíris del Orgullo.

Mag responde a mi madre.

—Estamos aquí para ayudar —dice—. Todo irá bien.

Jared rodea a Mag con el brazo. Los dos funcionan bien como pareja, a pesar de sus diferencias superficiales. No es que lo entendiera a la primera. Al principio, me ponía los pelos de punta que salieran juntos, más que nada porque me lo habían ocultado.

—Esto es para compensar las facturas de futuras reparaciones, ya sabes.

Mi madre frunce un poco el ceño.

Jared tose.

—¿Te ha dicho mamá que la ayudamos a escribir las pistas?

Mag no puede contener la risa. Podría abrazarlos a ambos por intentar distraerla.

—Sois todos muy graciosos —digo—. Estoy deseando ver cómo os burláis de mí.

—Ah, y de Luke también —dice Mag, todavía riendo—. La respuesta es lo más.

—Increíble. —Sacudo la cabeza—. Pero de verdad tengo que irme.

—Buena suerte —dice Mag.

Mi madre interviene.

—Odio decir esto, Cal, pero tu trabajo está aquí. Es un día importante para nosotros.

El ambiente de la habitación cambia al instante. Su rostro está tan serio como cuando mataron a Wash en la película de *Firefly*.

Debería haber ayudado más de lo que lo he hecho estos últimos días. Pero estuve ocupada con la biblioteca del Infierno. En mi defensa, diré que he estado poniéndome al día sobre milenios de una historia que está prohibida a los mortales, en un intento por cambiarla. Sin embargo, de repente me siento como la hija y empleada más cutre de todos los tiempos.

—Callie, di algo —dice mi madre.

Mi mente zumba a toda velocidad. Somos una familia muy unida, siempre lo hemos sido, y sé que todo lo que hace proviene del amor. Y de ansiedad por mí.

Reconozco que soy un desastre desde que me licencié y descubrí que no hay trabajo para los licenciados en Historia. Colaborar en la empresa familiar es lo único que siempre se me ha dado bien, y ahora estoy siendo un desastre también en eso. Pero mi relación con Luke, las posibilidades que han aparecido...; simplemente no puedo darles la espalda.

—Tengo que irme —digo—. Luke me está esperando. *Te prometo* que volveré tan rápido como pueda. Lo siento.

Se inclina para abrazarme.

—No es de ti de quien dudo —me dice al oído—. Es del diablo.

—Exacto —le digo.

Suelto a mi madre, rasco a Bosco y a Cupcake detrás de sus orejas peludas, digo adiós a unos callados y comprensivos Jared y Mag, y me voy.

Me dirijo a la parte trasera de nuestro edificio, donde un nuevo y largo riachuelo de agua fluye por el callejón. Mientras lo recorro, meto una mano en el bolsillo de la chaqueta y saco el pañuelo con las iniciales «L. A. M».

Luke Astaroth Morningstar.

Unos metros más allá, una gran puerta hecha de huesos nudosos y carbonizados emerge de una repentina bruma. Ojalá tuviéramos unos efectos especiales así de buenos en la empresa. No es que los nuestros no sean geniales, que lo son, pero esta puerta *es* real. Cuando llego a ella, cubro el dorso de mi mano con la tela y localizo la sólida cerradura hecha de falanges unidas con latón.

La puerta cruje al abrirse. Paso por ella...

Y casi me choco con el sólido pecho de Luke, que me está esperando.

Mi cuerpo se transforma en una anticipación electrizada entre un latido y el siguiente.

Aunque sé que, en teoría, mi corazón sigue bombeando mi sangre a unos cinco o seis kilómetros por hora, a velocidad de paseo, como la de cualquier otra persona, yo no lo siento así. En este momento, la mía hace más bien un *sprint*.

El hermosísimo rostro de Luke se ilumina cuando me ve. Alarga una mano como si necesitara tocarme para asegurarse de que estoy aquí, y luego me la pone en el hombro.

—¿Llego tarde? —pregunto.

—Nunca —responde, y tira suavemente de un mechón de mi pelo—. Me moría de ganas de verte.

Su mano se desliza por mi nuca y nos damos un beso suave, un simple roce de labios que profundizamos hasta convertirlo en algo que podría escapársenos de las manos en un instante. ¿Estoy ardiendo o es que el príncipe del Infierno se alegra de verme? Juraría que *estoy* ardiendo por dentro. Derritiéndome, incluso. Me resulta difícil recordar por qué estoy aquí.

De acuerdo, es esto.

Nosotros.

Somos un nosotros. Un nosotros nuevo y vulnerable.

Me retraigo. *¿Puede* funcionar? Sigo haciéndome esta pregunta, a pesar de que Luke y yo estamos bien juntos. Esto me hace sentir bien.

Quiero soltar que mi madre está aún más enfadada conmigo. Que ya es hora de que me ponga las pilas. Ni siquiera debería seguir viviendo en casa. Tengo veintidós años. Pero... entonces querrá hablarlo o se irá corriendo a casa para hacerse cargo de sus obligaciones. Hoy tiene que pasar algo.

Luke inclina la cabeza.

—Debo de estar perdiendo facultades. Puedo ver cómo giran los engranajes de tu cabeza. ¿Qué estás pensando?

¡*Uf!* ¿Es tan obvio? Es como si pudiera leerme la mente. (Gracias al universo, ni él ni ningún demonio o ángel puede hacerlo).

—Nada. —Le tomo de la mano—. Debemos irnos. No podemos hacer esperar a tu padre.

Luke levanta un hombro con elegancia y me sujeta las manos con las suyas.

—Pues te equivocas. Podríamos hacerlo esperar durante horas. Estoy seguro de que podría encontrar una manera de entretenerte.

Se me seca la boca. «Sí, por favor».

Consigo decir:

—Tenemos que volver para el gran partido.

—*Como siempre* —lo alarga mientras amplía su sonrisa—, aciertas con las metáforas. Deberíamos irnos.

Pongo los ojos en blanco.

—Eres encantador.

—Eso me han dicho. —Deja caer sus labios sobre mi mejilla, que básicamente arde en respuesta, y luego pone su mano sobre la mía—. ¿Estás segura de que todo va bien? —pregunta—. ¿No estás nerviosa por lo de hoy?

—Claro que no —miento. Planeo quedarme con Luke. Toda la noche. Por primera vez. Oh, espera, probablemente se refería a proponer a su padre un gran cambio en los protocolos del Infierno. Es un sí a ambos.

Acepta mi respuesta y nos abrimos paso por el calcinado paisaje de arbustos con espantosas espinas. Ahora se separan de nosotros y evitan clavármelas, como a Luke. Desde que me conocen, no me consideran carnaza para la tortura.

Tras un corto trecho, llegamos al abismo que separa el gigantesco castillo con forma de árbol conocido como «la Fortaleza Gris», el corazón del Infierno, del resto. No puedo negar que, aunque viajar hasta aquí ya me resulta familiar, el castillo nunca deja de impresionarme. Las historias que esas paredes podrían contar...

Me alegro de que no puedan hablar.

—Que empiece nuestra gran cita —dice Luke.

Agita los dedos y aparece un puente de lo que momentos antes era simple piedra, y nos adentramos entre las sombras.

* * *

La luz de las velas que parpadean contra la obsidiana crea el ambiente perfecto para el melancólico amo del reino, Lucifer. Hemos recorrido la mitad de un primer pasillo oscuro y vacío cuando un familiar ruido de cascos procedente de la biblioteca llega a nuestro encuentro. Agnes nos sigue con una expresión inescrutable.

—¿Estáis preparados para la reunión? —Porsoth acelera para ponerse a nuestra altura y continúa hablando sin esperar respuesta—: ¿Os dais cuenta de que esto no tiene precedentes? —Porsoth hace un gesto de preocupación—. No estoy seguro de que él mismo pueda dar ese tipo de permiso.

Luke chasquea los dedos.

—Se supone que estás de nuestro lado.

—¡Oh, claro! —Porsoth agita sus alas y las manos de sus extremos—. Perdón. ¡Lo siento, amo!

Luke me guiña un ojo.

—No pasa nada.

Porsoth suelta un sonoro suspiro de alivio.

—Las alas fuera, Príncipe —dice Porsoth mientras nos acercamos a la amplia entrada de la sala del trono—. Le recuerda lo lejos que has llegado.

En un instante, las alas de ébano de Luke se abren en su espalda. Nunca me acostumbraré lo suficiente a sus alas como para que no me dejen anonadada. Son impresionantes. Absorben tanto la oscuridad como la luz, brillando como una hermosa mancha de aceite con los colores del arcoíris, incluso en la penumbra del castillo. Las pliega tras de sí para que podamos continuar caminando por el barroco pasillo.

—Y, Callie —dice Porsoth—, no te pido que seas sumisa, pero ¿podrías ser un poquito más *sumisa*? Puede que tú y yo no nos detengamos en ceremonias, como queridos amigos que somos...

Me muerdo un poco el interior de la mejilla para no reírme. Ya hemos pasado de ser «amigos» a «queridos amigos».

—Pero al amo le gusta mucho que la gente le tenga miedo. ¿Lo intentarás?

—Haré lo que pueda. —Me vuelvo hacia Agnes—. Vamos a convencerlo. Te lo juro.

Agnes se encoge de hombros.

La verdad es que Lucifer me aterroriza. Solo soy una humana. Pero la forma en que Lucifer saca a relucir su exagerada masculinidad y juega a ser un matón con Luke provoca que no quiera ceder ni un centímetro en su presencia. También tengo la teoría de que por eso parece respetarme un poco.

O quizá me esté engañando a mí misma.

—También deberías recordar que lleva eones manipulando... esto... mortales —dice Porsoth.

—Gracias, Porsoth, lo he entendido. *Humano vivo caminando.*

—Eh —dice Luke, notando mi cambio de humor. Aprieta un poco mis dedos entre los suyos—. Este va a ser un gran día.

Luke puede distraerse con su propia buena apariencia. Cuento con ello. Observo sus alas.

—Eres adorable.

—¿Adorable? —Parece escandalizado—. «Adorable» es lo que es Cupcake. Adorables son los gatitos. Adorable es... un querubín de mejillas rollizas. Yo soy...

Le sonrío.

—Si tú lo dices, entonces está claro que no eres...

—Diabólicamente sexi —dice, y extiende la otra mano con una, sí, ardiente bola en llamas flotando sobre ella.

—Fanfarrón —digo.

Levanta un hombro perezosamente y luego lanza la bola de fuego de una mano a la otra.

—Si lo tienes, presume de ello.

Pienso en mis opciones y extiendo una mano hacia la bola de fuego. Luego me dirijo hacia su caja torácica. Es hora de averiguar si Luke tiene cosquillas.

—Luke, Callie. —El tono de Porsoth es una advertencia.

—Jugando, ya veo —dice Lucifer.

La advertencia ha llegado demasiado tarde. Lucifer aparece a nuestro lado, junto a la entrada. Sus alas ocupan todo el espacio, impidiéndonos ver la sala que hay detrás de él. Sus cejas se alzan sobre sus ojos fríos como el hielo.

Esta es la única vez que ha decidido entrar en la sala del trono desde la puerta principal. Me pregunto cuánto habrá escuchado. El problema de haberme tirado el farol de que este ser inmortal no me asusta es que tengo que seguir fingiendo que es verdad en público.

—Padre —dice Luke, recuperándose y deshaciéndose de la llama.

Me enderezo y hago lo posible para que mi voz suene despreocupada.

—Lucifer.

—¿Vamos? —Lucifer hace un gesto.

Me recuerda la posición que ocupo respecto a él. Gracias a las lecciones de Porsoth, sé que tengo que arrodillarme, en lugar de morder el anzuelo y entrar delante de él. Es él quien está jugando.

¡Qué buen augurio para la próxima conversación! Alerta de sarcasmo.

4
Luke

Cuando Callie llegó, estaba distraída. Sé que está comprometida con este plan, así que la conclusión lógica es que tiene dudas sobre nuestra relación.

Ahora soy yo el que está nervioso. Que mi padre haya aparecido como lo ha hecho no es una buena señal. Por no decir otra cosa. Esperemos que, incluso si mi padre dice que no (como es casi seguro que haga), no nos eche a perder el resto del día. O de la noche.

—Después de ti —le digo a Callie, haciendo todo lo posible por disimular mi nerviosismo. Levanto una mano hacia un gran arco con juguetones demonios esculpidos.

Callie duda un instante y luego entra en la guarida de mi padre.

Me detengo unos segundos para reflexionar sobre lo diferente que es esta vez respecto a las otras veces que he estado en la sala del trono. Ahora no me ha convocado a mí solo. No me ha obligado a venir para informarme de lo decepcionado que está conmigo o de cómo necesito explorar el mal en mayor profundidad o arriesgarme a morir. Incluso la última vez que estuve aquí con Callie, lo hicimos por *su* voluntad.

Esta vez, tengo a alguien conmigo. Y, además, yo mismo he pedido venir.

Conocer a Callie me está cambiando, es todo un reto, y eso me asusta. Quizá más de lo que me asusta mi propio padre.

También le estoy agradecido. Pero nunca se lo diría a ella. ¿Acaso sería seductor adular a alguien? ¿Decirle que te ha *cambiado* para mejor?

No. Empiezo a caminar.

Necesito demostrarle que hay algo más en este lugar y también en mí (y, sinceramente, demostrármelo a mí mismo). Pero toda una vida tomando precauciones es una costumbre que no se olvida así como así.

Porsoth está inquieto. Su estado habitual es de una preocupación extrema.

—¿Deberíamos esperar a tu madre?

A mi madre no se la conoce por su puntualidad. Llegará cuando quiera.

—No, mejor no.

—Entonces vete antes de que Callie lo haga enfadar —susurra Porsoth—. ¡Buena suerte!

Tiro de mi chaqueta de cuero, que ha dejado un poco retorcida, y entro para reunirme con Callie.

Ella traga saliva cuando me mira a los ojos. De esto estoy seguro, de la química que hay entre nosotros. Su mirada resulta devastadora para mí.

Le devuelvo la mirada. Ella es la razón de que yo esté aquí, arriesgándome a que caiga sobre mí la ira de mi padre. Esos ojos vibrantes y esa barbilla decidida. Su presencia me tranquiliza.

Mi padre está sentado en su enorme y ostentoso trono de obsidiana, con las alas desplegadas y las rodillas abiertas de tal forma que arrincona a Callie contra la pared. Una tenue luz grisácea entra a raudales por los altos ventanales, que están decorados con vidrieras que escenifican a demonios masacrando a ángeles. La mesa que mi padre utiliza para representar a nuestras fuerzas, a las de Arriba y a los humanos, languidece en una esquina. No presencia tanta acción desde el Apocalipsis que Callie y yo evitamos.

Mi padre aún no sabe lo cerca que estuve del arcángel Miguel y de las puertas de entrada al Cielo. Que sujeté la lanza sagrada y sobreviví. ¿O no? Me cuesta creer que sus espías no le hayan transmitido toda esa información. La verdad es que no me sorprendería saber que él y

Miguel juegan al ajedrez en secreto todos los martes a medianoche. Mi padre es impredecible.

Porsoth entra con un claqueteo. Él y Agnes se colocan detrás de Callie y de mí. Una vez reunidos, Callie vacila un instante y luego abre la boca para hablar.

Mi padre levanta la mano izquierda y da una orden:

—Espera.

Ella cierra la boca con una mueca. Le dirijo una mirada con la que trato de decirle «¡Ten paciencia!».

Esperamos.

Y esperamos.

Al final, tras mirarse mutuamente más tiempo del que resultaría cómodo, mi madre entra de repente tomada del brazo de Rofocale.

Mi padre los mira fijamente a los dos y Rofocale suelta el brazo de mi madre como si le abrasara. «¡Qué interesante!».

Mi madre se acerca a mí, ignorando a mi padre, y levanta una mano. Se la beso y le digo:

—Madre, estás tan guapa que podrías hechizar a cualquier humano o demonio, y además, llegas justo a tiempo.

—¿Llego tarde? —contesta con un movimiento de ojos que me demuestra que sabe exactamente cuánto se ha retrasado—. Rofocale y yo estuvimos hablando de los viejos tiempos.

Le lanza a Rofocale una mirada sensual por encima del hombro y él se balancea incómodo de un pie a otro. Lleva un traje negro tan elegante que parece la versión infernal de un banquero de inversiones o, quizá, de un gestor de la Iglesia de la Cienciología.

—¿Sobre qué viejos tiempos? —pregunta Lucifer, con voz de ultratumba. Es posesivo hasta la médula.

—¡Oh! Sobre nuestro hijo —dice mi madre con desdén—. Claro.

Los labios de mi padre se fruncen y luego le sonríe. Mi madre se pavonea.

—*Nuestro* hijo —dice— ya es un hombre. Y ha venido a presentarnos su primera idea para el reino. Y, además, ha traído a su consorte.

«Menuda forma de ayudarme, padre».

—«Consorte» es un poco anticuado —digo. Por no mencionar que aún no hemos «consorteado» precisamente.

—¿Vas a presentarme ese plan tuyo o no? —replica.

Dudo y Callie me dedica una sonrisa alentadora. Ahí va... mi corazón.

—Como sabes, capturamos las almas siguiendo ciertos procedimientos... —Debería haber practicado más. No sé cómo decirlo—. Siempre has dicho que comprender a los humanos debería ser uno de nuestros objetivos y... —Miro a Callie y veo cómo frunce el ceño con preocupación.

—Si quieres algo, debes pedirlo —dice mi padre.

Tiene razón. Es ahora o...

—Estamos aquí porque necesitamos tu aprobación para intentar algo. —Callie lo suelta—. Algo revolucionario.

Los labios de mi padre se tuercen hacia un lado. Me mira con el ceño fruncido. ¿Voy a dejar que hable por mí?

Me da la oportunidad de hablar, cosa que no hago, y luego hace un gesto con la mano.

—Vale, estoy preparado para que me explote la cabeza. Adelante.

Rofocale también me mira con el ceño fruncido, pero resopla ante el humor de mi padre. Este le lanza una mirada tranquilizadora. Agnes tiene las manos juntas y la mirada fija en el suelo. Porsoth se mueve de un lado a otro, tan nervioso como debe de estar Callie. Tan nervioso como yo. Me cuesta mucho esfuerzo no mostrarlo.

Lilith se cruza de brazos y yo casi hago lo mismo que ella. Esto es un desastre.

Pero Callie, como hace siempre, aprovecha el momento.

—He estado aprendiendo sobre el reino... vuestro reino... gracias a Porsoth y Luke. Y también conocí a Agnes.

—¿Agnes? —pregunta Lucifer, aunque sin duda sabe quién es.

—Agnes, la ayudante de biblioteca de Porsoth. —Callie mira por encima del hombro a Agnes, y luego hacia atrás—. Un alma condenada.

¿Cómo puede ser que una niña de once años esté atrapada en el Infierno? Empecé a preguntarme cómo acaba aquí la gente. No todos, claro. Obviamente, sé que hay asesinos, ladrones, lo peor. Pero ¿qué hay de la gente que *podría* cambiar si se le diera la oportunidad? ¿O solo una clase de gente mala; aquella que tomó una mala decisión en el ardor del momento y luego murió de repente, como Agnes? ¿O aquellos que cometieron un error y perdieron su alma porque están convencidos de ello?

—Te refieres a nuestro modelo de negocio —dice Lucifer.

Callie lo deja pasar.

—Una vez, Luke me dijo que la razón por la que él tenía problemas capturando almas, es que la verdadera ofensa para la mayoría de los habitantes del Infierno...

Me aclaro la garganta porque no sabía que esto se sacaría a relucir ante mi padre. Sus ojos se han entrecerrado.

—De todos modos... —dice Callie— es que son humanos. Todo el sistema, el modelo de negocio, no me parece justo.

Lucifer no revela ninguna emoción.

—He encontrado pruebas de que en el pasado se cambiaron las reglas. Hay una sección entera de enmiendas en *Reglas del reino del Infierno*, Vol. 100 y...

—Alguien ha estado estudiando —dice Rofocale con sarcasmo.

—Y una de esas enmiendas está relacionada con la propia Agnes. Permitiste a Porsoth cambiar su castigo. ¿Por qué no ampliar esa regla para que ella y otros como ella puedan tener una segunda oportunidad?

Mi padre se queda callado.

—Lucifer, rey del Infierno —dice Callie, y señala todo lo que nos rodea—, sé que no tienes miedo al cambio. Tu origen no está aquí.

Le ha recordado la caída. Lo que más odia mi padre es cualquier insinuación a que su estado actual es peor que el de antes, cuando servía a su propio Padre. El de Arriba.

—Entonces podría recordarte —dice mi padre— que no fui yo quien creó las jerarquías entre humanos y seres celestiales. La mayoría de las reglas ya estaban establecidas. Nosotros jugamos con ellas.

—Pero también ayudas a crearlas y a hacerlas cumplir —replica Callie.

Mi padre cruza los dedos y se inclina hacia delante.

—¿Tu idea es que dejemos de hacerlas cumplir? ¿Llevas aquí un mes y ya propones que dejemos de competir por las almas y dejemos que las malas personas floten en el vacío en lugar de tener una vida después de la muerte? Interesante. No sabía que fueras tan cruel.

Callie se ha quedado con la boca abierta.

—No, eso no es... Eso es...

—Muy gracioso, padre —intervengo—. Sé que Rofocale te habló de esta idea. Podría funcionar.

Mi padre asiente.

—¿Y tú estás de acuerdo con este plan? ¿Quieres hacerlo?

Callie parece confundida.

—¿Por qué no lo haría?

—Apoyo a Callie. —Dirijo la atención a mi padre, que se muestra sonriente y engreído. Con todo lo que he oído hablar a Callie de su plan, puedo anunciarlo yo mismo—. Simplemente queremos seleccionar unos cuantos casos, empezando por Agnes, y devolverlos a la Tierra para ver si sus almas pueden acabar de otro modo. Recordarán que han estado aquí, pero no podrán hablar de ello. Los tendremos vigilados.

—¿Con qué objetivo? —pregunta—. Eso es lo que no entiendo.

—Justicia —dice Callie—. Darles una segunda oportunidad aportando un poco de justicia al universo.

—«Aportando un poco de justicia al universo». —Mi padre saborea las palabras. No puedo asegurarlo, pero podría estar sopesándolo. Eso me sorprende. La verdad es que no estoy seguro de que eso sea posible.

Callie tiene mucha fe. Ojalá pudiera tomar un poco prestada. Así que lo hago, apoyándola. Ella quiere esto y yo no sé qué quiero, aparte de ella. La combinación de ambos es suficiente para mí.

—¿Y si la justicia es lo único que el universo no puede soportar? —pregunta mi padre—. Los de Arriba no la incorporaron muy bien en su «diseño inteligente».

—Centrémonos en esto —dice Callie—. Pedimos hacer un experimento sencillo, para demostrar que puede funcionar.

Mi padre la mira por encima del hombro.

—¿Y si tu idea es injusta en su premisa? ¿Es justo que des una segunda oportunidad a unos y no a otros? ¿Cómo sabes quién es capaz de redimirse y quién no?

Callie cuadra los hombros.

—Bueno, yo...

Mi padre la interrumpe.

—Tampoco creo que sea justo que me pidáis permiso para hacer este experimento y yo, simplemente, os lo conceda cuando se trata de un perjuicio tan grande en nuestras costumbres. Pero permitiré que esto siga adelante. Con mis condiciones.

—¿Cuáles son? —pregunto.

Mi padre me ignora.

—Para demostrarme lo comprometidos que estáis con esta idea, lo seriamente que os lo tomáis *los dos*, tendréis que demostrarme que puede funcionar con la redención de un alma en particular. Tendréis vuestro experimento, si podéis hacerlo. ¿Estáis de acuerdo con las condiciones?

Está tan satisfecho consigo mismo... Cada sombra que hay en la habitación parece arrastrarse hacia mí.

Callie me mira. Quiero decirle que *no*. De ninguna manera. Deberíamos irnos.

Ella inclina un poco su cabeza hacia mí; me lo está pidiendo. Podría decirle que no a mi padre, pero no puedo decirle que no a ella.

Cierro los ojos para no ver cómo se regodea mi padre. Estamos cayendo en una trampa. Estoy seguro de ello.

—De acuerdo —digo.

Callie deja caer su mano sobre la mía y casi merece la pena, sea cual sea la pesadilla que él nos ha preparado en los ardientes recovecos de su mente.

—Excelente —dice mi padre—. Quiero que ambos comprendáis que vais a desequilibrar un ecosistema. Que entendáis lo difícil que es reformar a alguien de verdad y responder a la vieja pregunta de si algunas personas son simplemente incompatibles... con la redención.

Porsoth levanta un ala y suelta:

—Señor, si me permite... ¿Por qué no deja que empiecen con la joven...?

—¿Ella sería mejor que la persona que he elegido? —pregunta mi padre.

Porsoth balbucea.

—Señor...

La sala del trono se queda en silencio.

—¿Quién es? —Me aventuro a decir. Más vale que acabemos con esto lo antes posible, a ver si es tan grave.

Mi padre mira a Rofocale.

—Tráelo.

Los labios de Rofocale se abren en una amplia sonrisa. Levanta una mano y chasquea los dedos, lanzando una bocanada de humo.

O no. El humo sale del fondo de la sala, donde se abre una ardiente grieta en el suelo y un torrente de calor llena la habitación. Dos demonios pequeños, rollizos y de alas puntiagudas sacan en volandas a un hombre, cada uno le sujeta un brazo. Su cara y sus vaqueros raídos están manchados de hollín y el sudor le corre por las mejillas. Su pecho ancho y musculoso está cubierto por una camiseta negra hecha jirones.

No es mi tipo, pero incluso yo reconozco que, de alguna manera, su estilo funciona. El estilo de alguien recién salido de la tortura y acarreado por demonios.

Callie se ha quedado con la boca abierta.

Los demonios lo dejan caer sin ceremonias en el suelo, delante de nosotros. Rofocale levanta la barbilla y ellos se marchan, cerrándose tras de sí la grieta humeante. Lilith se abanica, a pesar de que el calor se ha disipado.

—¿Quién es? ¿Un nuevo hermano Hemsworth*? —pregunta Callie.

El hombre en cuestión se levanta y observa su nuevo entorno. Guiña un ojo a Callie y habla con un elegante acento británico.

—Ya quisieran.

—Os presento a Sean Tattersall, un hombre conocido por muchos nombres —dice Lucifer.

Sean abre la boca para hablar y Lucifer levanta la mano. Ningún sonido sale de los labios de Sean. Diría que mi padre no nos permite acceder a la información básica sobre él para ponérnoslo más difícil.

—Amo... —Porsoth no consigue decir nada más.

—¿De qué sirve una prueba si no es difícil? —pregunta Lucifer.

Él pone su atención en Sean. No me gusta cómo mira este a Callie. Sus labios se curvan con complicidad y quiero darle un puñetazo. Nunca había pensado en pegarle a alguien.

Callie saca su mano de entre la mía con delicadeza.

—Así que —dice Callie— ¿nos estás tendiendo una trampa para que fracasemos?

—Piensa en cuántas almas podríais redimir si tenéis éxito —dice Lucifer—. Cuánta justicia podríais crear. —Deja que la idea cale en ella—. ¿Tenemos un trato o no?

Callie responde:

—Pero parece tan... injusto que tú elijas.

—No tienes ni idea —digo en voz baja. Son malas noticias. Lo presiento.

—Tampoco es que haya mucha justicia en el universo ahora mismo —dice mi padre—. Lo siento. Lo tomas o lo dejas. Tienes diez segundos para decidir.

—Lo tomamos —dice al instante, con inseguridad, antes de que yo pueda decirle a mi padre que ha ganado y que vendremos con otra idea.

---

* Se refiere a los hermanos y actores australianos Christopher, Liam y Luke Hemsworth. (N. de la T.)

Mi padre posa su mirada en Sean, que observa esto con un estudiado aburrimiento.

—Puedes irte.

Mueve la muñeca y Sean desaparece.

—Espera —dice Callie—. ¿A dónde lo has enviado?

—A la Tierra —dice mi padre—. Quería intercambiar unas palabras más con vosotros.

La sala del trono se queda en silencio. Todos calculamos las probabilidades de que esta audiencia sea un error colosal. Mi padre es más estricto con el espíritu que con la letra de la ley.

—¿Puedes decirnos algo más sobre él? —Tengo que intentarlo.

—Eso forma parte de la prueba, que también será una buena prueba sobre vuestros afectos —dice mi padre, posando su mirada en mí—. De si podéis conseguir vuestros objetivos comunes.

Estoy seguro de que la misión que nos ha encomendado será tan dura que resultará casi imposible. Entiendo qué es lo que busca. Es una forma de separarnos a Callie y a mí. No tiene ninguna intención de dejarnos romper sus reglas. Sabe que esta idea es más de ella que mía. Cree que esta imprudente misión me obligará a rendirme, y a ella a descubrir cómo soy y abandonarme. Entonces él podrá hacerme a su imagen y semejanza.

No voy a permitir que eso suceda. Vamos a tener que hacerlo. Redimir a Sean Tattersall.

Oculto mis recelos con una sonrisa arrogante.

—Que empiece el juego.

—Tenéis cuarenta y ocho horas —dice mi padre.

—¿Por qué nos das un límite de tiempo? —pregunta Callie—. Dos días no es suficiente.

Parece preocupada. Imagino que intenta averiguar cómo nos las arreglaremos para perseguir a Sean, redimir su alma descarriada y, además, trabajar para su madre durante todo el día.

—Me aburro —dice Lucifer—. Setenta y dos horas es mi última oferta.

—Sin problema. —Ya lo solucionaré. Soy muy bueno para salir de apuros.

—¡Oh! —dice mi padre, y enseña los dientes en una sonrisa que va dirigida solo a mí—. Una cosa más... Ya que consentimos hacer un cambio revolucionario y todo eso... —Sin dejar de sonreír, agita las manos en el aire.

Se produce un cambio en mi interior, una especie de disminución. Siento mi cuerpo como una jaula hecha de huesos y piel.

Al oír el grito ahogado de Callie, veo cómo mis alas, mis *alas*, se abren en *su* espalda.

Me ha hecho humano. La ha convertido en demonio.

Incluso para el mismo Lucifer, esto es algo rastrero.

5
Callie

Me giro y arqueo el cuello, intentando ver si lo que siento es real.

La respuesta es sí. Ahí están. Las alas de Luke. Saliendo de mis omóplatos y extendiéndose a ambos lados de mi espalda.

—Como ya os habéis dado cuenta —dice Lucifer—, os he dado a cada uno los poderes del otro; tan solo para hacerlo más interesante. Para que podáis entender del todo la perspectiva del otro.

Luke gime.

—Padre, ¿es esto necesario?

Doy un suave aleteo para probar las alas y mis pies se despegan del suelo.

—¡Oh, Di...!

—No lo digas —me corta Luke, adivinando que estoy a punto de invocar al padre celestial.

Me trago la palabra, a duras penas. Tener alas es extraño y... y...
Increíble.

Debería estar más preocupada por lo que Lucifer acaba de soltarnos. Pero mi cerebro y mi cuerpo están ocupados gritando: «¡Tengo alas, tengo alas, tengo alas!». Despego y dibujo un círculo sobre las cabezas de los presentes. La sala del trono adquiere una nueva dimensión y profundidad a medida que me elevo sobre ella. Mis alas me llevan con elegancia por la parte superior de la sala y suelto una carcajada que incluso a mí me parece enloquecida.

—Hemos acabado —dice Lucifer, malhumorado como siempre, aunque ha conseguido que empecemos una salvaje persecución de almas por orden suya.

Mientras floto cerca de la escena de guerra demoníaca que hay pintada en la cúpula del techo, pienso en el trato que acabamos de aceptar. Si lo conseguimos, podremos ayudar a Agnes y a más almas condenadas. El plan al completo. Un auténtico propósito para mi vida. Empezaré a ahorrar y podré tener mi propia casa, apta para perros, para que Bosco pueda venir. Aunque Bosco no querrá vivir en un lugar sin su mejor amiga Cupcake. ¿Hay apartamentos en Lexington que admitan perros y cabras?

Eso me recuerda mi actual trabajo, al que hoy no puedo faltar. Con alas o sin ellas. La Gran Evasión es el negocio familiar y siempre lo será.

Al igual que el Infierno es el negocio familiar de Luke.

—Podéis retiraros —dice Lucifer.

—Callie —dice Luke. Levanta una mano y me hace señas para que baje, con expresión tensa—. Vámonos.

Ambos están muy por debajo de mí. La cabeza me da vueltas.

—De acuerdo. —Desciendo en picado, haciendo lo posible para contener mi alegría por ser capaz de *volar*. Lo cual ya era genial cuando lo hacía colgada de Luke.

Aterrizo a su lado.

—Esto es muy raro —digo.

—¿Me lo dices a mí? —Su voz sigue siendo tensa, y puedo entenderlo porque es quien ha salido peor parado.

Lucifer hace un gesto irritante con la muñeca.

—No tenéis todo el tiempo de la creación, ¿sabéis?

—Callie —dice Luke, y desliza su mano para tomar la mía—. Vámonos.

—De acuerdo —digo, y me obligo a hacer una reverencia de despedida a Lucifer. El desconocido peso de las alas me hace trastabillar. Porsoth suspira aliviado detrás de mí al ver que sigo el protocolo.

—Buena suerte —dice Lucifer con una sonrisa perezosa, y me indica con un dedo que me levante.

—La vas a necesitar —añade Lilith, siempre servicial.

—Me siento afortunada. —No es mi mejor respuesta.

Luke frunce el ceño mientras me ofrece ayuda para que vuelva a tener una posición erguida.

Y es entonces cuando me doy cuenta de que ninguno de ellos cree que podamos superar esta prueba. Ya me he dado cuenta de que Lucifer no está preocupado en absoluto. Pero ¿el resto? Rofocale, Lilith, Porsoth, Agnes... ¿Luke también tiene dudas?

El tipo que eligió Lucifer, Sean Tattersall, debe de ser imposible de redimir.

Odio que me subestimen. Odio saber que Luke está *acostumbrado* a que lo traten así.

No tenemos más remedio que conseguirlo. Entonces, me habré demostrado a mí misma que sé lo que hago y que puedo crear mi propia vida a partir de esta extraña situación.

Luke me lleva a la puerta. Pero cuando llegamos, mis alas (bueno, las alas de Luke) están tan abiertas que no puedo pasar. Me concentro en que desaparezcan, pero no pasa nada. Por fin, tras un carraspeo de Rofocale, me pongo de lado y salgo al pasillo arrastrando los pies. Unas cuantas plumas negras y brillantes se pierden en el proceso y van a parar al suelo de mármol.

Luke y Porsoth me siguen con mucha más elegancia. Agnes pisa fuerte junto a ellos.

Mi desgarbado contoneo con las alas le hace gracia a Luke.

—Sabes que ahora puedes zapear, ¿verdad? —me pregunta.

Se refiere a viajar de forma instantánea de un lugar a otro.

—Por cierto... —Porque no, no he probado a volar y lo estoy deseando (¿estas alas significan que no me va a doler?), pero antes saco de mi bolsillo el pañuelo que uso para viajar entre la Tierra y el Infierno y se lo ofrezco a Luke—. Con esto puedes ir y volver, por si acaso no estoy contigo.

Luke se lo mete en un bolsillo interior de la chaqueta y duda.

—¿Cómo puede tener mis poderes? —le pregunta a Porsoth—. ¿Es seguro?

—Ella es, ah, más fuerte de lo que piensas.

Muevo las alas. Me cosquillean los omóplatos cuando lo hago.

—Verme con tus alas debe de ser raro para ti también.

—Eres un espectáculo —dice enseguida—. Y, sí, me resulta rarísimo. —Aparece un brillo de excitación en sus ojos—. Sin embargo, no lo odio.

—Cálmate, chico.

Agnes parece más pensativa de lo normal, así que finjo estar alegre y que todo va sobre ruedas.

—La verdad es que ha ido mejor de lo que esperaba.

Eso es casi verdad. Estaba preparada para un no rotundo. Claro, no es tan ideal tener que correr y ser manipulado para la diversión de Lucifer, pero todo sea por nuestro objetivo.

—Sí... ¿Qué esperabas? —Luke vuelve a mirarme y atisbo un destello de ansiedad en sus ojos antes de que pueda ocultarlo bajo su habitual fachada de seguridad.

—No lo sé. —Es verdad—. Pero eso no.

Porsoth, mientras tanto, se pasea de un lado a otro, lo que no resulta nada tranquilizador. Lo ignoro.

—Deberíamos empezar por localizar a Sean Tattersall —dice Luke.

Niego con la cabeza.

—No podemos. No puedo dejar plantada a mi madre. Tenemos que ir a trabajar.

—¿Estás segura de que no podemos dejarlo por hoy?

El recelo que me provoca la meticulosidad con que ha hecho la pregunta, me atraviesa por dentro. Me balanceo de un pie a otro.

—Mi madre me ha echado la bronca. Justo antes de venir.

Parpadea.

—¿Qué?

—No le gusta que me involucre en todo esto. —Hago un gesto amplio con las manos y espero que no pregunte si eso lo incluye a él.

—¿Yo estoy incluido?

Claro que se ha dado cuenta.

—Soy una mujer adulta, pero... tiene razón. Hasta ahora no me ha ido bien en el trabajo y necesito un objetivo en mi vida. Así que es el momento de elaborar un nuevo plan. Podemos hacer todo esto, ¿verdad?

—De acuerdo —dice Luke.

«¡Mayday, Houston! ¡Cayendo aquí en llamas!».

—No tienes que comprometerte solo porque... —«Quiero que lo hagas». ¿Por qué no puedo dejar de hablar?

—No te preocupes —dice con delicadeza.

Sus palabras me reconfortan, esa habilidad innata que tiene para decir lo correcto. O casi. Me aferro al sentimiento como a una manta en una tormenta de nieve en el Infierno. Entonces se me ocurre que, quizá, él también se esté diciendo a sí mismo lo que necesita oír.

Porsoth ha seguido paseando y retorciéndose las manos durante toda nuestra conversación.

—Podemos hacer esto, ¿verdad? —pregunto—. ¿Lo veis posible?

Porsoth sigue caminando.

—¿Luke? ¿Porsoth? —insisto cuando ninguno responde—. *Podemos* hacer esto, ¿verdad?

—No solo podemos, sino que lo estoy deseando —responde Luke, no muy convencido. Se vuelve hacia Porsoth.

»¿Puedes decirnos algo sobre nuestro hombre?

—Me temo que os ha tendido una trampa para que fracaséis —dice Porsoth, y se nos queda mirando—. Mi querido pupilo y mi querida amiga, no debéis hacerlo. Me temo que haya... planeado algo... por si seguís adelante. Estoy... preocupado. No puedo revelaros lo que sé sobre Sean Tattersall.

—Genial —dice Luke—. Sin presión entonces. Y tres días.

Recuerdo las palabras de Lucifer. No tenemos tiempo que perder.

—Tenemos que irnos. Nos zapearé a la Tierra.

Agnes avanza y me toca el brazo para detenerme.

—Callie... Tú... has sido muy valiente. Ahí dentro. No pensé... No esperaba que lo dijeras en serio.

Tengo que tragar saliva por el nudo que siento en la garganta.

—Aún no sé si os han dado una oportunidad en el Infierno.

Vale, Agnes no se iba a poner *tan* sentimental. Intento tocarle el hombro, tal vez darle un abrazo, pero ella da dos zancadas hacia atrás.

De acuerdo. Saludo a Porsoth, tomo la mano de Luke e intento no sonreír ante el grito que suelta mientras viajamos a través del tiempo y el espacio de vuelta a la Tierra, al callejón que hay detrás de La Gran Evasión, para ser exactos.

Esto es nuestra una cita.

* * *

Luke cae de rodillas en el callejón que hay detrás de La Gran Evasión y recuerdo las horribles sensaciones que tuve en el primer viaje largo que hice por este medio.

—Se te pasará en un minuto —le digo.

Empiezo a preocuparme cuando pasan cinco.

Se endereza, sacudiendo los brazos y las piernas, con muy mala cara.

—Siento mucho haberte hecho eso.

Me encojo de hombros.

—Tú no lo sabías. —Entonces me doy cuenta—. Pero yo sí *lo sabía*. Y lo he hecho de todos modos.

Me mira con intensidad.

—Veo que ya te estás metiendo en tu nuevo papel. Te has convertido en una torturadora.

—No, no es así. —Pero tiene razón. Le he dado a probar su propia medicina, tan solo que esa no había sido *su* intención. Mis alas han desaparecido por el camino, pero al pensarlo siento un cosquilleo en el vientre. Hago todo lo que puedo para ahuyentar el regocijo que siento.

Pensé que disfrutaría de que nuestros roles se hayan invertido, pero en lugar de eso me siento culpable.

—Lo siento —le digo.

Se mueve para acariciarme la mejilla con una mano. Aún se siente inestable y casi no acierta. Pero se recupera y desliza la palma alrededor de mi cuello. Me inclino hacia él.

—Estás perdonada —dice. Y entrecerrando los ojos—: Además, tus sentidos no están nada desarrollados.

Es curioso, porque mis sentidos ahora mismo son tan agudos que cada nervio de la piel de mi cuello arde ante su contacto.

—¡Grosero! —protesto, en vez de decir lo que pienso.

—Pruébalos —dice—. Prueba los míos.

Echo un vistazo a mi alrededor y comprendo qué está insinuando. Aquí en la Tierra, su visión es una experiencia diferente. Puedo ver la gota de agua centelleante que está a punto de caer del tejado de al lado. Si me concentro, puedo oír el canto de cada pájaro por separado. De repente, me siento abrumada por el resplandor de cada color, textura y olor. Hay tantos olores...; de charcos de agua de lluvia, contenedores de basura y flores empalagosas...

—Toma una respiración profunda. Puedes conectar con todo —dice—. O desconectarte.

Inspiro tres veces, despacio y con calma, y luego desconecto del mundo. La capacidad de concentrarme a un nivel más profundo sigue ahí, pero no *tengo* que prestar atención a todo. Así que no lo hago.

—¿Mejor? —pregunta.

Su palma sobre mi piel me provoca una quemadura intensa, pero agradable.

—Sí. —Asiento con la cabeza—. Tu padre es un imbécil.

Sonríe.

—Aunque te gusta la parte de volar.

—Creo que esa será la única parte que me guste. —*Mentira.* Veo con claridad cada pequeño detalle de los iris increíblemente azules de Luke. Podría ahogarme en ellos como en un océano.

«Podría perder la cabeza, empujada hacia esos detalles por el diablo». Sacudo la cabeza.

—Tenemos que averiguar más sobre Sean Tattersall —digo.

Pero la puerta trasera del negocio interrumpe nuestra conversación. Mag sale corriendo y me agarra del brazo.

—Ya era hora. Tu madre hace tictac como una bomba, mirando el reloj cada dos segundos. Ven aquí. Ah, y hola, Luke.

—Hola. ¿Cómo sabías que estábamos aquí? —pregunta Luke.

Mag levanta su otra mano, que sujeta un teléfono.

—«Encuentra a mis amigos». Además, Cal siempre vuelve por aquí.

—¿Estás bien? —Quiero asegurarme de que Luke lo está.

—Tan bien como la lluvia.

Entre nosotros esta frase significa algo así como: «He estado mejor, pero sobreviviré».

Mag nos lanza una mirada.

—No tengo tiempo para averiguar qué está pasando aquí. Podéis explicármelo más tarde. Ahora... —Se hace a un lado y mantiene la puerta abierta. Solo podemos entrar.

Deseo con todas mis fuerzas que mis alas permanezcan ocultas y que nada más delate el cambio en mis habilidades. No podría explicarlo sin enfadar a mi madre, aunque sea de forma temporal.

Subimos por el pasillo que parte de la entrada trasera y encontramos a mi madre ocupada en la recepción y a Jared preparando cronómetros y papeleo. Fuera ya hay una cola de gente esperando, muchos de ellos en grupos y vistiendo camisetas negras o blancas. Algunos llevan elaborados disfraces (cuernos, alas, elegantes trajes rojos de demonio y vaporosas túnicas blancas de ángel), que les dan automáticamente puntos extra en el concurso.

—Ya han llegado —anuncia Mag.

Mi madre lanza un suspiro y se dobla por la cintura, luego se levanta y agita un dedo en nuestra dirección.

—Pensé que habías decidido abandonarnos.

—¡Mamá! —digo, ofendida.

Luke le ofrece una amplia sonrisa.

—¿Qué mejor manera teníamos de pasar el día?

Mi madre ignora su ofensivo encanto y se acerca a mí rápidamente con una gruesa carpeta en las manos.

—Aquí tienes tu paquete. Te tengo en Thoroughbred Park, ¿vale? Cualquiera que llegue con la contraseña correcta consigue la pista siguiente. Nada de dar pistas. Nada de dejar el puesto de control. Deberíais poder turnaros para ir a comer a la cafetería que hay junto al parque. —Me entrega el papeleo—. Poneos en marcha. Las instrucciones deberían ser fáciles de entender.

—Misión cumplida —le digo a mi madre con un saludo militar.

—¿Misión qué? —Ella ladea la cabeza.

—Quiero decir, mensaje recibido —respondo.

Luego le dirige una elocuente mirada a Luke. Imagino que mi madre se estará preguntando si mi viaje al Infierno incluyó sexo. No quiero que se lo cuestione de ninguna manera. Mi madre y yo estamos unidas, pero somos raritas. ¿Hablamos del último escándalo del *Dr. Who*? Sí. ¿Hablamos de mi vida sexual? No desde «la charla» en el instituto y una caja de condones que apareció junto a mi *Manual de Estilo de Chicago* cuando me fui a la universidad.

Entonces me doy cuenta de que su camiseta está hecha para el juego de «El Bien contra el Mal». Jared y Mag también la llevan puesta.

Es el momento de la distracción.

—Teníamos prisa por llegar. Y ahora tenemos prisa por irnos. ¿Se supone que tenemos que llevar estas camisetas?

—¡Camisetas! Sí. —Mi madre corre hacia una caja que hay en el suelo, detrás del mostrador. Nos lanza una a cada uno. Yo alcanzo las dos sin querer, porque mis reflejos son mejores de lo que estoy acostumbrada. ¡Uy!

Levanto una. Son camisetas de béisbol, mitad negras y mitad blancas, con una versión de nuestro logotipo con una aureola y la palabra «Bien» en la parte delantera, y otra versión del logotipo con cuernos y la palabra «Mal» en la parte trasera. Una manga es color rojo sangre. La otra es azul cielo.

—Son geniales —digo.

—Se las encargué a Mag's Design —dice Jared, y los dos hacen esa bonita mueca con la que puedes ver lo mucho que se gustan incluso desde el otro lado de la habitación.

—¿Ves lo que te pierdes cuando no estás cerca? —dice mi madre, y vuelve al trabajo.

Me las arreglo para no protestar, porque he trabajado en esto sin parar durante la última semana. Cuando voy a pasarle la camiseta a Luke, me detiene con una mano y se quita la chaqueta. Está a punto de desnudarse y cambiarse aquí mismo. Ahora sí siento que tengo fiebre.

—Espera —consigo decir.

—Si insistes... —dice.

—Sí, quiero.

Arrastro a Luke por el brazo hasta la puerta principal y atravesamos la multitud, que se anima de golpe cuando interpreta nuestra aparición como una señal de que el juego está a punto de empezar. Cuando nos hemos perdido de vista, lo conduzco a nuestro puesto en el parque...

Y me olvido completamente de advertirle.

6
Luke

El sol de primera hora de la tarde brilla implacablemente. Mis rodillas están a punto de doblarse y dejarme caer sobre el cemento..., espera, mejor dicho, sobre los adoquines. La zona del parque en la que nos encontramos está adoquinada. Hay unas estatuas de tamaño natural de caballos de carreras y jinetes galopando, y una fuente por detrás de la que brota agua. Me planteo darme un chapuzón.

Por el otro lado discurre una calle con mucho tráfico; los conductores tocan el claxon. Callie está de pie a mi lado, dudando, con las manos suspendidas como si tuviera miedo de tocarme.

Evito caer de rodillas, conservando algo de dignidad.

—Callie, cariño —le digo—, por favor, deja de hacer eso.

—Lo sé, lo siento mucho. No lo pensé. —Es la viva imagen de la preocupación—. Solo quería salir de allí.

—¿Por qué no le has dicho a tu familia lo que estamos haciendo? Estoy seguro de que nos librarían de esto si supieran que...

—¿Que también perseguimos a un prisionero del Infierno? No escuchaste a mi madre esta mañana. Te he dicho que ella no cree que deba hacer nada de esto. Y luego está...

Un par de *skaters* se dirigen directamente hacia nosotros, se separan para pasar a ambos lados y luego chocan los cinco. Son las únicas personas que hay en el parque, salvo una pareja de hombres mayores que leen el periódico en un banco a unos metros.

—¿Qué? —pregunto.

—No puedo decepcionarla. —Levanta la carpeta—. Tenemos que canalizar toda nuestra creatividad y hacer que funcione.

La misión que nos ha encomendado mi padre ya es bastante difícil por sí sola. Pero si ella se siente así... ¿qué puedo hacer yo sino ceder? Observo nuestro alrededor y echo de menos mis sentidos aumentados. Por suerte, no soy un inútil total.

—Hacer ambas cosas va a ser difícil, pero tengo una idea. ¿Qué tenemos que hacer aquí? Me refiero a nuestro trabajo en el juego.

He oído lo que ha dicho su madre, pero quiero asegurarme de que no se me escapa ningún detalle. Como los que mi mente suele completar por mí.

Callie se encoge de hombros.

—Tenemos que quedarnos aquí durante seis horas. Los participantes correrán a los diferentes puntos de control entre hoy y mañana (nosotros estaremos entonces en otro sitio) y nosotros les daremos una pista para que encuentren el siguiente punto. —Hace una pausa—. Primero les pediremos su contraseña, que han obtenido en el punto anterior, y que es... —Hojea la carpeta mientras sujeta las camisetas con el brazo—. ¡Ja!

—¿Qué?

—La contraseña es «Enemigo de Lucifer». —Ella resopla—. Muy gracioso. La pista es encontrar cierta iglesia.

—Más vale que él no aparezca diciendo su nombre tan a menudo...

Callie parpadea, y tengo que reconocer que me gusta cómo evita mirarme a la cara, ahora que puede apreciarla en todo su esplendor.

—¿Eso es posible?

Algo que no debería haber planteado por el tono de la pregunta.

—Es poco probable. De todos modos, retomando mi idea...

Se coloca un mechón de pelo castaño detrás de la oreja.

—¿Qué pasa?

Inclino la cabeza hacia los dos señores, que acaban de cambiar de sección en el periódico. El crucigrama de los deportes, por lo que parece.

—Ellos.

—No creo que estén aquí para jugar.

—Observa y aprende.

Sí, me siento desorientado sin mis poderes. Sin embargo, este es mi elemento. Convencer a los demás de que hagan lo que yo quiero, es algo que siempre se me ha dado especialmente bien.

Callie me sigue con una expresión de duda en el entrecejo. Quiero alisárselo con la mano, pero tendré que hacerlo dando ejemplo.

—Sígueme —le digo con la misma suavidad que la brisa del oeste en un día especialmente ventoso.

»Señores —los saludo—, ¿podemos hablar? Nos gustaría pedirles un favor.

A medida que nos acercamos, queda claro que son pareja. Se consultan antes de doblar sus periódicos al mismo tiempo. La sincronización de una vida en común. Uno lleva bigote y viste un polo; el otro, camisa de manga corta y sombrero para el sol. Sus alianzas de boda son sencillas. Hacen una bonita pareja.

—¿Les gustan los juegos? —pregunto al no obtener respuesta.

—No querréis pegarnos, ¿verdad? —pregunta el del bigote—. Tan solo estamos disfrutando del sábado.

—Claro que no. *Su* plan parece idílico. Pero nos gustaría convencerlos de que lo cambien.

Callie da vueltas a mi lado. Ojalá no dudara tanto de mis habilidades.

—Me gusta el ajedrez —dice el del sombrero, relajándose con mis palabras. Las arrugas que tiene alrededor de los ojos son la prueba de muchas sonrisas—. ¿Estáis pensando en invitarnos a jugar al ajedrez? Porque yo diría que no.

—No exactamente. —Le hago un gesto a Callie—. Explícaselo.

Entonces ella empieza a explicar el juego de «El Bien contra el Mal» de La Gran Evasión.

—Es divertido —acaba diciendo animadamente. Demasiado.

—¿Y por qué no podéis hacer vosotros algo tan sencillo y *divertido*? —pregunta el aficionado al ajedrez.

Ahora es cuando voy a por todas. Paso el brazo por el hombro de Callie e invento una mentira cercana a la verdad.

—Tenía planeada para hoy una cita sorpresa, es nuestro primer aniversario, pero metí la pata porque no recordé su horario de trabajo.

Los dos intercambian otra mirada y entonces estoy seguro de que dirán que sí. ¿Quién puede resistirse a un amor joven?

—Lo siento —dice el del bigote—. Buena suerte.

—¿Están seguros? —No me lo puedo creer. Nadie me dice nunca que no; al menos, no en cosas como esta. Hasta Callie aceptó trabajar juntos la noche que nos conocimos.

—Segurísimos —añade el aficionado al ajedrez.

Miro boquiabierto cómo doblan el periódico, se levantan y *se marchan.*

Callie me pone, comprensiva, una mano en el brazo.

—Estoy segura de que es solo cosa de la energía.

Lo del poder. Así que de lo único que estoy seguro sobre mí, mi increíble encanto, es un superpoder demoníaco.

—Sigo siendo guapo, ¿verdad? —le pregunto. No me gustan mis latidos desbocados. Me siento tan... tan... *humano.*

—Eres guapísimo y lo sabes —dice—. Y me gusta tu idea. Intentémoslo otra vez.

Se adentra en el parque.

—Ahí —dice cuando encontramos a los dos chicos con monopatín que saltan por unas largas escaleras. Se acerca a ellos.

Me quedo rezagado por mi reciente fracaso y la novedosa falta de confianza en mí mismo. Cuando llego hasta Callie, los chicos ya se están quitando las camisetas para ponerse las de la tienda. Ella les explica que volverá más tarde para pagarles si han hecho un buen trabajo y se han mantenido fuera del radar de su madre. Luego se detiene un segundo, se mete la mano en el bolsillo y saca dos billetes de veinte dólares.

—Esto es un adelanto —dice.

¡Maldita sea! Yo también debería haber ofrecido dinero. Pero no tengo. Ella debe de haber usado mis poderes para conseguirlo. Está aprendiendo rápido.

—Somos *los mejores* engañando a las madres —dice un chico flaco, que obviamente es el líder de los dos—. No te preocupes por nada.

Callie me mira.

—Lo *hago* —dice en voz baja. Y luego al chico—: No intentes engañar a mi madre. Por favor, no la cagues.

Uno de ellos se persigna. Veo que Callie se tensa, pero podría haberle dicho que eso no duele. Solo entrar en espacios sagrados.

Se despide de los adolescentes con un gesto de la mano.

—Volveremos.

Le sonríen como si los hubiera hechizado. Supongo que eso confirma que parte de mi encanto *es* un superpoder. Aunque las sonrisas de ella ya me hechizan con facilidad... Se da la vuelta y los dejamos atrás.

—¿A dónde vamos ahora? —Acelero para mantener el ritmo.

Me mira muy satisfecha de sí misma.

—Tan solo pensé: «¿Dónde estará Sean Tattersall?» y la imagen de dónde se encuentra apareció en mi mente. —Sacude la cabeza, asombrada—. Te tengo tanta envidia...

«Igualmente».

—¿Dónde está? —pregunto.

—No te lo vas a creer.

—¿Ya de vuelta en el Infierno?

Mira al cielo azul, a las nubes y por encima de ellas, bueno, *Arriba*.

—Ojalá. Más bien lo contrario.

Seguro que no es lo contrario.

—No puedes decirlo en serio.

—¡Oh, no! Allí arriba, no. Pero está en la Ciudad del Vaticano.

Lanzo un suspiro de alivio.

—¿Nos vamos a Italia?

—La verdad es que no forma parte de Italia. Es el país más pequeño del mundo, dentro de Italia. —Sonríe—. Eso ya lo sabía.

—Me lo creo —le digo.

—¿A dónde iría alguien del Infierno, sino directo al Vaticano? Increíble. ¿Puedes volver a viajar tan pronto?

No voy a decepcionarla después de fracasar con esos dos señores. No soporto la idea de que piense que soy débil. Con mi padre ya he tenido bastante en mi vida.

—Con mucho gusto.

Me agarra las manos con fuerza y se inclina para besarme. Saboreo sus labios mientras desaparecemos en un sombrío viaje repleto de gritos.

* * *

Esta vez aterrizamos sobre unos adoquines más lisos por el paso del tiempo. Están calientes por el sol, pero no tanto como al mediodía. Lo sé porque los toco con las yemas de los dedos. Me agacho a propósito para recuperar el equilibrio. Esta vez el viaje me ha dolido tanto que no estaba seguro de que fuera a sobrevivir.

Es por culpa de la distancia, claro. Recuerdo que se lo expliqué a Callie una vez.

Ella se agacha delante de mí, esperando, muy asustada.

—¡Un momento! —grito.

Me hace el favor de levantarse y darme tiempo.

Poco a poco, mis dedos y la parte posterior de mis rodillas pasan del dolor a un simple cosquilleo, y me levanto para mirar a mi alrededor. Estamos en medio de una aglomeración de turistas que no parecen haberse dado cuenta de nuestra llegada.

Callie dice con evidente orgullo:

—Creo que he conseguido que no se fijen en nosotros.

«Sí, sin duda le están gustando sus nuevas habilidades. ¿Quién podría culparla? ¿Qué pasará cuando las pierda?».

Giro sobre mí mismo despacio, para empaparme de la gran plaza de San Pedro, que no esperaba visitar. Callie hace lo mismo. El cielo es de un azul intenso y está despejado. Nos rodean unos monumentos altos y grandes edificios de piedra que aparecen pálidos o dorados bajo la luz del sol. Es un lugar majestuoso y lleno de simbolismo espiritual. Hay cruces y estatuas de santos por todas partes. Supongo que es bonito, si te gustan estas cosas.

A Callie le gustan. Señala el suelo que hay bajo nuestros pies.

—¿Ves estos adoquines? ¡Son *sampietrini*! Significa «pequeño san Pedro».

Levanto una ceja.

—Pequeño... ¿Pedro*? Me gusta hablar sucio, pero no puedo evitar lo de «pequeño».

—¡Venga ya! —Me da un ligero manotazo en el brazo y deja ahí su mano—. Se llaman así por las personas que solían vigilar los caminos. A veces eran niños. *No* sabía eso.

Su cara rebosa energía y entusiasmo, como cuando se toma dos de sus cafés favoritos (de vainilla y soja, nadie es perfecto) seguidos.

—Mi cerebro acaba de... asimilarlo. Y aquí son seis horas más; justo pasan unos minutos de las seis en punto. ¿En serio sabes todas estas cosas? —Se lleva una mano a la cadera con incredulidad.

—Solo cuando me concentro —le explico.

—Yo nunca conseguiría hacer nada. Me sentaría y me pondría a buscar datos. Como... Espera, ¿sabías que Ciudad del Vaticano tiene el mayor consumo de vino per cápita del *mundo*?

—No es de extrañar, con todos esos sacerdotes y sociedades secretas. Y hablando de... mientras aprendo cositas sobre este increíble destino gracias a una tutora encantadora...

Me hace una mueca.

—¿Dijiste que está aquí? ¿Tattersall?

Cada vez tengo más ganas de acabar con esta sórdida misión. Quiero recuperar mi encanto y otras habilidades, quizá más de lo que

---

* Juego de palabras que no tiene traducción al español. Aunque «Little Peters» significa literalmente "Pequeño Pedro", en inglés alude a un pene pequeño. (N. de la T.)

quiero salvar a este hombre de la condena eterna. Sin mencionar que necesitamos averiguar a qué nos estamos enfrentando.

Callie adopta esa expresión distraída que Rofocale, y supongo que yo mismo, ponemos cuando usamos determinados poderes.

—Lo estaba, y sigue cerca. Por aquí —dice, y se dirige hacia la Basílica de San Pedro cruzando la plaza.

Unas paredes curvadas con columnas y estatuas (de santos, supongo, y me pregunto cuál será Pedro) nos flanquean a medida que nos aproximamos. En la fachada de la iglesia hay una cola de gente, pequeña a estas horas. Las columnas continúan a lo largo de la fachada, solo que estas son más altas, más espectaculares. Dos grandes estatuas de hombres con túnica se alzan a ambos lados de la entrada. Por encima de ellos hay otra fila de estatuas con caras de desaprobación, con la enorme cúpula de la iglesia detrás de ellas, y una cruz en lo alto. *La iglesia.*

Espero que nuestro hombre no esté dentro.

—¿Estás bien aquí fuera? —pregunto a Callie lo más despreocupadamente posible.

Esto es tierra sagrada, después de todo. Nunca me había preocupado por sus posibles efectos en mi especie porque tampoco había tenido ninguna intención de visitarla.

—Supongo que sí —dice Callie, avanzando rápidamente por los adoquines y utilizando parte de mi magia para que los corrillos de gente se separen para dejarnos pasar. A una niña con las mejillas sonrojadas por el sol casi se le cae un cucurucho de helado y Callie se detiene para asegurarse de que lo tiene bien sujeto antes de que pasemos junto a su familia.

Nos detenemos ante las barreras negras que bloquean la basílica. Su sombra grande y ominosa cae sobre nosotros. Callie guarda silencio, hasta que dice:

—Me lo has preguntado porque no puedo entrar, ¿verdad? No mientras esté...

«Como yo. Impío. No».

—No lo vamos a averiguar —digo—. ¿Está ahí dentro? Puedo entrar solo. —«No es que quiera».

Cierra los ojos y se concentra.

—No..., pero era la ruta más directa. Podemos...

Percibo la ansiedad en su tono. Le da miedo la posibilidad de no ser lo bastante buena y que eso sea un obstáculo. O tal vez está pensando que yo no lo soy, a pesar de sus buenas intenciones. Le tiendo la mano.

—Zapéanos hasta allí.

Ella duda.

—¿Estás seguro?

—Por favor. Hagámoslo.

Callie suspira. Supongo que reconoce mi sacrificio y que no hay una solución mejor. Me toma de las manos y desaparecemos.

Esta vez el viaje es mucho menos doloroso y, cuando volvemos a aparecer, estamos en un pasillo sencillo e impecable dentro del edificio.

—No ha estado tan mal —le digo para tranquilizarla.

—De acuerdo —dice Callie, y me suelta.

El ordenado pasillo está vacío. Las paredes están salpicadas por unas puertas que aparecen distribuidas de forma regular.

—Habitaciones —dice, bajando la voz—. Todos los que viven aquí trabajan para el Vaticano. La mayoría son sacerdotes.

Si eso es verdad, los ocupantes deben de sentir que viven a diario una batalla entre el bien y el mal. Algo no muy diferente del juego que hemos abandonado y de nuestra propia misión. Lo cual podría resultar problemático. Percibo un murmullo siniestro bajo toda esta belleza que me recuerda a casa.

—Está al final del pasillo —dice, pero luego duda—. ¿Crees que tu padre lo ha enviado aquí?

—Me cuesta imaginarlo. Pero ¿quién sabe?

—Si no lo ha hecho, hay otra razón por la que Sean vendría a este sitio. ¿Crees que está tratando de pedir perdón? Tal vez conoce a un sacerdote.

Pienso sobre ello. Si esto fuera a ser tan fácil, de ninguna manera el tipo habría estado en el Infierno, eso para empezar. Los demonios se lo estaban llevando. Sin embargo, no quiero aguarle la fiesta a Callie.

—Solo hay una forma de averiguarlo.

Dejamos atrás la hilera de puertas y llegamos a una pequeña recámara con paneles de madera oscura y una nueva puerta. Del otro lado de la puerta llegan unos gritos y gemidos con cánticos de fondo. El siniestro zumbido que hay en mi interior también se hace más intenso. Como un grito.

Un momento. Eso no está *dentro* de mi cabeza. Ha sido un grito real. De repente tengo una ligera sospecha de lo que vamos a encontrar ahí dentro.

Empujo a Callie detrás de mí y tanteo la puerta. No tiene cerradura y las bisagras están tan bien engrasadas que no hacen ruido al abrirla.

Dentro de la habitación encontramos la versión limpia del hombre de hombros anchos y pelo oscuro que mi padre nos presentó en el Infierno. Es tan guapo que debo admitir que está a *mi* altura. Aunque ahora lleva un desagradable alzacuellos de clérigo.

Sean, el apuesto sacerdote, levanta con una mano una botella de lo que debe de ser agua bendita y coloca la otra palma sobre la frente de una mujer de pelo largo y moreno que le oculta casi toda la cara. Mientras tanto, canta en latín con acento romano. Solo entiendo alguna palabra. La traducción instantánea es otra habilidad que ya no tengo.

La mujer a la que está aplicando el agua bendita grita, gime y se revuelve. Una mujer canosa y un hombre de treinta y tantos años se mantienen cerca, muy angustiados, pero la mujer mayor agarra el brazo del hombre para retenerlo.

—Un exorcismo —le susurro a Callie.

—¿Qué demonios? —susurra también ella.

Ni siquiera se fijan en nosotros.

El caso es que si Sean Tattersall ha estado poseído por un demonio, redimirlo debería ser relativamente fácil. Podríamos exorcizarlo nosotros mismos.

Pero no percibo los olores que siempre delatan a un demonio. Nada de azufre. Ningún olor corporal insoportable que supure por los folículos del poseído. (Los demonios hacen concursos para ver quién tiene el *eau de putrid* más repugnante.) ¿Estas cosas no están presentes o es que ahora no soy capaz de percibirlas? La nariz de Callie no se frunce por un hedor repugnante, así que no debe de ser eso.

¿Qué está pasando aquí, entonces?

Sean continúa con un inglés con acento italiano, lejos del acento británico que tenía Abajo.

—Diablo, sal de esta criatura —dice—. No es tuya. Mariana es una mujer santa que tendrá a este hombre para toda la vida cuando te hayas marchado. —Se vuelve hacia el hombre—. ¿Vas a casarte con esta mujer y a protegerla de la posesión? ¿Vas a ofrecerle tu apoyo?

La mujer, Mariana, se revuelve en la cama con desenfreno.

El hombre más joven, que es estadounidense, asiente rápidamente.

—Padre Sean, haré lo que sea necesario para que pare. Todo es culpa mía.

Callie y yo nos miramos. Así que está practicando un exorcismo.

La mujer gime como si le doliera, pero atisbo un destello de sonrisa en su rostro. No una sonrisa demoníaca. Una sonrisa humana de satisfacción.

Callie cierra la puerta tras nosotros con un firme chasquido, de modo que el trío, por fin, se da cuenta de que no está solo.

—¡Vaya! ¿Qué tenemos aquí? —pregunta ella—. Padre.

Sean nos mira y pone los ojos en blanco.

—Largaos, estoy ocupado.

Ah, ahí está. El acento británico ha regresado.

—Estoy bastante segura de que no eres ningún cura —dice Callie—. Aunque podrías ser un auténtico reto para un cura sexi, Fleabag*.

Sean se encoge de hombros. Supongo que no se ha puesto al día con la televisión de los últimos años. Sé que Callie tiene ojos, pero

---

* Se refiere al personaje del atractivo cura de la serie estadounidense *Fleabag. ¿Cómo saber si es amor?* (N. de la T.)

siento una punzada en el pecho por que se haya dado cuenta de lo atractivo que es.

—¿No eres cura? —pregunta el estadounidense—. ¿Qué está pasando aquí?

Mariana deja de fingir que está poseída y lanza un fuerte suspiro.

—Dijiste que esto se te daba bien —dice, antes de sentarse y alisarse el vestido.

—¿Qué está pasando aquí? —exige saber el estadounidense.

Callie sigue centrada en nuestro hombre.

—Nos han enviado a por ti. Tienes que venir con nosotros.

—No, gracias —replica Sean—. Estoy bien donde estoy.

Quizá yo no sea un inútil total, ni siquiera un inepto. He urdido tantos planes retorcidos que puedo ver cuando uno se está desarrollando delante de mis narices.

Observo la escena que tenemos delante. Me parece detestable y a la vez ingeniosa.

—A ver si puedo explicar lo que os traéis entre manos —digo y me acerco a la mujer que en teoría estaba poseída—. Sean, aquí presente, se acercó a ti en algún momento —le digo al hombre, que asiente con la cabeza— y te dijo que tu novia estaba poseída por un demonio. Ah, y que él podía liberarla de ese espíritu maligno. Dicha novia...

La chica asiente con el ceño fruncido.

—Mariana —le digo— te ha estado persiguiendo para que le pongas un anillo en el dedo, como suele decirse. Sean se habría acercado a ella con la solución a sus plegarias. Luego él te trajo a la habitación de un sacerdote que no sabe nada de todo esto y practicó este falso exorcismo. ¿Cuánto te ha cobrado? —le pregunto a la mujer.

—Mil euros. —Le tiende el teléfono a Sean—. Hazme un Venmo* de vuelta.

---

* Servicio de pago móvil estadounidense que es propiedad de PayPal. Sería el equivalente a Bizum en España. (N. de la T.)

—¿Cómo puede tener una cuenta de Venmo? —pregunta Callie, asombrada.

Eso es lo que menos me preocupa. No debería habernos llevado tanta ventaja, y demuestra que no es un principiante. ¿Quién es este tipo? ¿Por qué mi padre nos oculta tantas cosas sobre él?

—Le robó el teléfono a alguien y creó una cuenta. ¿Tengo razón? —le pregunto.

Sean se encoge de hombros. Quienquiera que lo estuviera torturando debía de estar metido de lleno en el CrossFit... Por desgracia, a muchos de los tipos que tenemos hoy en día en el Infierno les gusta eso.

—Lo robé en una tienda —dice con frialdad, como si no lo hubieran atrapado—. Pensé que mis cuentas ya no estarían activas, así que tuve que solucionarlo.

—Deberías haber sabido que el Vaticano no cobra por los exorcismos —le digo a la mujer.

Ella se encoge de hombros.

—¿De dónde eres? —le pregunta Callie a Sean, entrecerrando los ojos con fuerza. Aún no debe de tener acceso a su información básica—. De verdad. —Supongo que ella también ha notado su cambio de acento.

—Soy ciudadano del mundo —lanza una sonrisa perezosa y juro que tanto Mariana como la mujer que debe de ser su madre se desmayan— y más allá. —Dirige su atención a los otros tres—. Me temo que debo irme. Intento no abusar de la hospitalidad.

Da media vuelta, pasa por delante de nosotros y sale por la puerta. Callie y yo nos damos prisa por seguirlo.

—Espera —le digo—. Tenemos que hablar. No sabes qué está pasando. Tenemos algo que proponerte.

—Me encantan las buenas propuestas —dice, guiñándole un ojo a Callie.

Casi me sale humo por las orejas. Solo yo tengo el privilegio de hacer eso.

Callie lleva el pelo recogido detrás de la oreja derecha y veo cómo se sonroja delante de mis narices.

Ya odio a Sean Tattersall. Pero no tanto como odio a mi padre.

7
Callie

Cuando salimos del edificio, da la sensación de que acabamos de cometer un atraco, lo que supongo que en teoría hemos hecho. Las únicas personas que vemos en el largo pasillo son dos auténticos sacerdotes. Sean Tattersall abre la puerta que da a una escalera de caracol en perfecto estado y se lanza por ella a toda velocidad.

Empezamos a correr. *Estupendo.*

Correr no suele ser una de mis actividades favoritas, pero me resulta muy fácil. Otro de los poderes mágicos de Luke. Él no está resoplando ni nada por el estilo. Pero tiene una expresión seria en el rostro. Ojalá pudiéramos tener un minuto para discutir qué está pasando.

Sean estafaba a gente haciéndose pasar por un sacerdote del Vaticano que practicaba exorcismos. ¿Quién *es* este hombre?

Salimos de la planta baja y Sean aminora la marcha. Unos árboles altos podados en forma de cono rodean el edificio por detrás de nosotros. Hay varios coches aparcados en la entrada.

La mejor manera de describir a Sean Tattersall es imaginarse a un cuarto hermano Hemsworth. Ese es el nivel de atractivo. Tiene la mandíbula fuerte, los ojos verdes, el pecho musculoso... y el resto de su cuerpo también parece musculoso. Y tiene una habilidad asombrosa para cambiar de acento en un nanosegundo.

El caso es que resulta aún más llamativo cuando salimos a la luz del día y se quita el alzacuellos. Entonces muestra el cuello que tenía debajo. Evito que mi cerebro complete la imagen del amplio pecho que debe de haber bajo la camisa negra...

—¿Te gusta lo que ves, princesa? —pregunta. Sigue teniendo acento británico.

Mis nuevos sentidos son increíbles, excepto en este preciso instante. Trago saliva. Solo entonces recuerdo que Luke, a quien quie... (espera, aún no nos lo hemos dicho), es testigo de la conversación.

No pienso que él sea un hombre posesivo. Sabe que soy una mujer independiente. Y confía en mí.

Eso espero.

Aunque también es verdad que, si a una mujer se le pasara por la cabeza olvidar sus prioridades románticas por un cuarto hermano Hemsworth, se le podría perdonar.

Me detengo a observar cómo está llevando Luke el coqueteo de Sean y lo encuentro paralizado, como si estuviera lidiando con varias opciones. Cualquiera de ellas empeoraría la situación. Lo último que quiero es que estos dos se peleen para demostrar lo machos que son.

Así que tomo firmemente a Luke de la mano. Se relaja a mi lado. Un poco.

Sean sonríe mientras nos mira las manos y juro que sus ojos brillan con picardía.

—Deberíamos tomar una copa... o tres —dice Sean—. Cuando estés en Roma, haz como los romanos.

Intento demostrar que no me divierte.

—No estamos en Roma.

—Un pequeño detalle. Podemos ir. Conozco un lugar. Solo necesitamos que nos lleve alguien. —Sean analiza el camino de entrada y verlo resulta fascinante. Es muy calculador. Dos hombres trajeados se apoyan en el lateral del edificio contiguo.

»Estoy seguro de que querrán ayudarnos.

Espero que *no* crea que haremos turismo por Roma...

Le lanzo una mirada severa. No creo que esté acostumbrado a eso.

—Tenemos poco tiempo —digo, y las palabras se quedan vibrando en el aire.

Mi voz suena como si saliera de un equipo estereofónico. Me sobresalto por la sorpresa.

Sean ladea la cabeza del mismo modo que lo hace mi perra, Bosco, ante un ruido extraño.

—No puedo decir que haya visto muchos demonios como tú. Podría haberme quedado en el Infierno... Vamos.

—Yo... —empiezo a explicarle a Sean que no soy un demonio, que lo es Luke, y lo que necesitamos de él, ya que Lucifer no se molestó en... Pero es el primer día y tengo la sensación de que, cuanta más información le demos, más la utilizará contra nosotros. Y aún tenemos que volver a Lexington a tiempo para sustituir a los *skaters*.

—¿Sí? —pregunta Sean.

Primero tenemos que saber quién es este tipo. Entonces podremos averiguar cómo redimirlo.

—Me encantaría tomarme esa copa —digo, cambiando de táctica.

—¿En serio? —pregunta Luke. Pero, después de un rato, parece entender adónde quiero llegar—. Sí, te encantaría. *Nos* encantaría.

—Genial —dice Sean—. Como os he dicho, conozco un sitio.

Se dirige hacia los hombres trajeados. ¿Va a pedir prestado un coche a unos funcionarios del Vaticano? Debe de estar soñando.

—¿Vamos a seguirle la corriente para que confíe en nosotros? —pregunta Luke.

La pregunta subyacente no se me escapa. Hay una nota de inseguridad. Sería adorable si no fuera tan impropio de Luke. No debe de ser fácil convertirse en humano cuando has tenido acceso a un universo de conocimientos y habilidades que tan solo estoy empezando a descubrir.

—Sí. Y somos un equipo —digo—. Nosotros *contra* él. —«Aunque al final sea para su beneficio».

Luke me da un beso en la mejilla. Lanza un suave gruñido y dice: «Necesito más», y yo inclino la cabeza para darle un beso de verdad. Uno rápido. Uno tranquilizador. Que le diga que somos un «nosotros».

Resisto el impulso de fundirme en el beso. Lo cual es bueno. Porque, cuando nos separamos, Sean está tocando el claxon de un pequeño sedán verde que se detiene ante nosotros. A los dos hombres trajeados se les han unido unos cuantos más. Se suben a otros coches y pisan el acelerador detrás de Sean.

Unos hombres vestidos con los flamantes uniformes a rayas rojas, amarillas y azules de la Guardia Suiza salen del edificio, nos apuntan con sus armas y gritan en italiano. Entiendo algunas palabras, otra de mis nuevas habilidades. «¡Alto! ¡Al ladrón!» y cosas parecidas.

—Entra —dice Sean a través de la ventana que acaba de romper—. Ahora.

—Podrías zapearlo —sugiere Luke, pero ya está abriendo la puerta trasera del coche.

—Estamos jugando con él, recuérdalo.

Olvidando toda sensatez, me subo al coche y los frenos de los otros coches chirrían para evitar chocar con nosotros. En cuanto Luke cierra la puerta, Sean arranca el motor y lanza una carcajada mientras mira por el retrovisor.

—Seas o no un demonio, deberías ponerte el cinturón de seguridad —dice.

Un elegante sedán negro se nos acerca rápidamente. Me siento confundida con todo lo que está pasando, pero una insistente idea aparece en mi mente.

—¿Es un Ford Focus? —le digo—. Mi hermano tiene uno de estos. Imaginaba que el Vaticano solo usaría coches italianos...

«¡Oh, no!».

Llegamos a un cruce y un estruendo de sirenas y luces azules de coches de policía nos da la bienvenida. Mi cerebro asimila algo muy inoportuno sobre *este* Ford Focus.

—¡Has robado el Ford Focus del papa! —grito.

—¿Ah, sí? —Sean parece sorprendido, y complacido.

—¿Por qué tiene el papa un Ford Focus? —pregunta Luke. Sé por su tono que, a su pesar, está impresionado.

—Es una persona muy normal —digo—. También se pasea con él.

—Lo hizo antes de que yo lo tomara prestado —dice Sean.

Doy una fuerte patada en el respaldo del asiento de Sean. Lanza una carcajada más sonora, gira a la derecha como si estuviéramos en una nueva versión de *The Italian Job* y conduce por una hilera de cortos escalones, cruza los adoquines mientras la gente se tira al vacío y llega a una calle. Milagrosamente, tal vez de forma literal, el coche sale intacto.

Y sigue *riéndose.*

—¡Esto no tiene gracia! —grito.

—No te preocupes, lo devolveremos cuando acabemos —dice Sean—. Admítelo, te lo estás pasando en grande.

—Para nada. —Una persecución de coches es algo que nunca me ha apetecido probar. Ni siquiera me gustan las películas con ellas (excepto la epopeya feminista de nuestro tiempo, *Mad Max: Furia en la carretera,* obviamente: no somos cosas).

Pero la verdad es más complicada... Una parte de mí quiere reírse de forma desenfadada. Estamos en plena persecución con la policía italiana y la Guardia Suiza porque vamos en un coche robado que pertenece *al papa.*

—Vale —le digo a Luke bajando la voz, mientras caigo en su regazo tras otro volantazo—. Tengo que admitir que me estoy divirtiendo un poco.

Sonríe como un lobo y me abraza con fuerza.

—Yo también. Ahora.

—Lo he oído —dice Sean—. Pero podrías tener a alguien mejor que a él, cariño.

Mantengo mi atención en Luke. El mareante movimiento del coche precipitándose por las calles y el estruendo de las sirenas hacen mucho más intensa mi conexión con él.

Cuando hablo, es a Sean:

—Llámame «cariño» otra vez y acabarás atado en los aposentos del papa.

Me doy cuenta de lo que he dicho en cuanto sale por mi boca.

—Que ninguno de los dos haga ahora una broma.

Las palabras vuelven a vibrar en el aire. Sean mantiene la boca cerrada con prudencia y sigue conduciendo. Luke sonríe como si pudiera comerme.

—Hay un pequeño problema. —Sean frena y el coche se detiene.

Delante de nosotros se alza un precioso puente arqueado sobre el Tíber. Mi mente me informa, al instante, de que fue construido por Adriano. Ahora es peatonal y está cerrado al tráfico.

Mientras tanto, la calle de enfrente está bloqueada por policías, con luces intermitentes y turistas que sacan mil fotos. Detrás de nosotros, más de lo mismo.

—Ha sido divertido —dice Sean—. Pero sé cuándo pierdo. Adelante, llévame de vuelta.

Se está rindiendo. No me lo esperaba. ¿Lo ha hecho con esa intención?

—Aún no —le digo.

Se muestra sorprendido.

—¿Por qué no? Estás aquí para eso, ¿no?

—*Shhh.*

Necesito pensar.

Luke levanta una mano para hacer callar a Sean. Fuera del coche, varios hombres y mujeres con uniforme de policía se acercan sigilosamente.

—¿Qué hacemos?

Una imagen pasa por mi mente y, antes de que puedan responder, decido que vale la pena intentarlo.

—Esperad.

Cierro los ojos como cuando tuve la lanza sagrada en mi poder e imagino mis alas (bueno, las de Luke) en la parte superior del coche. Entonces lo visualizo levantándose y oigo a Luke jadear por la sorpresa.

—¡Vaya! Eso no lo vi venir —dice Luke.

—Yo tampoco —digo y abro los ojos.

Estamos sobrevolando el Ponte Sant'Angelo, el puente de los ángeles, con estatuas de seres celestiales y turistas boquiabiertos debajo de nosotros. Abajo, el verde río Tíber, que parece muy romántico con la delicada luz de un sol que empieza a ocultarse en el horizonte. Más allá está Roma.

Sean me mira boquiabierto, algo que tengo la sensación de que no hace a menudo.

—No eres un demonio cualquiera, ¿verdad? —pregunta, y nos observa a los dos.

No quiero ser un demonio. Pero una parte de mí se alegra de la valentía de lo que estamos haciendo. Por lo que debe de estar pensando el mundo que tenemos a nuestros pies.

«Céntrate, Callie».

Miro las calles que hay bajo nosotros y encuentro una que parece desierta. Vuelvo a cerrar los ojos y preveo el aterrizaje más suave posible. Las ruedas golpean el suelo cuando aterrizamos.

Aún respiramos y el coche no echa humo ni nada por el estilo. No ha estado mal.

—¡Ha sido lo mejor que me ha pasado en años! —exclama Sean—. Me gustas.

Sacudo la cabeza.

—Ahora *yo* necesito un trago. Y tenemos que hablar.

Siento el cálido aliento de Luke contra mi oreja.

—No estaba seguro de cómo sería la Callie mala, pero me gusta.

Me vuelvo hacia él. Sus propias palabras le impactan, porque enseguida aparece el arrepentimiento en su mirada azul aciano. Podría hundirme en esos ojos.

—Sigues siendo buena —dice en voz baja—. Jamás podrías ser otra cosa...

Me preocupa que haya corrido a tranquilizarme, pero más la insinuación de que él es malo. Pero ahora no es el momento. Oigo sirenas, no lo bastante cerca para unos oídos humanos, pero sí cada vez más cerca.

—Todo el mundo fuera, rápido —digo.

Ni Luke ni Sean protestan. Nos bajamos y caminamos por la calle hacia lo que parece ser una avenida más concurrida. Sean mira a su alrededor y dice:

—Nos has traído al lugar perfecto.

Parece muy animado. ¿Qué podemos hacer sino seguirlo? Nos lleva a un callejón y luego a otro. Enseguida nos encontramos caminando por una avenida más concurrida que tiene una fuente, y estoy a punto de decirle que se calle y elija ya un sitio, cuando aparece ante nosotros una gran escalinata de piedra repleta de italianos y turistas sentados en sus escalones.

—Esas son las escalinatas de la plaza de España.

La vida me sigue sorprendiendo a veces y este es uno de esos momentos. Tal vez esta cita aún no se haya echado a perder.

—Sí —dice Sean por encima del hombro, esquivando a la gente que holgazanea sobre los peldaños—. ¿Qué pensabas? ¿Que os iba a llevar a cualquier *pub*? No está mucho más lejos.

Cuando llegamos a la cima, se detiene y se encoge de hombros en lo que parece ser una chaqueta de alta costura, que ha robado en la subida.

—Apuesto a que también es un buen carterista —dice Luke—. Yo encontraba divertido ese tipo de cosas... hasta que crecí.

Ambos sabemos que si Luke quisiera robarle la cartera a alguien lo haría sin ningún remordimiento.

—Tengo, *al menos,* diez años más que tú —dice Sean con una amplia sonrisa. Disfruta provocándolo.

—No estás a mi altura —dice Luke.

Sean vuelve a guiñarme un ojo.

—Puedes dejar también de hacer eso —le digo—. No ayuda a tu causa.

Entonces recuerdo que es *nuestra* causa. «Piensa en Agnes, Callie».

—No has usado tu voz de demonio —dice, alegre—. Pero haré lo que pueda.

Nos lleva un poco más lejos y se detiene haciendo una floritura.

—Ya hemos llegado.

La noche ha caído a nuestro alrededor. La fachada blanca no es ostentosa y apenas está iluminada, creando una suave atmósfera. Una señal de que se trata de un lugar elegante. No necesita anunciar nada.

Hay un portero con bigote de pie, junto a una entrada arqueada que da acceso al edificio y que muestra un patio con luces centelleantes a lo lejos. Dirige una larga mirada a Sean.

—¡Señor Sean! No le hemos visto en... unos cinco años —dice—. Temía que le hubiera pasado algo.

—Yo también te he echado de menos, viejo amigo.

El portero sonríe con genuina sinceridad.

—Es bueno tenerlo de vuelta, señor.

—Sabes que me encanta este sitio.

Sean levanta una mano y toca con sus dedos el ala de un sombrero imaginario. El tipo asiente como si le hubieran hecho el mayor cumplido del mundo.

En cuanto pasamos, vuelvo a sacudir la cabeza.

—¿Nos has traído a un lugar donde te conocen? —pregunto—. ¿Por qué lo has hecho? ¿No estás *muerto*?

—Para ti solo lo mejor —dice—. Lo de ahí *arriba* ha sido sensacional.

Más rodeos. El gruñido bajo de Luke resume justo lo que siento.

—¿Dónde estamos? —me pregunta.

Parpadeo y lo sé.

—Hotel de Russie.

—Y su jardín secreto —aporta Sean.

Entramos en un patio aterrazado que es uno de los lugares más bonitos que he visto nunca. Nos acompaña hasta el interior y subimos unos escalones, señalando con la cabeza a un camarero vestido con un uniforme impecable. Unos árboles frondosos y verdes rodean la terraza y el patio. Llegan hasta mi nariz múltiples olores y no me atrevo a rechazarlos.

Naranjos. Flores. El toque químico del agua de la fuente. Los complejos aromas del vino de las copas de la gente sentada a las mesas repartidas por las dos terrazas. Pasta fresca, mantecosa y aceitosa.

Sean se sienta a una mesa cercana al borde del jardín, desde donde podemos ver las mesas poco iluminadas que nos rodean y el patio.

—Buena elección —dice Luke.

—Mi mesa —responde Sean—. Me la reservan.

—Todavía te la reservan. —Abro los ojos como platos—. Pero estuviste en el Infierno durante cinco años, ¿no?

—Más o menos —dice—. O toda una vida.

Ya está bien de ocurrencias. Necesitamos respuestas.

El camarero viene hacia nosotros con una bandeja que contiene tres copas y dos botellas de vino.

—Blanco y tinto, las variedades de siempre —le dice a Sean—. Unas añadas excelentes.

—Déjalos —digo.

El camarero espera la confirmación de Sean y yo me planteo hablar con mi voz de demonio. El camarero desaparece con discreción antes de llegar a ese punto.

—Lo vamos a hacer de este modo —le digo a Sean en cuanto se ha ido—. Si respondes a una pregunta, nosotros abrimos una botella de vino.

—De acuerdo. Dispara.

—Aún no ha acabado —dice Luke.

Me conmueve que me conozca tan bien.

—Si respondes a otra pregunta, nos servimos una copa. Si respondes a una tercera, nos la bebemos. ¿Entendido?

Sean se encoge de hombros lánguidamente. Un pájaro nocturno canta en el árbol que hay sobre nosotros lo que podría ser un himno a su belleza. Es curioso, pero eso ya empieza a cansarme. Luke era *muchas cosas* cuando lo conocí (arrogante, guapo, exasperante), pero nunca quise librarme de él.

No veo la hora de deshacerme de este tipo. Lo que es un problema, ya que tenemos que redimirlo. Estoy empezando a entender cómo ha conseguido Lucifer su reputación.

—También tienes que decir la verdad —añade Luke. Luego me mira a mí—. Tú lo sabrás.

Sean alterna su mirada entre los dos.

—Es curioso que le des instrucciones.

—No lo hago, y no es asunto tuyo —dice Luke.

—¿Estás listo para la primera pregunta? —digo para evitar que los dos empiecen a discutir.

Sean se reclina en su silla como si todo le diera igual.

—Dispara. Metafóricamente hablando.

—¿Cómo acabaste en el Infierno?

Sean reflexiona. Se inclina hacia delante, levanta la botella de vino tinto y la arrastra por la mesa hacia su lado, a modo de provocación.

—No creo que tengamos tanto tiempo, cariño.

Me acerco y agarro la botella, devolviéndola a nuestro lado de la mesa.

—¿Puedo hacerlo hablar? —le pregunto a Luke.

Sus labios se curvan en una sonrisa.

—Lo que llamas «voz de demonio» también se conoce como «modo interrogatorio».

Sean frunce el ceño.

—¿Puedo, al menos, tomar vino durante mi tortura?

Me encojo de hombros y Luke abre la botella y sirve una copa. Pero la deja en nuestro lado de la mesa.

—¿Por qué estabas allí? —pregunto—. La versión corta.

—Hice algunas cosas malas.

No uso el modo interrogatorio, aún no.

—Apuesto por ello. ¿Elegiste venir a la Ciudad del Vaticano?

Asiente con la cabeza.

—Así es.

—¿Por qué? —No creo que solo tuviera el capricho de practicar un falso exorcismo.

—Ya que lo pides con tanta amabilidad... —Hace una pausa y estoy segura de que es para añadirle dramatismo.

—Continúa —le digo, con un ligero vibrato de interrogatorio.

Con más tranquilidad que si estuviera dando un paseo por el parque, dice:

—Soy un buscador del Grial. Pensé que este sería un lugar tan bueno como cualquier otro para empezar a buscarlo, puede que incluso sea el mejor.

Un buscador del Grial. Es un término ligado a una reliquia concreta. El Santo Grial. También conocido como el Santo Cáliz.

Me duele concentrarme en el Grial ahora mismo y, aunque intento localizarlo sin querer, el lugar permanece oculto a mi vista. No puedo saber dónde está. Menos mal.

No tengo que usar ningún poder especial para conocer el resto de los detalles. Están entre mis conocimientos ocultos en mi sala de máquinas.

El recipiente que Jesús utilizó en la última cena y que se cree que pudo ser una copa, una fuente o un cuenco. José de Arimatea lo utilizó para recoger su sangre en la crucifixión. En varias tradiciones, se atribuye al Grial la capacidad de conceder la inmortalidad y proporcionar abundancia, curación y paz. Supuestamente es una leyenda, pero con la lanza sagrada aprendí que este tipo de leyendas pueden ser muy reales. ¿Por qué parece que siempre estoy en el camino de quienes buscan estas reliquias?

—¿Lo has encontrado? —Estoy bastante segura de que la respuesta es «no», ya que no sé dónde podría esconderlo. Pero he aprendido que nunca se tiene demasiado cuidado con los objetos mágicos.

—No estaba allí —dice Sean, y pide el vino con la mano.

Temblorosa, le hago un gesto con la cabeza a Luke y él empuja la copa al otro lado de la mesa.

—Así que aún no lo he encontrado —dice Sean—. Pero lo haré.

Sean sujeta el tallo de la copa con dedos delicados y da un largo trago. Intento pensar en cuál sería la mejor pregunta para hacerle a continuación. Y cómo abordar su posible redención.

Por desgracia, entonces empiezan los gritos.

8
Luke

Me quedo sin respiración. El patio bulle de actividad en cuanto un grupo de policías italianos con uniformes azules entran a toda prisa. Tampoco están solos. Hacen todo lo que pueden para evitar que cuatro *paparazzis* con cámaras de largo alcance se acerquen a ellos.

Al cabo de unos instantes, se confirman mis sospechas. Sin duda vienen hacia nosotros, señalándonos mientras serpentean entre las mesas en dirección a las escaleras que llevan a la planta superior. El camarero que nos trajo el vino intenta entretenerlos haciéndoles unas preguntas.

¿Por qué demonios están aquí?

¡Oh, vaya! Callie dio antes todo un espectáculo. Se supone que en la Tierra debemos mantener un perfil bajo, no entrar disparando con nuestras superpistolas demoníacas, cuando todo el mundo puede ver qué ha pasado desde su *smartphone*. Y no después de robar un coche que pertenece al Vaticano.

Puede que yo sea ahora un simple humano, pero Callie no va a ir a la cárcel de ninguna manera, ni mucho menos va a hacerse famosa por Instagram y tener que esconderse por usar mis poderes sin las lecciones que yo he recibido toda la vida. No importa si les he prestado atención o no.

—¡De pie! —Me levanto y me acerco a Sean para agarrarlo por la espalda de su chaqueta robada.

Ya se ha levantado y luce una sonrisa de satisfacción.

Callie ha llegado a la misma conclusión que yo.

—¿Quizá no debería haber hecho volar el coche? —pregunta con una mueca de dolor.

Me encojo de hombros.

—Yo no diría eso. Pero sin duda llamó la atención.

Antes de que yo pueda decir que lo ideal sería zapearnos afuera, sus relucientes alas negras se abren. A nuestro alrededor aumentan los flashes de las cámaras y el volumen de las voces de los entusiasmados italianos. Hemos superado con creces el momento de «¿Qué demonios vamos a hacer ahora?».

—Lo siento —dice casi asustada—. No era mi intención.

—Deberíamos irnos —digo—. Ahora.

Me giro y entonces me doy cuenta de que Sean ya no está. Busco rostros y posibles salidas, y considero la opción de huir hacia los árboles, que es el único lugar adonde él se podría haber dirigido sin pasar por delante de nosotros.

—Tenemos un problema. Sean ya no está aquí.

Callie asiente en silencio. Pierde su mirada en la lejanía y luego vuelve a parpadear aquí y ahora.

—Está en... España.

Nos miramos con los ojos muy abiertos. ¡Qué sorpresa!

Callie observa el avance de nuestros perseguidores. La policía y los *paparazzi*, con los flashes de sus cámaras, se acercan cada vez más. Están ya en la escalinata y vienen hacia nosotros. Levanta la mano y señala hacia abajo, donde el portero que nos recibió (*al señor Sean*) sonríe con la satisfacción de un hombre que ha hecho bien su trabajo.

El camarero sigue delante de la policía y de los *paparazzi* cuando estos llegan en masa al final de la escalera. Callie frunce el ceño.

—¿Te pidió hacer esta maniobra de distracción? ¿El portero ha llamado a la policía?

Parpadea cuando ve sus alas.

—Sí, sí. Ayudamos al señor Sean cuando...

Callie suspira cuando un gendarme pasa a su lado.

—Aquí no hay nada que ver —dice Callie con un vibrato y todos los presentes se detienen en seco. La orden borrará de estas mentes todo lo que ha pasado aquí, y puede que en todo el día. Es probable que ella no tenga ni idea.

—Tal vez quieras borrar también las memorias de las cámaras —sugiero.

—Hecho. —Ella asiente, abre un ala y la pliega a mi alrededor—. Agárrate —dice, y yo me pego a ella mientras ascendemos.

Volamos en vez de zapear, y me alegro de vestir mi chaqueta de cuero mientras viajamos arriba, arriba y por encima de las nubes. Roma refleja el cielo nocturno en sus luces y románticos edificios. Ojalá esta *fuera* la noche en la que abrazáramos un nuevo nivel de compromiso, como habíamos planeado.

—¿Nos vamos a España? —pregunto.

Ella duda.

—Sí. Pero ¿cómo lo ha hecho tan rápido?

La única respuesta es que puede viajar de alguna forma parecida a la nuestra.

—Solo lo sabe mi padre. Quizá le dio la habilidad de hacernos la vida más difícil.

—Parece cosa suya. —Callie se muerde el labio—. No quiero que nos lleve tanta ventaja. Luke, ¿qué pasa si encuentra el Santo Grial? ¿Quién *es* este tipo?

—No lo sé —respondo—. Ojalá lo supiera.

—Tiene que poder redimirse. De lo contrario, tu padre nos estaría engañando, ¿verdad?

—Supongo que sí. —«¿Quién sabe de lo que es capaz mi padre?».

—Cualquiera puede ser mejor persona. Hacer el bien. Cambiar. Tengo que creerlo.

Espero que tenga razón sobre este asunto existencial, pero aún no lo sé.

—Nunca pensé que yo tuviera alma, así que solo puedo decirte que confíes en tu instinto.

Acelera nuestra velocidad por el cielo y percibo su frustración por lo relativamente lento que está siendo el viaje.

—¿Te importa si...? *Podemos* ir por aquí, me gusta volar, y casi parece una cita de verdad, pero... tenemos poco tiempo y...

Lo que Callie me está preguntando es si puede zapearme a otro país, cruzar las fronteras del Infierno, chamuscándome por el camino.

—Adelante.

No grito. Supongo que me estoy acostumbrando a mis limitaciones humanas.

* * *

Al atardecer descendemos en una ciudad con bulliciosas aceras a la sombra de una catedral gótica. Hay más estatuas intimidantes con túnicas (empiezo a preguntarme si son más numerosas que los habitantes de la región), pero esta iglesia presenta muchas más gárgolas y trabajos de mampostería. El tipo de edificio destinado a poner a los humanos en su lugar.

Vuelvo a respirar mucho más rápido, así que dondequiera que estemos en España, no debe de estar muy lejos del italiano Hotel de Russie, las mentes en blanco y las cámaras que dejamos a nuestro paso. Callie recoge sus alas antes de que llamen más la atención.

—¿Dónde estamos? —pregunto. Lo primero es lo primero.

—En Valencia —dice—. Y eso es la catedral de Valencia, que contiene una cosita llamada «capilla del Grial» y, en teoría, una reliquia auténtica dentro.

—Ah —digo—. ¿Por qué crees que quiere el Grial?

Callie sigue mirando la catedral.

—No tengo ni idea. No me recuerda a Solomon Elerion* precisamente. Pero eso es peor de alguna manera.

---

* Personaje que aparece en *Diabólicamente sexy*, el primer libro de la saga. (N. de la T.)

¿Peor que Solomon? Por todas las formas en que amenazó a Callie, no puedo estar de acuerdo; incluso aunque utilizara la lanza sagrada para traer el reino de mi padre a la Tierra y casi acabara con nosotros y con la mayoría de los humanos de paso.

—¿Por qué?

—Porque los motivos de Solomon eran muy obvios. Sean, en cambio, es un misterio.

Tiene razón.

—¿Supongo que esto significa que el Grial es auténtico?

—Sigue oculto para mí.

«Entonces es real».

—¿Lo ha mencionado Porsoth alguna vez? —pregunta.

«Seguro que lo ha hecho, pero no lo recuerdo».

—Creo que me salté esa clase. ¿Qué dice tu (mi) cerebro mágico?

—Muchas cosas ya las sabía. Leyendas. —Inclina la cabeza hacia la iglesia—. Se ha datado en la época de Jesús y dos papas utilizaron este cáliz para celebrar unas misas multitudinarias. Tenemos que asumir que Sean está aquí por ese motivo.

—¿Qué vamos a hacer? —pregunto.

Callie me mira. Sus ojos parecen enloquecidos por su estado actual y por lo que implica.

—Obviamente no voy a entrar.

Oculta muy bien lo que esto le hace sentir. Pero yo lo sé.

—Lo siento —le digo.

—Es culpa de tu padre. No me gusta la idea de quedarnos aquí parados. ¿Te parece bien ir tú solo tras él? Ni siquiera le hemos dicho que tiene la oportunidad de cambiar.

Supongo que no puedo decir que no. Aunque la idea de cruzar ese umbral me deja paralizado. A los niños del Infierno se les inculca, desde muy pequeños, el peligro que conlleva entrar en un espacio sagrado. Una de nuestras pocas debilidades y que no podemos pasar por alto.

Lo último que quiero es que ella se dé cuenta de los inconvenientes que tiene mi naturaleza demoníaca.

—¿Por qué no? —suelto.

Ella asiente. Antes de que pueda cambiar de opinión, subo corriendo los escalones y cruzo las pesadas puertas de madera de la entrada.

No estallo en llamas ni empiezo a retorcerme de dolor, así que es un signo positivo.

El enorme interior parece vacío de gente, pero debe de ser una ilusión si las puertas están abiertas. Supongo que las distintas zonas del interior de una iglesia tienen sus propios nombres. Como no podemos entrar físicamente en las casas de culto, los demonios ni siquiera tenemos que aprender la jerga.

La iglesia en sí es impresionante. Supongo que lo es. Unos cuadros llenos de sufrimiento ocupan la parte superior de las paredes. Reconozco un cuadro de Goya (uno de los pocos temas a los que presté atención) de un demonio agazapado en la oscuridad sobre un cadáver. Otras pinturas parecen ser de santos probando su temple: extrayéndoles las vísceras o atados a barras de metal sobre las llamas, por ejemplo. Otra cosa que tienen en común los devotos y los demonios es su afición a las escenas de tortura.

El techo es alto y abovedado. Camino junto a unas largas filas de asientos de madera con rígidos respaldos.

—¡Ah! —Pego un brinco ante la inesperada visión de un brazo detrás de un cristal, oscuro y momificado. La placa lo identifica como el brazo izquierdo de san Vicente. Otra reliquia. ¡Qué vulgar!

De repente me alegro de haberme perdido, hasta ahora, toda esta grotesca magnificencia. En casa hay muchos brazos cortados, aunque menos vitrinas de cristal.

El diseño de la iglesia me lleva a una segunda capilla, tan adornada con objetos siniestros como la primera. Más adelante hay otra reliquia dentro de una vitrina que está elevada sobre una plataforma. Es una copa de piedra color marrón rojizo con una recargada base dorada con piedras preciosas y unas asas con forma de serpiente.

A mí me parece el Santo Grial.

Sean está sentado entre la parte trasera de la iglesia y la vitrina. Gira la cabeza cuando me acerco.

—No has tardado mucho.

—Podría decir lo mismo. —Entro en la fila para sentarme a su lado—. ¿Cómo viajas?

—Tengo mis medios. Menos dolorosos para los humanos que los tuyos, supongo.

—No puedo saberlo si no me lo explicas. —¿Es porque lo han liberado del Infierno? ¿Es una especie de fantasma? Debería prestar más atención a las lecciones de Porsoth.

Tamborileo con los dedos en el asiento de madera, que es más incómodo de lo que parecía. No voy a ocultar que me pone nervioso estar aquí.

Pero *debería* aprovechar esta oportunidad.

—¿Quieres contarme algo? Nos gustaría ayudarte. Callie no querría que te lo dijera sin estar ella presente, pero... estamos de tu parte.

—Recuerdo que ella quiere saber sus motivos y dejo un poco de margen de maniobra—. Creo.

—Tú tienes tus propias motivaciones —dice—. Por las cuales siento curiosidad. No esperaba que pudieras entrar aquí.

—Ha sido un día curioso. —«Y no soy del todo yo mismo»—. ¿Por qué quieres el Grial?

—Es un objeto muy brillante. —Levanta una mano y muestra lo que parece ser una copia idéntica de la copa que tenemos delante.

Giro la cabeza entre esta y la que está expuesta.

—¿Eso es...?

—El cáliz de ahí es viejo, pero no es mágico. Si lo hubiera sido, lo habría cambiado por este; lo hicieron unos joyeros de aquí que conozco. Es una de las mejores copias. —Suspira—. Pero resulta que es *solo* un objeto brillante. Otro para tachar de la lista.

Intento confirmar lo que dice sobre la ausencia de algo sobrenatural.

—No siento nada, la verdad. Deberíamos salir. Tenemos otros sitios adonde ir.

No hace amago de levantarse.

—Siéntate —dice—. ¿No *lo* sientes?

Vuelvo a acomodarme, pero mis músculos están tensos. No me gusta estar aquí.

—Siento las ganas de salir.

—Yo solía sentir eso. —Me dedica una sonrisa—. Me refiero a la paz. ¿No sientes la paz?

Le sigo la corriente y lo intento. Cierro los ojos y me sumerjo en las sensaciones. Hasta que abro un ojo y lo encuentro mirándome.

—Imagino que la paz durará hasta que llegue algún cura y nos diga que nos larguemos o intente confesarnos —digo con sinceridad.

—¿Cuándo fue la última vez que viniste a una iglesia? —pregunta.

—Nunca he tenido el placer. —Es una exageración llamarlo «placer»—. Están bien, pero no son lo mío.

—Te asustan. —Levanta un hombro—. A mí también me asustan.

Decido que ya ha habido suficiente vínculo masculino y esfuerzo por mi parte para tirarle de la lengua, y me pongo en pie.

* * *

Cuando cruzamos las puertas, Callie se lanza hacia delante, pero se domina enseguida y se queda esperándonos en la acera.

—No vuelvas a desaparecer —le dice a Sean.

«Buena suerte».

Entonces ella ve la copa falsa en su mano.

—¿La has robado? —Pero, al entrecerrar los ojos, me doy cuenta de que siente la verdad—. Es falsa —dice.

Sean la deja en el suelo junto a sus pies.

—Lo que podrías descubrir si la miraras de cerca —dice—. Me gustaría saber quiénes sois.

—Lo mismo digo —dice Callie. Y continúa—: Pero tú, obviamente, tendrás que esperar. —Nos hace señas para que avancemos y, cuando llegamos a la acera, añade—: Prepárate. Lo siento, Luke. Pero la diferencia horaria... Tenemos que volver.

—¿A dónde? —pregunta Sean—. ¿Al Infierno?

Ella lo ignora, esperando mi respuesta.

—Acaba de una vez —le digo.

Sus alas (*mis* alas) se abren a nuestro alrededor, Sean maldice y entonces volvemos a viajar. Sospecho que vomitaré en cuanto nos detengamos...

... de vuelta sobre los adoquines del parque de Lexington. Sean y yo tosemos de forma desmedida mientras una atónita multitud de curiosos admira las alas de Callie.

—Sígueme la corriente —consigo decirle.

Siguiendo mi consejo, Callie se pavonea. Se acicala y se acerca a los dos *skaters*, que, aunque parezca increíble, han cumplido su misión. Hay otras personas disfrazadas cerca. Casi pasa desapercibida.

Excepto por el hecho de que es magnífica. Algo que sería verdad incluso sin mis poderes y el resplandor de mis alas. Pero el cielo comienza a oscurecerse y ella irradia luz como la luna.

Callie habla más alto de lo necesario, todavía jugando con el público del parque del sábado por la noche.

—Parecen de verdad, ¿eh? Son el tipo de cosas que podéis encontrar todos los días en La Gran Evasión.

Se acerca para permitir que la gente se arremoline a su alrededor, pero da un paso atrás cuando una chica con una camiseta de Taylor Swift intenta tocarle las alas. El instinto entra en acción.

Podría decirle que eso resulta invasivo, a menos que quieras que lo haga alguien concreto. A mí solo me gusta que Callie me toque las alas. No tiene ni idea de lo que se siente, la intimidad que conlleva.

El recuerdo de la sensación me hace volver en mí. Agarro a Sean por el codo, por si está pensando en largarse. Parece lo más natural en él.

Nuestra misión se ha complicado con todo este asunto del Santo Grial y las habilidades que tiene Sean para viajar libremente. Mi padre debe de estar junto al Vigilante del Mundo riéndose de nosotros. Esto no hace más que aumentar mi necesidad de demostrarle que soy mucho más de lo que él cree.

Acerco a Sean y a Callie.

—¿A dónde vamos ahora?

—A La Gran Evasión. —Callie está indecisa porque es una idea terrible—. Tengo que presentarme ante mi madre. —Luego mete un fajo de billetes en los bolsillos de los dos chicos con tanta discreción como es posible—. Buen trabajo. Apunta tu número en mi teléfono por si os apetece repetir mañana.

El chico flaco lo hace y le devuelve el teléfono. Callie los aparta con un gesto de la mano.

Sean se mete las manos en los bolsillos de la chaqueta.

—La Gran Evasión, ¿eh? Suena como mi clase de lugar.

—No lo es —dice Callie—. Cuando lleguemos, te comportarás o...

—¿O? —Sean levanta una ceja de forma desafiante.

Odio que ambos tengamos tantos gestos idénticos.

—O nunca volverás a escapar de ningún sitio.

Casi espero una discusión. Es una apuesta y un reto. Pero, en lugar de eso, asiente con la cabeza y cede con facilidad.

—Interesante —dice Callie.

Ella debe de intuir que yo no soportaría hacer otro viaje tan pronto o quizá quiere retrasarse un poco para ver a su madre. Sea como fuere, partimos a pie.

—Es hora de que nos sinceremos —le dice Callie a Sean.

—Tú primero. Supuse que ambos erais demonios, pero él entró en la iglesia.

Callie mira con cautela por encima del hombro y por delante de nosotros, y sus alas desaparecen. Mis alas.

Mías. Mujer y alas.

Ella quiere que esto funcione. Tengo que hacer que así sea.

—Soy Luke Astaroth Morningstar —digo y hago una reverencia, aunque en teoría debería ser al revés.

Sean absorbe la información. Supongo que si lleva cinco años en el Infierno, habrá oído hablar de mí.

—¿Y ella es...? —Señala a Callie con la cabeza.

—Te presento a Callie Johnson, el ser más hermoso que he conocido. —Le guiño un ojo y sé que sus orejas se han puesto de color escarlata. Humanos o no, nuestra química sigue aquí.

Sean nos mira a los dos.

—Pensé que eras tú —me dice—. Pero entonces entraste en la iglesia.

Hago otra reverencia.

—Pero nunca he oído hablar de ella, a menos que... —Chasquea los dedos—. *Tú* eres la que acabó con todos los planes para la batalla. *No* te llamaron Callie ni bonita; al menos, no en mi parte del hoyo.

Al oír eso siento una oleada de ira en mi interior.

—No tardarán en hacerlo.

—Luke, no pasa nada —dice Callie con cariño—. No voy a perder el tiempo preocupándome por cómo me llaman las cotillas de Mujeres Ricas del Infierno*.

Aun así, enterarte de que los demonios te maldicen no debe de ser fácil. No cuando eres buena. Puede que a la especie demoníaca le encanten esos programas, pero sentirían escalofríos ante el apodo que acaba de darles. Siento que la balanza se equilibra.

—Tus poderes —dice Sean—. Son suyos. No tuyos.

—Sí.

—Me lo estaba imaginando —dice. Y luego a mí—: No creía que fueras humano.

Parece disculparse por ello. Como si fuera a ofenderme. La persona que más quiero en todos los mundos es humana.

Sean no ha acabado con su interrogatorio. Salimos del centro; la acera rodea unas casas señoriales y una amplia y transitada carretera.

---

* Hace referencia al *reality show* estadounidense *The Real Housewives,* traducido en España como *Mujeres Ricas de...* (N. de la T.)

—Así que Lucifer te ha enviado a por mí, pero no me has llevado de vuelta. ¿Por qué?

Callie y yo intercambiamos una mirada. Ella dice:

—Lucifer nos ha dado tres días para demostrar que puedes redimirte.

Sean se burla.

Callie lo ignora.

—Y, si lo conseguimos, podremos dar una segunda oportunidad a otras personas del Infierno *que se lo merecen*. Incluida una niña de once años a la que no le tenemos especial cariño, pero eso no importa; se merece una oportunidad. Tú eres la clave para ello.

Inclina la cabeza hacia mí, preguntándome si hay más.

—Ese es el alcance de la misión.

—El viejo demonio me eligió a mí —dice Sean—. Maldito bastardo.

—Por mí no te cortes. —Me sorprende estar de acuerdo con él, pero bueno. Cosas más raras pasarán estos tres días.

A lo lejos se vislumbran las luces del centro comercial donde se ubica La Gran Evasión.

—¿*Por qué* te eligió mi padre? —le pregunto.

—Creo que ya lo hemos descubierto. —Sean sigue caminando.

—Sí, eres insoportable —le digo—. Pero asumo que hay algo más.

—¿Te apuntas? —pregunta Callie—. ¿Podemos intentar redimirte?

Ella se detiene en la acera y yo también. Sean tiene que volver, pero solo da un paso en nuestra dirección.

—Este es el tema —dice, levantando una mano para restregarse la incipiente barba—. Si me ayudáis a conseguir el Grial, claro, tal vez. De lo contrario no puedo prometeros nada. —Callie va a oponerse, pero él añade enseguida—: Tiene ese poder.

Es lo más claro que ha dicho hasta ahora.

Callie piensa sobre ello.

—Hay otra razón por la que lo quieres. Y voy a averiguar cuál es.

Los labios de Sean se fruncen.

—Hablas como un verdadero demonio.

—Oh, no tienes ni idea. —Sonrío—. Ella es mucho más peligrosa que cualquiera de nosotros.

Sean espera, con toda nuestra atención puesta en él. Nos devuelve la sonrisa.

—Eso creo, ya que vosotros me inspirasteis para buscar el Grial.

Tararea cuando se pone a caminar y nosotros aceleramos para alcanzarlo. Se está convirtiendo en una sensación de la que podría prescindir.

9
Callie

La cabeza me da vueltas con todas las posibilidades de lo que Sean Tattersall ha querido decir, como si fuera un despliegue de vertiginosos dibujos de Escher*. ¡Fuera! Solo el diablo sabe qué habrá insinuado.

—Callie, te está saliendo humo por las orejas. —Luke me pasa despacio unos dedos por delante de la cara.

Ah, el humo forma parte del efecto Escher. Nubla el aire a nuestro alrededor y Luke se aparta de la nube para evitar toser. Sean sigue caminando por delante de nosotros.

—Mis reacciones son como las de un personaje de dibujos animados... —Levanto las manos.

Luke intenta tranquilizarme.

—Un personaje de dibujos animados muy valiente.

—¿También crees que me he convertido en un personaje de dibujos animados y, aun así, debo redimirlo? ¿Cómo? —Hago un gesto hacia Sean.

—No me refería a eso —dice Luke.

—Lo sé —le digo. Y de verdad lo sé—. La pregunta sigue en pie. ¿Cómo diablos voy a *redimirlo*?

Sean se da media vuelta.

---

* Maurits Cornelis Escher fue un artista neerlandés conocido por sus grabados xilográficos y dibujos, que consisten en figuras imposibles, teselados y mundos imaginarios. (N. de la T.)

—Sin ánimo de ofender.

Continúo asimilando esta situación lo mejor que puedo. Me adelanto.

—¿Qué quieres decir con que te «inspiramos»?

—La historia dice que encontraste la lanza sagrada y que casi funcionó —dice Sean como si fuera obvio—. Yo quiero el Santo Grial, y se me da bien conseguir lo que quiero. —Una emoción imposible de definir asoma en su rostro—. Casi siempre.

—¿Quieres vivir para siempre? —pregunta Luke—. ¿Cómo moriste?

«No, no es eso». Podría decir por la falta de reacción de Sean. Sigue ocultándonos algo. Pero ¿el qué? Cuando trato de encontrar información básica sobre él, mi mente se queda en blanco. Un bloqueo por parte de Lucifer.

—Si aceptamos ayudarte, ¿te comportarás? —No es que vaya a creerle y pretendo averiguar qué está tramando, pero es mejor tenerlo donde podamos verlo.

—Tienes mi palabra de que lo intentaré —dice Sean.

Luke asiente levemente con la cabeza y yo digo:

—Ya basta.

Me percato de que ya vemos el edificio de La Gran Evasión, al final del centro comercial. A ambos lados de la fachada hay unos carteles gigantes con un halo y un cuerno con flechas que me recuerdan a las camisetas. Las camisetas que no llevamos puestas, porque me olvidé de recuperarlas de nuestros sustitutos.

Pero no le doy importancia. Es un detalle y no creo que mi madre se dé cuenta. (Se da cuenta de todo. Es Holmes *y* Watson en un *pack* friki y bibliófilo).

Desde aquí, puedo ver a Mag y Jared trabajando en una mesa que tienen enfrente. Deben de estar acabando.

Quiero ver a mi amigue. Y a mi hermano. Para volver a tomar contacto con la vida real.

«Pero tú quieres que esta sea tu vida real», me recuerdo.

—¿Sigo fumando? —Creo que no, pero consulto a Luke para estar segura.

—Solo en sentido metafórico. —Me sonríe maliciosamente, y estoy segura de que lo hace para consolarme. Y funciona.

—¿Por qué no nos cuentas nada sobre ti? —le pregunto a Sean mientras caminamos.

Se encoge de hombros y me dedica esa molesta sonrisa suya. Lo analizo y, si no me equivoco, hace todo lo posible por fingir inocencia. Sí, claro.

—Creo que no quieres contarnos nada porque quedarías mal —le digo.

Baja la mirada hacia su cuerpo.

—Querida, nada me hace quedar mal.

Luke y yo ponemos los ojos en blanco.

—Ya basta —le digo—. Y compórtate como prometiste. Más o menos. Sigue nuestro ejemplo.

Gira sus dedos sarcásticamente en señal de respeto.

Los *skaters* no me han entregado ni las camisetas ni la carpeta, y no sé si debía traerla. Visualizo la carpeta de manila y esta se materializa en mis manos.

No tengo ni idea de si es la misma carpeta que ellos tenían y, simplemente, se la he quitado de las manos, de la papelera o de donde sea, o si he creado una idéntica. Tan solo sé que he hecho trampa.

Como si saber información sin haberla aprendido no fuera hacer trampa.

Como si no decirle la verdad a mi madre no fuera engañar.

Me veo obligada a hacer trampa. No tengo alternativa con el tiempo del que disponemos. Eso es lo que me digo a mí misma. Lástima que también sienta que eso es hacer trampa.

Aunque podría hacerlo, no me molesto en ponernos las camisetas por arte de magia. Una mentira menos por la que sentirme mal.

—¿Callie? —Tengo la mano de Luke en el brazo. Esto es lo que yo quería, un caso que sentara precedente, una oportunidad, pero él debe de sentir mis repentinas dudas. Le he pagado a otros para hacer mi trabajo y ahora voy a hacer creer a mi madre que lo hice yo. ¿Qué estoy haciendo?

Es por un bien mayor. «Agnes cuenta contigo, lo admita o no».

—Estoy bien —digo y acelero el paso, cruzando al asfalto del aparcamiento.

Mag grita mientras nos acercamos.

—¡El regreso del hijo pródigo!

—El hijo pródigo es Jared —señalo.

Mag y Jared se levantan de la mesa cuando ven que tenemos compañía.

—Y te has traído al nuevo James Bond, por lo que veo —dice Mag—. ¿Quién es?

—Sean Tattersall, a su servicio —se presenta Sean, y hace una reverencia a Mag.

Aplaude encantada y espero que Jared frunza el ceño. Luke se acerca y le da una palmadita en el hombro.

—Lo entiendo, pero no te preocupes.

—Exacto —dice Mag—. No lo hagas.

—No me estaba preocupando —dice Jared—. ¿Esto? —Se señala a sí mismo—. Esto es un hombre seguro de sí mismo que confía en su pareja al cien por cien.

Mag le lanza un beso.

—Tranquilo —dice elle.

Los dos están tan bien juntos...

—¿Qué tal ha ido hoy? —pregunto para tantear el estado de ánimo de mi madre—. ¿Todo va bien?

—Mejor que eso —dice Jared, confuso—. Ya lo sabes.

No digo nada. Veo la preocupación en la cara de Mag.

—Sí —dice—, desde que pasaste a toda esa gente por tu puesto de control. Así que, *como sabes,* tenemos diez equipos todavía dentro, setenta y cinco personas. Otras treinta se quedaron fuera. Hemos tenido más de cien participantes. Así que hemos superado de sobra nuestro objetivo de cincuenta.

La parte del objetivo la recordaba. Intento no sentirme resentida por que no me necesitaran, porque sé que sería injusto.

—Mamá debe de estar encantada.

—Está en la luna —dice. Y luego en voz baja—: ¿Por qué te parece una novedad?

No sé qué contestar.

Luke interviene.

—Puede que nuestra cita se haya torcido un poco. Pero nada de qué preocuparse.

A veces viene bien tener un novio que miente tan bien como respira.

—Debería ir a ver a mi madre.

—Me quedaré aquí fuera —dice Luke—. A menos que quieras que vaya contigo.

—No te preocupes. —Luke solo le recordará a mi madre los problemas que tiene conmigo. Pero tampoco quiero enfrentarme a ella sola—. Mag, ¿te importaría venir conmigo?

Se encoge de hombros y me dice:

—No hay problema.

Entramos, pero no veo a mi madre. A Bosco, sí. Me agacho para darle un abrazo a mi perra, una de las cosas que más le gustan. Cuando me levanto, Mag me mira de forma extraña, y entonces abre sus brazos y acepto su abrazo.

—Gracias —le digo—. Ha sido un día duro.

—Oye, te conozco —dice Mag—. Decepcionar a la gente es tu kryptonita. Tu madre lo superará. Tan solo está preocupada por ti.

Mis emociones amenazan con inundarme como un camión de bomberos. Peor aún, con provocar un cortocircuito en mi cerebro. Mis sentimientos se han vuelto tan intensos como mis sentidos ahora que tengo un minuto para mí y mi mejor amigue ha descubierto mi estado emocional.

Respiro hondo y me distancio de los sentimientos, como me aconsejó Luke que hiciera con sus sentidos aumentados. Me ruborizo y retrocedo.

—Lo siento —digo.

Duda. Luego:

—¿Qué pasa?

—Es... Sean.

Mag frunce el ceño.

—¿El nuevo James Bond? ¿Qué quieres decir?

—Lo veo más como un Hemsworth.

Mag inclina la cabeza.

—Bien pensado.

Hablar con elle me permite concentrarme.

—¿Conoces nuestra idea? ¿La de dar una segunda oportunidad? Él es la prueba que nos ha impuesto Lucifer.

—¿Y no Agnes?

—Agnes, no. —Resoplo—. Además quiere encontrar el Santo Grial. Hemos aceptado ayudarlo. Por ahora.

Mag abre mucho los ojos.

No me molesto en explicarle que tengo los poderes de Luke. Sería excesivo. Y tendría que admitir que hoy he hecho trampa. No quiero meter a Mag en esto.

Mi madre entra a toda prisa por detrás, tarareando el tema musical de *She-Ra y las princesas del poder*.

—¡Callisto! ¡Has vuelto! —dice mi madre—. Con lo que hemos ganado podremos pagar el resto de las reparaciones.

Resulta que los actos divinos no eran algo que pudiéramos reclamar al seguro. Otro desastre que es cortesía de mis aventuras.

—¡Genial! —exclamo—. ¿A qué hora tenemos que estar aquí mañana?

Mi madre se lleva una mano a la cadera.

—¿Dónde está tu camiseta?

—Esto... —balbuceo.

Y sigue.

—Y no vas a venir a casa esta noche. ¿Me lo habías dicho?

«¡Oh, es verdad!». No tenemos dónde quedarnos si no volvemos al Infierno, donde aún no podemos llevar a Sean.

Mag interviene.

—Se queda conmigo. Creo que ya han pasado por casa... —dice, y yo agradezco con un gesto su rápida tapadera—. Voy a ponerla al día sobre Jared y yo.

Mi madre se relaja.

—Vale, hasta mañana. Ven a las once. —Hace una pausa—. No, espera, a las diez y media.

—Genial. —No me arriesgo a recibir otro abrazo, y mucho menos de mi madre—. ¿Te importa llevarte a Bosco a casa?

—Claro que no —dice ella—. Cariño, mi casa es tuya siempre que lo necesites. No quise decir *eso* antes. Tan solo necesitaba decir algo.

—No, tienes razón —le digo—. Y estoy trabajando en ello. Te lo prometo. —«No de la manera que te gustaría, pero no podemos tenerlo todo...».

—Lo sé, cariño. —Mi madre asiente—. Te quiero.

Yo también se lo digo y, aunque me haya distanciado de la emoción, esta sigue siendo un río profundo.

En cuanto estamos fuera, Mag me pregunta:

—¿A dónde *vais* a ir? Podéis quedaros conmigo.

Luke, Jared y Sean permanecen de pie y sin hablar a unos metros de distancia.

El estudio de una habitación de Mag resultaría agobiante para esta pequeña multitud. Iremos a un hotel. Imagino que con mis poderes podré (hacer trampa) conseguir una *suite*.

No renuncio a averiguar más información sobre Sean. Necesitamos investigación. Un plan.

—No te preocupes —digo—. Tenemos un sitio donde pasar la noche. —Recuerdo lo que Mag ha dicho antes—. ¿Sobre qué tienes que ponerme al día?

—Oh. —Agacha la cabeza, un poco tímida—. Nos vamos a vivir juntos. A finales de mes.

—Eso es estupendo. Me alegro por ti. —Si dejara aflorar mis sentimientos, serían una mezcla de felicidad y envidia. Su relación parece tan fácil... Sé que me lo parece porque la veo desde fuera, ya que ninguna relación es fácil. Pero pertenecen al mismo mundo. Una ventaja de jugar en casa, por usar el lenguaje deportivo de Jared.

—¡Felicidades! —le digo a Jared. Y añado—: Deberías aprender a apretar el tubo de dentífrico por la parte de abajo. De una vez por todas.

Jared se ríe.

—Ya me lo han enseñado.

Mag habla solo conmigo.

—Jared aún no se lo ha dicho a su casero. Podrías quedarte con su alquiler, piénsatelo.

Tengo un poco de dinero ahorrado y he estado pensando en mudarme. Pero me incomoda que hayan estado hablando de mí. «Pobre Callie, vamos a ayudarla». Aunque se trata de mi mejor amigue, que me ha cubierto las espaldas sin preguntar siquiera.

—Vale, me lo pensaré —digo.

—De acuerdo entonces. —Mag sonríe—. Hasta mañana. Buena suerte. —Mag se acerca a mi hermano para besarlo y, sin duda, ponerlo al corriente de lo que se ha perdido.

Decido que merecemos alojarnos en un lugar agradable y desciendo en el hotel más lujoso de la ciudad. Debería decir que el más elegante que conozco. O, al menos, el más moderno. Tiene una galería de arte gratuita a la que Mag y yo hemos ido muchas tardes, amando y odiando en igual medida el extraño y a la vez precioso arte contemporáneo. También hay un restaurante en el que hemos comido un par de veces y que se llama Lockbox* porque el edificio había sido un banco.

Solo en ocasiones especiales, porque es caro. Pero si este día no cuenta como especial, no sé qué puede serlo. Menudo día. Y menuda cita.

—¿Es hora de irnos? —pregunta Luke.

—Y mucho más. —Averiguar el pasado, el presente y, tal vez, el futuro de Sean es nuestro siguiente objetivo.

---

* «Lockbox» significa "caja fuerte" en español. (N. de la T.)

* * *

Luke me convence de que solo tengo que sugestionar un poco al recepcionista del hotel. Al parecer, sus poderes no son ilimitados..., pero no aún no sé dónde se quedan cortos.

Así que, en menos de una hora, nos hemos montado en un Lyf* (para darnos un respiro del zapeo) y nos hemos registrado en la última *suite* disponible del 21C Museum Hotel. Así es como Luke y yo nos encontramos en el pasillo del hotel con las llaves en la mano. Con o sin superpoderes estoy cansada, y observo que Luke también lo está. Pero tenemos que conseguir algunas respuestas antes de dormir.

Esta es la noche de dormir poco que tenía previsto pasar en los aposentos de Luke.

Encuentro el número de nuestra habitación y abro la puerta. Luke y yo entramos primero y Sean se queda en el pasillo. La habitación es espaciosa, con un dormitorio privado junto a una gran sala de estar con muebles elegantes y que espero sean más cómodos de lo que parecen. Una amplia claraboya deja ver una franja de estrellas en la negra noche.

—¿Tengo que invitarte a entrar como a un vampiro? —le digo a Sean.

Tarda un momento en responder.

—Mi mente ha decidido recordarme dónde estaba ayer a esta hora.

—Bueno —le digo con amabilidad—, no tendrás que volver si esto sale bien. Así que entra. Habrá servicio de habitaciones, algo más que le falta al Infierno.

—Eso no es del todo verdad —dice Luke.

—¿Incluso fuera del palacio?

—Los seres que son pura maldad también necesitan comer —dice, y se tumba en un diván con más elegancia de la que yo nunca tendré, lo cual no me parece justo—. Se les abre el apetito.

---

* Equivalente a Uber en España. (N. de la T.)

—Cambiad de tema, por favor, antes de que yo pierda el mío —dice Sean, y entra en la habitación—. ¿De qué tipo de comida estamos hablando?

Rebusco entre los ordenados folletos que hay en el escritorio de cristal hasta que encuentro un menú y se lo paso.

—Tira la casa por la ventana. Tu víctima de Venmo invita.

No protesta. Abre el menú, se acerca a un sofá anguloso pero de generoso tamaño y se hunde en él, con los ojos cerrados y una sonrisa de felicidad, como si hubiera vislumbrado el Paraíso.

—Tienen pastitas —dice.

Está hablando con acento británico, que creo que es el de su tierra natal. Sus «pastitas» son las galletas que se toman con el té, algo que sé por los libros. Yo no había viajado a muchos sitios hasta ahora, pero la lista está creciendo: Infierno, Portugal, Italia, Ciudad del Vaticano y España. Ojalá pudiera hacer aparecer un pasaporte. Me contento con seguir la pista de las pastitas.

—¿Así que has viajado hasta aquí? —le pregunto.

—He estado en casi todas partes —dice.

No parece que haya encontrado lo que buscaba en ningún sitio. ¿Quién es este tipo?

No sabemos nada de él, excepto lo que está buscando. Pero pronto lo sabremos. Tenemos que hacerlo.

Hacemos nuestro pedido y le envío un mensaje a Mag: «Gracias por el abrazo. Me ha ayudado». Luego me siento en el otro sofá de la habitación junto a Luke, que me acomoda con delicadeza entre sus muslos. Habitación de hotel. Luke. Su olor, masculino y limpio, y, lo mejor de todo, familiar. Vuelvo a desear que estuviéramos solos.

—Siento que hayas tenido que mentirle a tu madre —me dice mientras se inclina hacia delante, con el pecho pegado a mi espalda. Qué bien que me siento teniéndolo detrás de mí, en cuerpo y, creo, en alma.

—Podría dejaros la habitación y comer abajo. —Sean suena divertido. Y un poco celoso.

—No —le digo. Luke retrocede un poco—. Hablemos. Necesitamos saber más cosas sobre ti.

—Pero soy tan tímido... —Hace un mohín con los labios.

—Buena suerte. Estoy acostumbrada a este de aquí.

Luke pone una mano en mi cintura por encima de mi camiseta.

—Te ha descubierto. Si no quieres estar con nosotros toda la noche, empieza a hablar.

Sean se tumba con las piernas estiradas en el sofá, para que no podamos verle la cara.

Parece que estamos a punto de darle una sesión de terapia gratis. Sí, eso sería mostrar un poco de simpatía hacia este incordio de hombre. Con lo que he aprendido sobre el Infierno, puedo plantearme si una persona, excepto lo peor de lo peor, claro, *merece* estar allí de veras. No todos partimos de la misma ventaja en cuanto a moral, ética y cariño. Nuestras circunstancias nos persiguen como un lastre invisible, y provocan que almas ligeras como plumas se vuelvan más pesadas de lo que deberían. Sé que Luke también lo siente desde que descubrió que tiene una.

—Empecemos a lo grande. ¿Quién es Sean Tattersall? —Me recuesto en el pecho de Luke.

Lanza una carcajada sin humor, pero luego contesta.

—El mayor estafador que jamás haya existido —dice.

Espero que continúe, pero no lo hace. ¿Habla en serio? Porque la verdad es que él deja su rastro.

—¿Y Victor Lustig? —le pregunto—. Vendió la Torre Eiffel dos veces y estafó al mismísimo Al Capone —le explico a Luke.

—Un aficionado comparado con El Pecador Sean —responde Sean—. No conocen mi nombre porque, simplemente, ahora hay más competencia por salir en la prensa que en la época de Lustig.

Eso es verdad.

Me doy cuenta de que ni siquiera hemos hecho lo más básico. No hemos googleado el nombre de Sean. Si solo ha estado en el Infierno durante cinco años, debería tener una huella digital.

El servicio de habitaciones llama a la puerta (¡qué rápido!) y me incorporo.

—¿Puedes abrir? —le pregunto a Luke.

Saco el móvil del bolsillo, abro el navegador y tecleo el nombre de Sean. Este se incorpora cuando el camarero entra, a toda prisa, para presentarnos la mitad del menú en unos elegantes platos con campana, con una presentación digna de una corte real. Hamburguesas, patatas fritas trufadas, pastitas, un plato de queso sureño y pollo frito. Parece demasiada comida para tres personas, pero probablemente el camarero haya visto cosas peores.

—Propina —digo, y luego descarto dejarlo en manos de Luke o Sean (quién sabe lo que entienden ellos por «propina») y le paso cien dólares al camarero.

El camarero se va y me vuelvo hacia Luke.

—No son falsos, ¿verdad? Los billetes que hago.

Sean se pone a nuestro lado y sacude la cabeza.

—¡Qué inocente eres!

Luke dice:

—El dinero hace girar el mundo. El Infierno tiene un suministro interminable.

Satisfecha, pulso el «Enter» en mi búsqueda del nombre de Sean. Aparecen muchísimos resultados.

Luke y Sean empiezan a comer, pero yo me quedo mejorando mi búsqueda. Luke se acerca con una hamburguesa y un plato de patatas fritas y me mira por encima del hombro.

—Estafador, ¿eh? —pregunta, y me da una patata frita. Una patata crujiente perfecta—. Añade «robo» —dice.

Tiene razón. Eso es algo que la mayoría de los convictos tienen en común. Entro en el nuevo término.

¡Bingo!

Me muevo por la primera página y pulso «Siguiente», y luego recorro esta página. Sean ha sido un chico travieso y ha estado ocupado. Creo que obtendremos más información leyendo esto que haciéndole preguntas directas, que él puede esquivar. ¿Será suficiente para saber toda la verdad sobre él? ¿Suficiente para redimirlo? Eso está por verse.

—¿Sabes qué? Ya hemos tenido suficiente verdad o reto por hoy. Sean, toma la comida que quieras. —Señalo con la cabeza el dormitorio de la *suite*—. Luke y yo dormiremos en el sofá. Ni se te ocurra largarte.

Luke frunce el ceño.

—El sofá se hace cama —le digo. Y luego—: Ninguno de los dos va a hacer una broma al respecto.

—Nunca la haría —miente Luke, y vuelve a hincarle el diente a su hamburguesa.

Sean hace equilibrio con el pollo frito y un plato repleto de pastitas y otras cosas, y nos saluda con la cabeza mientras desaparece.

—Espero que haya tapones para los oídos.

—Estaremos trabajando —digo.

—Ajá —dice Sean, y desaparece en el dormitorio tras un chasquido de la puerta.

Me ruborizo al pensar en lo que estaríamos haciendo si el día hubiera salido como habíamos planeado. Acomodarnos para una noche romántica. Cruzar el Rubicón de la intimidad, que es como he imaginado que será cuando tengamos sexo.

Luke me hace una pregunta.

—¿Por qué lo has echado?

—Es un estafador. Tenemos que encontrar información sobre él.

—Ah. —Luke asiente y sus ojos parpadean soñolientos. Ya se ha comido toda la hamburguesa con queso.

Se duerme antes de que yo acabe de leer el primer artículo sobre Sean. Lo dejo descansar.

Sigo leyendo. Mi mayor don es una capacidad de atención que superará mi hora habitual de acostarme.

Lo que descubro sobre Sean Tattersall me lleva a otras preguntas que él no va a responder. Aumenta mi curiosidad sobre sus razones para querer el Santo Grial.

Pero también me hace creer que podríamos redimirlo.

Segundo día
Verdad o reto

«—¿Quién eres tú? —preguntó la Oruga.

Alicia contestó, con un poco de timidez.

—Apenas lo sé, señor, en este momento. Al menos sé quién era cuando me levanté esta mañana, pero creo haber cambiado varias veces desde entonces.

—¿Qué quieres decir? —preguntó la Oruga con severidad—. ¡Explícate!

—Me temo que no puedo explicarme, señor —dijo Alicia—. Porque no soy yo misma, ya ve».

Las aventuras de Alicia en el País de las Maravillas,
LEWIS CARROLL

«Ahora será expulsado el príncipe de este mundo».

Juan 12:31

10

Luke

Me despierto en la oscuridad, convencido de que estoy soñando. El aroma de Callie me envuelve. Siento el liviano peso de su cabeza sobre mi pecho y una de sus piernas entre las mías. Nunca se queda a dormir, o aún no lo ha hecho, y yo no olvidaría algo tan importante. Así que no puede ser real.

Hasta que recuerdo dónde estamos. Que esto sea a la vez más cómodo (Callie acurrucada a mi lado) e incómodo (un duro sofá en una habitación de hotel en la Tierra) que mi cama, me hace volver a la realidad. Si el día de ayer hubiera salido como planeamos...

Callie debe de haberse quedado dormida o decidió tomarse un descanso, o tal vez ambas cosas. Por la claraboya que hay sobre nosotros se entrevé un cielo azul brumoso. Hago todo lo posible por no moverme y dejarla dormir.

Tiene el teléfono junto a su mano y lo alcanzo con delicadeza para ver la hora. Las ocho de la mañana. Sí, podemos permitirnos descansar, incluso teniendo que encontrar un Santo Grial. ¿O estamos jugando a encontrarlo? Tengo que averiguar por qué ha decidido ayudar a Sean.

Su puerta está cerrada. No puedo volver a dormirme con el delicado aroma de Callie en la nariz, ni siquiera con sentidos humanos (por cierto, su sentido del gusto es mucho mejor que el nuestro; la de anoche fue la mejor hamburguesa con queso de toda mi vida). Tecleo la contraseña de su teléfono. Ella me la dio, así que no le importará.

Antes de que la batería se agote, decido continuar la búsqueda donde ella la dejó.

¿Quién necesita superpoderes cuando existe Internet? El artículo trata de un robo en un museo de París en el que se llevaron tres cuadros. Unas pistas condujeron a dos cuadros y el ladrón (Sean Tattersall, alias «Robin Hodrick», que más tarde escapó de la cárcel) explicó de forma convincente que el tercer cuadro había desaparecido en el mercado negro. El enlace gris referente a ese cuadro me indica que Callie hizo clic sobre él. Sigo *su rastro*. La imagen muestra una escena campestre de un prado con niños y una cabra. A ella le habrá encantado la cabra, aunque sea blanca y no negra como Cupcake. Según el artículo, se trata de un famoso óleo que el museo había conservado con gran polémica después de que una familia judía de Beaune, Francia, lo reclamara por haber pertenecido a un antepasado y luego fuera robado por los nazis. Se cita a una bisnieta que criticó duramente al museo no solo por conservarlo, sino por perderlo después.

Vuelvo atrás, veo que Callie ha dejado un montón de pestañas abiertas en el navegador y elijo una.

Esta va sobre la quiebra de un banquero. Casi tan despreciable como el propio Sean. En esta historia, el original apodo de Sean es «El Resbaladizo». Decido no hacer un chiste, aunque Callie no esté despierta y me pida que no lo haga. Como no podía ser de otra manera, Sean también se escapa en esta ocasión de la cárcel. Otra historia en una lista de alias. Los planes eran siempre complicados y, al parecer, tenía éxito. Lo que me lleva a creer que lo atrapan porque él quiere. Apostaría a que es así. Pero... ¿por qué? ¿Quizá para convertirse en una leyenda?

En eso aún no ha tenido éxito. No si Callie conocía a Victor Torre Eiffel Capone en lugar de a Sean.

Miro las bonitas líneas de su apacible rostro. Ella se remueve y yo murmuro: «Vuelve a dormir, cariño», robándole a Sean la palabra que utilizó. La quiero.

Pero no puedo ser el primero en decirlo, por muy seguro que esté de mis sentimientos. «¡Oh, ayer y hoy iban a ser increíbles!». Una valiente audiencia con mi padre y luego un día estupendo, con ella conmovida por haberse atrevido a decirlo primero, y empezando luego una nueva etapa de felicidad, sin importar cuánto tiempo se quede conmigo.

Dejo el teléfono y recorro su mandíbula con la delicadeza de un susurro.

Sus alas se abren de repente y casi nos levantan del sofá. Consigo acercarla a mí y, en el proceso, le toco una de las plumas. Gime bajito de puro placer. Abre los ojos y sus pupilas se dilatan hasta convertirse en dos pozos negros.

—Hazlo otra vez —me ordena. Aunque no necesita hacerlo.

El sensual eco de su voz me provoca un escalofrío. Acaricio una pluma delicadamente con dos dedos. Sus ojos se cierran y su rostro se relaja.

Se aprieta contra mí y su boca, abierta y ardiente, encuentra la mía. Mi mano recorre su costado hasta tocar su pecho. Jadea.

Las sensaciones que ella experimenta son las que yo suelo sentir. Un nuevo nivel de intensidad.

—Callie, ¿deberíamos...?

—Cállate —gruñe.

«De acuerdo».

Aún no hemos pasado de darnos placer mutuo, aunque creo que estamos a punto de hacerlo. No voy a presionarla. Nunca seré como mi padre y esos demonios arrogantes y libidinosos. Ella tendrá todo el tiempo que necesite y yo me moriré esperando si es necesario.

Mueve sus caderas contra las mías en lentos círculos, y estoy a punto de rezar para que continúe.

Llaman una vez a la puerta. Nadie dice después «¡Servicio de habitaciones!». En su lugar, se escuchan tres golpes más.

Nos quedamos quietos y entonces Callie suspira, creo (espero) que con tristeza, y se sienta alisándose la ropa.

—Seguro que Sean ha pedido el desayuno. —Por su tono, más le vale haberlo hecho.

—No han llamado por el desayuno —digo—. Es mejor que recojas las alas.

Antes de que ella pueda hacerlo, la puerta se abre de golpe. Doy un brinco tan rápido como me lo permiten mis capacidades humanas y mi corazón se relaja cuando veo a Porsoth entrar corriendo en la *suite*.

Aunque lo hace agitando brazos y manos. Parece un tornado demoníaco en miniatura. El espectáculo resulta tan encantador que casi le perdono la interrupción.

—¡Pido disculpas por molestar! —grita—. Pero debo advertiros. Aunque me lo hayan prohibido, mi conciencia no me permitiría...

Se escuchan unos fuertes golpes en la claraboya que hay sobre nosotros. Un ruido sordo y luego un estruendo de cristales que vuelan hechos añicos. Callie se lanza sobre mí y Porsoth, y mis reflejos se activan mientras ella nos protege del destrozado tragaluz con sus plumas, que se vuelven fuertes como el acero cuando es necesario.

Media docena de guerreros descienden desde el tejado hasta nuestra *suite*, blandiendo espadas, hachas y guadañas, o como quiera que se llamen sus otras relucientes armas hechas a medida. Todos visten de blanco. Como los ángeles vengadores que se supone que son en la Tierra, bajo el mando de Miguel.

Guardianes. Estamos siendo invadidos por guardianes. Humanos de determinados linajes que han sido entrenados para impartir la justicia del Cielo en la Tierra.

Bajo el sol de la mañana, los cristales de la antigua claraboya relucen en el suelo a su alrededor.

Me coloco entre Callie y la mujer que está al frente, Saraya. Su líder, de piel oscura y un montón de trenzas rojizas que enmarcan una expresión asesina, siempre se las arregla para estar a la cabeza de sus secuaces. Ella y Callie tuvieron un encontronazo durante el Apocalipsis que evitamos. Convencí a Callie durante un tiempo de que era una guardiana, y Saraya se rio de ella. Y eso fue solo el principio.

Necesito mantener la tranquilidad todo lo que sea posible. No tengo ni idea de a qué han venido.

—Lo que acabáis de hacer va a echar a perder nuestra reputación en el hotel —digo con seguridad, mientras cruzo los brazos y lanzo una mirada al enorme agujero del techo.

La puerta de la habitación se abre detrás de nosotros y aparece Sean, con la boca abierta a punto de hacer un comentario ingenioso. Se nos queda mirando hechizado. Imagino que no sería de ayuda en un momento como este. Supongo que nunca ha visto unos guerreros religiosos vestidos de cuero blanco.

—*Tú* —dice Saraya.

Callie se arrastra a mi lado con torpeza; es imposible no ver sus alas.

—Eh, hola... Quiero decir... Saludos, Saraya la Grosera.

Callie dice con voz suave «la Grosera». Callie se refirió así a Saraya el día que casi se acabó el mundo y, como en ese momento sujetaba la lanza sagrada, se quedó con ese apodo. Sí, Callie le dio a Saraya, líder de los guerreros terrenales del Cielo, el apodo de «Saraya la Grosera». Me quedo corto si digo que a ella no le gusta nada.

Espero que Saraya responda con un insulto y nos amenace con cortarnos en trocitos.

—Sabes que no se refería a lo del nombre —digo, con todo el encanto posible. Duele tener que esforzarse tanto sin ninguna garantía—. Me alegro de veros. Y tan pronto. ¿Por qué habéis vuelto?

—*Tú* —vuelve a decir Saraya, y me doy cuenta de que ahora mira detrás de nosotros. Me giro para asegurarme. No está hablando con Callie.

Saraya dirige su intenso odio hacia Sean Tattersall, el estafador, el misterio.

—Encantado de verte, Sarry —dice Sean, y traga saliva. Utilizar la forma abreviada de su nombre le permite evitar su nuevo apodo.

Saraya levanta su espada y la dirige hacia él.

—¡A por él! —ordena.

—¡Oh, cielos! —dice Porsoth—. Llego tarde.

—¡Espera! —grita Callie con su voz de ultratumba, mientras mueve sus alas de demonio.

Los guardianes están tan sorprendidos de que Callie tenga unos poderes y unas alas que saben que son míos, que dudan. No tendremos mucho tiempo, pero nos da una oportunidad.

—Deberíamos irnos. Ahora —digo.

Sean pasa a mi lado para dirigirse hacia los guardianes, como si yo no hubiera dicho nada. Callie le bloquea el paso con un ala.

—Como puedes ver, estamos lidiando con algunas novedades —dice Callie con un suave aleteo—. Te lo agradecería... Estaría en deuda contigo...

«¡Oh, no! ¡Nunca le debas nada a un guardián!».

—... si nos dejaras salir sin que se produjera ningún enfrentamiento. Siento lo del papamóvil volador. Fue..., bueno, no un accidente, pero sí lo mejor que se me ocurrió. Di que fue una escena peligrosa para promocionar una película o algo así.

«Es verdad. Deben de estar aquí por la escena que montamos y por las mentes en blanco en el centro de Roma».

—Sí —añado, sonriendo con pretendida inocencia. Si tal cosa es posible para un alma malvada como la mía—. Si lo piensas, es hasta gracioso. Simplemente seguiremos nuestro camino teniendo más cuidado. Pídele disculpas a Miguel de nuestra parte. Sentimos mucho molestarlo.

Saraya nos mira con su habitual desdén.

—No estoy aquí por vosotros —dice, como si fuéramos idiotas por creer algo así.

—Entonces, ¿qué? —pregunto, dirigiéndome a ella y luego mirando a Porsoth. Porque, sinceramente, no puedo imaginar otra razón.

—¡Ja! —Sacude la cabeza con disgusto. La luz que entra por la claraboya rota ilumina la curva de su espada—. Tu tutor debe de ser el peor de todo el reino de Lucifer.

—Soy el mayor erudito del Infierno —dice Porsoth, con el orgullo herido.

—Su tutor es genial —protesta Callie, y el pico de Porsoth se mueve arriba y abajo—. Luke tampoco es el mejor estudiante. —Me mira—. Lo siento.

—No pasa nada —digo, mientras pienso en cómo zanjar el tema—. Es verdad.

Si tuviera que adivinarlo, diría que Saraya contiene un gruñido.

—Entonces deberías saber que cuando un humano (que es lo que parece ser quien te acompaña) cruza las fronteras del Infierno, nuestro trabajo es llevarlo de vuelta. Nuestra alarma salta cada vez que vienes y vas, y tenemos que reiniciarla. Pensamos que se trataba de eso, o te habríamos encontrado antes.

«No sabía nada de eso». Mi padre es el responsable. Otro punto para él.

Porsoth dice:

—No pensé que las reglas habituales estaban en vigor o te habría advertido... eh... antes.

—No le pongas las manos encima —dice Callie, levantando una mano—. Necesitamos dos días más. ¿Puedes..., no sé..., tomártelo con calma?

—Puedes ponerme las manos encima —dice Sean, sin apartar los ojos de Saraya—. No me importa.

—Cállate —le dice Callie.

Saraya lanza una dura mirada a Sean. Luego vuelve a dirigirse a Callie.

—Tenemos un trabajo que hacer. Y estamos aquí para hacerlo.

—Nosotros también —dice Callie—. Mira, tenemos que redimirlo. Y solo tenemos dos días; es un trato que hicimos con Lucifer. Solo te pedimos un poco de tiempo.

Saraya levanta su arma.

—No se me puede redimir —dice Sean.

—Y estás muerto —dice Saraya.

Sean lo ignora y continúa.

—Soy la manzana más podrida del jardín. Pregúntale a Sarry, ella te lo dirá. —Se detiene y se inclina un poco hacia delante—. No sabía que vendrías. —Le lanza una sonrisa triste—. Tenía esperanzas. Pero después de que la noche de ayer fuera tan tranquila...

«¿Qué demonios?».

—La noche *no* fue nada tranquila —digo.

—He venido porque es mi deber, no por ti —escupe Saraya.

Es evidente que algo ha pasado entre ellos. Callie y yo coincidimos en silencio.

—¿Os conocéis de...? —pregunto.

—No es asunto tuyo —dice Saraya. Al mismo tiempo, Sean dice:

—Ella tiene toda una historia que contar.

Saraya se burla.

—Hiciste un mal negocio y te llevamos con nosotros.

—Me lo temía. —Los hombros de Callie se hunden, la imagen de la derrota.

Hasta que Saraya empieza a avanzar y entonces Callie abre sus grandes alas negras, las extiende alrededor de Sean y de mí, y me dice:

—Agárrate.

Y salimos pitando del hotel más de moda de Lexington.

* * *

El dolor es ahora menos intenso y descubro el porqué: no hemos viajado demasiado lejos. Estamos en el vestíbulo de La Gran Evasión. No les llevaremos ventaja a los guardianes por mucho tiempo.

Porsoth aparece un instante después.

—¡Oh, me lo temía! ¡Qué suceso más terrible!

Callie se endereza y mira fijamente a Sean.

—¿Te importaría decirnos qué has hecho para cabrear a una guardiana?

—No es una simple guardiana; es la guardiana jefe —dice Porsoth, y da un respingo.

—¿Cuánto tiempo lleva ocupando el cargo? —pregunta Sean—. ¿Y qué pasa con lo de «Saraya la Grosera»? Debe de odiarlo.

—Ella me odia —dice Callie—. Es culpa mía. Pero fue un accidente.

La puerta trasera se abre y la risa de Mag llega hasta nosotros. La respuesta en voz baja de Jared les hace reír. Han llegado pronto. Suenan tan normales que casi deseo tener una vida normal. Pero Callie y yo nunca tendremos eso. Solo puedo esperar que ella no quiera esa vida.

Porsoth se precipita hacia delante.

—¡Mag la Magnífica!

La risa de Mag se apaga y entonces ella y Jared aparecen ante nuestros ojos. Sonríen a Porsoth con deleite y eso dura hasta que sus ojos encuentran a Callie. A Callie con mis alas.

Jared dice:

—¡Hostia santa!

—Más bien impía —replico.

—Creo que anoche te olvidaste de contarme algo —dice Mag con un tono de decepción en su voz.

Callie responde con tristeza. Recoge las alas con más fuerza.

—Es temporal —dice—. Y complicado.

—Puedo ver esa parte —dice Mag.

—Quiero decir «demasiado complicado» para contártelo anoche —se disculpa Callie.

Odio que haya tensión entre Callie y Mag, y sé que ella lo odia aún más.

—No podemos quedarnos —digo. Saraya y su escuadrón de la muerte estarán engatusando a alguien o enviando un telegrama a Miguel, o lo que sea que hagan para encontrarnos.

Callie asiente.

—Lo sé.

—Se supone que hoy tienes que trabajar —dice Mag, y suspira—. Por esto estabas anoche tan sensible. Luke, quiero hablar contigo.

—Puedes hablar conmigo —dice Callie.

Sean dice:

—Creo que debería irme.

—No —decimos Callie y yo al unísono.

—Solo será un minuto —digo con seguridad. Callie debe saber que le soy leal.

A través del vestíbulo y una puerta abierta, Mag me guía hacia una Cámara de Magia Negra que ha sido reformada. Sobre el pedestal hay ahora un grimorio falso, cuyo pentagrama me recuerda la trampa que me tendió Rofocale. El principio de todo, y casi el final. No se me escapa el simbolismo que encierra que mi padre casi me desintegrara en este mismo lugar, aunque imagino que, en el caso de Mag, se trata de una elección involuntaria.

Se cruza de brazos y frunce el ceño con preocupación.

—¿Cómo crees que acabará todo esto?

—Con suerte, Sean tendrá un alma tan reluciente como si fuera nueva. —No es que me importe, la verdad, pero a Callie sí—. Y luego Agnes. —Quien sí me importa.

Mag está tensa.

—Estoy preocupada por mi amiga. Quiero que sea feliz. —Agita las manos—. Empiezo a pensar que su madre tiene razón.

Sé que no soy digno de Callie, pero no quiero que me lo confirmen.

—Las cosas se me han ido de las manos. Eso es todo. Mi padre me quitó mis poderes y se los dio a ella.

Mag guarda silencio durante un largo instante.

—¿La quieres?

Me están desollando vivo. Me siento tan vulnerable como si la propia Callie estuviera aquí. Bueno, quizá no me siento *tan* vulnerable. Pero casi.

—Nunca pensé que eso fuera posible.

—El rey del drama. —Mag pone los ojos en blanco—. Entonces tú también deberías querer lo mejor para ella. Eso es todo lo que quería decir.

—Ella quiere hacerlo. —Eso espero—. Ella quiere cambiar las cosas.

—Ha leído demasiados libros. Y también te quiere.

«Me preocupa que, incluso queriéndome, lo nuestro no dure». Pero de ninguna manera voy a decirlo en voz alta.

—Ella es una buena persona. Quiere vivirlo.

Mag sacude la cabeza.

—Lo sé. ¿Por qué tuvieron que maldecirme con una mejor amiga que está dispuesta a ir y volver del Infierno a diario?

Quiero preguntarle si cree que Callie ya me ama. Si de verdad cree que tenemos una oportunidad o si todo esto es temporal, como mis alas en su espalda.

Más palabras que no consigo decir.

—¿Cuánto tiempo os queda con ese bombón de Sean? —pregunta Mag.

Otro apodo. Parece que los colecciona.

—Dos días.

—Pero ¿qué pasará la próxima vez? —Mag levanta una mano—. No respondas a eso. Tan solo supera esta vez. ¿De acuerdo?

—¿Por qué no podías decirme esto a mí? —Callie se nos une, entrando en la sala de la misma forma que hicimos nosotros.

—No seas así. Tú no escuchas. Pensé que Luke lo haría.

—He estado escuchando, al menos la última parte, y lo que entiendo es que no confías en mí ni crees que pueda conseguirlo.

Así que no ha oído la pregunta sobre el amor. O eso espero.

Los labios de Mag se tensan en una línea.

—Estás hablando de cambiar el universo, Callie.

—Y no crees que pueda —dice Callie.

—No estoy segure de que debas hacerlo. Creo en ti, pero también quiero lo mejor para ti.

—Tal vez Callie sabe lo que es mejor para ella. ¿Lo has pensado? —pregunto.

Callie me lanza una mirada de agradecimiento.

—Lo estoy descubriendo.

Mag asiente.

—De acuerdo. Pero... no te aferres a una mala idea solo por ser testaruda.

—¿Es eso lo que crees que hago? —Callie parece dolida.

Se oye un estruendo fuera y, con esa insatisfactoria pregunta, nuestra charla llega a su fin. Mag se lanza hacia la puerta, pero yo la detengo e insisto en pasar primero. Callie y Mag me siguen justo detrás, mientras salimos por lo que suele ser la entrada de los clientes. Una vez en el pasillo, empiezo a preocuparme. Entonces veo el vestíbulo y lo que hay más allá, y me tenso al instante.

Porsoth ha atrancado la puerta con unas barras de hierro, pero no son los guardianes quienes están ahí fuera. Es la madre de Callie quien está al otro lado. Mirando fijamente a su hija. Su hija con alas.

Bosco y Cupcake se retuercen en las correas que ella está sujetando.

Callie recoge las alas y su aspecto vuelve a ser humano. Pero agita con impotencia una mano hacia Porsoth.

—No tiene sentido. Déjala entrar.

Las barras desaparecen.

La madre de Callie abre la puerta y entra. Bosco corre hacia Callie con Cupcake unos pasos por detrás.

Su madre no dice nada al principio, tan solo nos observa a todos. A mí, Porsoth, Jared, Mag y Sean, la cara que desconoce.

—Al menos sé que no es el diablo —dice, inclinando la cabeza hacia él—. Callie, ¿estás aquí por trabajo?

Ninguno de nosotros se esperaba esa pregunta.

Y continúa.

—¿O para decirme que no puedes venir al trabajo porque tienes otra aventura sobrenatural? Estamos organizando este juego para pagar las facturas de tu última aventura. Esa no se pudo evitar. Pero tengo la sensación de que ahora tú eliges.

Callie quiere protestar, puedo verlo en cada fibra de su ser. También lo veo cuando sus músculos se relajan. Los guardianes podrían llegar en cualquier momento.

—Tienes razón. Para mí es peligroso quedarme.

Ella y su madre se miran. No puedo evitar sentirme culpable. Pensar en mi actual impotencia para arreglarlo.

—No te obligaré a hacerlo —dice Callie al fin—. Tienes razón en que estoy intentando hacer algo grande, enorme, y quizá fracase. Aunque tú creas que es imposible, yo creo que vale la pena intentarlo. Pero no puedo hacer ambas cosas. No puedo estar aquí y también cambiar el Infierno. Así que no tienes que despedirme. Yo renuncio.

Su madre duda y no sé si aceptará. Siento como si unos demonios hambrientos me despedazaran el corazón, así que me imagino lo que estará sintiendo Callie.

—Si tú crees que es lo mejor... —dice, aceptándolo con tranquilidad.

Callie asiente con desgana.

—Enviaré un mensaje a los chicos que me sustituyeron ayer para que vengan. Así no te faltará personal.

Incluso cuando renuncia al trabajo, se asegura de no dejar a su madre en la estacada. Pero no voy a decir nada al respecto.

—Oh, de acuerdo —dice su madre, y es evidente que quiere decir algo más. Pero no lo hace.

Callie da unos arrumacos de despedida a Bosco y Cupcake, y luego se acerca a mí. Se detiene un instante para agarrar a Sean de la camiseta y llevárselo a rastras.

—Encantado de no conocerte —dice Sean a la madre de Callie, y le dedica una de esas misteriosas sonrisas.

—Eso está fuera de lugar —le digo, y me encargo de llevarlo el resto del camino hasta la puerta.

Porsoth lo sigue.

—Hola, señora Johnson —dice antes de marcharse.

—Siempre me alegra verte, Porsoth —dice la madre de Callie. Nadie puede ser desagradable con Porsoth, que disfruta siendo el centro de atención. Quizá debería seguir su ejemplo. Tener un as en la manga.

Excepto que el mío estaría oculto en mi chaqueta de cuero.

—Ten cuidado —dice la madre de Callie, y las palabras se le escapan—. Vuelve más tarde. Hazme saber que estás...

La palabra «viva» flota en el aire.

—De acuerdo —completa Callie—. Lo haré.

Este segundo día ha sido mucho más sombrío. Ojalá pudiera leer los pensamientos de Callie.

Pero, al menos, salimos de allí antes de que los guardianes aparezcan para hacer de las suyas.

11
Callie

Empiezo a dudar en cuanto salgo a la calle. No hemos hecho grandes avances en la redención de Sean. Todos sus robos me parecen intentos de hacer el bien. Pero insiste en lo del Santo Grial y los guardianes lo odian (y, además, *conoce* a los guardianes). Esto es importante y, para empezar, no tenemos ni idea de qué hizo para acabar en el Infierno.

Dejando de lado que he acabado con mis posibilidades de tener un empleo remunerado en el negocio familiar. Jared solía decir que el peligro de todo plan B es la falta de compromiso. Ya veremos.

Es posible que mi madre me permita volver en un futuro. Hago bien mi trabajo. Pero ahora no puedo verme a mí misma arrastrándome para que me readmita. Necesito demostrarle que sé lo que estoy haciendo mejor que nadie, que puedo crear la vida que quiero. Y esta es la única salida ahora mismo.

Si este es el camino que da sentido a mi vida, el camino que quiero seguir, entonces tengo que intentarlo.

Luke está parado bajo el halo del letrero del juego de *escape room* y eso significa que yo estoy justo debajo de los cuernos. Si fuéramos una pareja normal, sería perfecto para hacernos un *selfie*.

Pero no lo somos.

Como lo demuestra nuestro demoníaco amigo Porsoth, que repasa a Sean de arriba abajo. Lanza una mirada de desaprobación a su atractivo rostro.

—Pensé que serías...

—No vas a decir «más alto»... —dice Sean.

—¡No! Nunca me enteré de cómo moriste —dice Porsoth con mucho cuidado. ¡Qué raro! Porsoth no suele hablar así—. Yo no... —Hace una pausa—. Me sorprendió saber que estabas en nuestro reino.

Miro a uno y a otro.

—¿Os conocéis? ¿Conoces a Saraya la Grosera y a Porsoth? ¿Cómo? —le pregunto a Sean.

—No me conoce —dice Porsoth otra vez con cautela.

—No tiene importancia —dice Sean—. Es un simple detalle.

Los ojos de búho de Porsoth evitan encontrarse con los míos. Sin duda me estoy perdiendo algo importante.

—Eres más que un estafador y un ladrón que juega a ser Robin Hood.

Sean se encoge de hombros.

—Si tú lo dices...

Entiendo que Saraya tuviera el impulso de estrangularlo.

—Y la persona que más puede sacar a los demás de sus casillas —añado.

Luke se adelanta y me pone una mano en el brazo.

—Oye, no me ofendas. Ese puesto es mío. —Y añade con delicadeza—: ¿Estás bien? Lo que ha pasado ahí dentro...

—Era lo correcto. —Lo miro con el ceño fruncido.

Él frunce también el ceño.

—Si estás segura...

Se me eriza la piel, pero hago lo posible para mantener las emociones a raya. Para hacer que desaparezcan. Apenas funciona.

—No estás de su parte, ¿verdad?

—Claro que no —dice Luke—. Estoy de tu parte.

—Odio interrumpir vuestra pele... conversación —dice Porsoth, cuando enarco las cejas—. Pero los guardianes están a punto de llegar y no quisiera que tu madre sufriera otro revés económico.

—De acuerdo —digo—. Debemos irnos. ¿Sean?

A falta de mejores opciones, decido preguntarle a Sean adónde piensa dirigirse. Tengo una ligera sospecha tras su última búsqueda del Grial. Aunque, con su historial, esperaba que hubiera investigado más para limitar su radio de acción. Cuando se fija un objetivo, no para hasta conseguirlo. Es imposible que lo hayan atrapado antes sin haberlo *intentado* de verdad.

Sean me parece cada vez más misterioso. No acabo de entender por qué Lucifer nos lo ha encasquetado, pero debe de estar relacionado con lo que haya sucedido entre él y Saraya. Tal vez podamos sonsacarle más información a Sean en la siguiente ubicación posible del Grial.

—¿Sean? —vuelvo a preguntar, y es evidente que ya no está aquí. Asomo la cabeza dentro de la tienda—. ¿Ha vuelto Sean?

Mag sacude la cabeza.

—¿Necesitas ayuda?

«De ninguna manera podría pedir ayuda ahora en casa de mi novio».

—No, tenemos que irnos.

Cuando vuelvo a estar frente a Luke y Porsoth, frunzo el ceño.

—¿Cómo hace para viajar tan rápido? —pregunto ahora a Porsoth.

—Hay... maneras —dice.

Me llevo una mano a la cadera.

—No me gusta que nos ocultes información. Los amigos comparten las cosas.

Porsoth, horrorizado, se lleva un ala al pecho.

—Por favor, perdóname. Daría cualquier cosa por contároslo... Ya he arriesgado tanto...

Ahora me siento mezquina.

—Debería volver —dice Porsoth—. Antes de que alguien me eche de menos. No quisiera...

—No te preocupes, de verdad —le digo—. Vete.

—Sí, adelante, Porsoth. Gracias por avisarnos —dice Luke, que calma un poco a Porsoth y este se marcha en una ráfaga de humo maloliente.

—¿A dónde vamos? —pregunta Luke mientras me ofrece una mano.

Mi familia está en el edificio que hay detrás de mí y dejar la tienda es como separarme de ellos. No hay vuelta atrás. Pero ¿qué nos espera?

Pienso en esta mañana en la habitación del hotel. No sé si habría podido parar. No quería hacerlo. Pero tampoco sé si Luke está comprometido con esta misión tanto como yo. Con nosotros. Y si de verdad importa que lo esté, o si nuestra relación es imposible, como redimir a Sean.

Lo compruebo y se confirman mis sospechas. Sean se ha dirigido adonde imaginé.

—A Génova —digo.

Volvemos a Italia muy pronto. Si los guardianes nos vencen, Saraya podría llevarse a Sean directo al Infierno. Y no podemos dejar que eso suceda.

* * *

La catedral de San Lorenzo de Génova alberga otra reliquia que, según la leyenda, podría ser el Grial. Cuando llegamos, las calles de la ciudad están rebosantes de luz y de personas, lo que resulta chocante viniendo de casa, donde todavía es temprano por la mañana, dependiendo de la hora a la que uno se acueste. (Demasiado temprano para mí, a no ser que vaya hasta arriba de café o no tenga más remedio, como ahora).

La catedral medieval tiene una original fachada de piedra rayada, y hay varias tiendas en torno a la plaza que tiene enfrente. Una farmacia, un sitio donde tomar un helado. Luke y yo seguimos de la mano. Me inclino hacia delante y lo ayudo mientras se recupera del viaje.

Pego mi frente a la suya. Calmándonos a ambos, o eso espero.

El número de zapeos que hacemos se está volviendo ridículo. Podríamos estar en una de esas películas antiguas, representados por aviones que viajan a través de puntitos por todo un mapa y vuelta a empezar.

—No pensé que viajaríamos tanto en nuestra cita —digo.

—Cada vez lo hago mejor —dice, tras un largo instante—. Pero, la próxima vez, nos quedamos dentro.

Me alivia que se haya recuperado.

—Trato hecho.

Nos sonreímos.

—¿Está aquí? —pregunta Luke.

—Vuelve a estar dentro —le confirmo, pero no me alejo.

Tengo su aliento en mi mejilla. Esto tiene que ser real. Estar cerca de él no cortocircuitaría mi cerebro si no lo fuera. ¿Cuánta gente ha pensado lo mismo a lo largo de los siglos?

—¿Seguro que no estás de acuerdo con Mag? —insisto, sabiendo que no debería decirlo pero haciéndolo de todos modos. Me siento como si estuviera poseída por el demonio. Supongo que, en cierto modo, lo estoy.

Luke aprieta los labios un segundo antes de responder.

—Solo quiere asegurarse de que te haga feliz. ¿Lo oíste casi todo?

—No me lo creo.

—Vale, detective Callie. Ya que nos estamos haciendo preguntas... ¿Estás segura de que darle la espalda a tu familia es lo correcto?

Siento como si el hielo se extendiera desde mi corazón por todo mi cuerpo. Mis venas se llenan de un frío crepitante.

—Nunca les daría la espalda. Pero también tengo que hacer esto.

Es entonces cuando se echa hacia atrás y observa mi expresión.

—Entendido. ¿Quieres que entre otra vez?

Asiento con la cabeza, incapaz de hablar. Me quedo callada tratando de contener mis emociones. Las cosas no van bien y es como si nos apuntáramos el uno al otro con un arma. Aparto mis rebeldes sentimientos con todas mis fuerzas.

—Vuelvo enseguida —dice de forma entrecortada. Quiero decirle que espere, pero tenemos prisa. Tengo que aprender a controlarme.

Yo me ofrecí voluntaria para esto. Tomé las decisiones que nos han traído hasta aquí.

Lo *llamaría* para que volviera y le pediría disculpas, pero, tras un breve titubeo en la puerta, desaparece dentro de la catedral.

En su interior se encuentra el *Sacro Catino,* un cuenco hexagonal de cristal verde egipcio que se creía que estaba hecho de una sola esmeralda y que por eso tenía poderes mágicos. Napoleón lo robó y luego lo devolvió hecho pedazos. Falta un cristal. Algunos creen que pudo ser el Santo Cáliz.

Lo que me sorprende es que... casi puedo verlo. Siento su presencia con tanta intensidad que podría ir directamente hacia él. Si no estuviera dentro de una iglesia.

Lo que significa, casi con toda seguridad, que no es el auténtico.

Un alivio. Aún no sabemos a qué está jugando Sean.

* * *

Espero y espero. Ojalá hubiera usado mis sentidos aumentados para comprobar la hora en mi teléfono antes de que Luke entrara. Podría haber sido un minuto muy largo o diez minutos bastante rápidos. Veinte como mucho. No creo que haya sido más tiempo.

Me siento como si hubiera envejecido una década esperando a que saliera con Sean. Tal vez más. Ahora soy una anciana, un ser longevo que sabe con exactitud dónde está el Santo Grial.

Ojalá. Entonces se lo ocultaría a Sean.

Sigo bloqueada en la pregunta de por qué lo está buscando; otro rompecabezas del que no tenemos las piezas.

He envejecido otro año (al menos) cuando veo a Saraya doblar la esquina. No lleva ningún arma, lo que imagino que ya es algo. Sus pómulos son tan afilados como los cuchillos que debe de tener escondidos en el traje.

Probablemente me daría un puñetazo por llamar «traje» a su equipación de cuero, incluso por pensarlo siquiera.

—¿No vas a saludar? —me pregunta mientras sube los escalones de la entrada. Debe de saber que no puedo acercarme a la catedral, no con mis actuales poderes demoníacos.

Se vuelve hacia mí y se apoya en una de las columnas de la fachada de la catedral, en una postura que sigue siendo demoledora.

—Hola —le digo—. Encantada de verte por aquí.

Nos miramos fijamente. Esta situación no tiene sentido. ¿Por qué está aquí Saraya y no ha entrado en la catedral? Y... ¿por qué está sola? Nunca la he visto sin todo su escuadrón.

—¿Has enviado a tus secuaces a atacarlo por la espalda o algo así? —Intento no sentir pánico por lo que un escuadrón de guardianes podría hacerle a un Luke humano, como un simple daño colateral. O por diversión. No puedo alertarlo del peligro.

Saraya no parece tener prisa.

—Decidí darme el gusto de traerlo.

Sigue sin tener sentido.

—¿Y ahora no tienes prisa? —pregunto.

—Es mejor esperar. Él disfrutaría si yo no entrara blandiendo un arma de verdad.

Así que aquí estamos. Saraya y yo esperando, durante lo que podría parecer un momento agradable, a que Luke vuelva con Sean. Ella ha reconocido que tienen un pasado en común. Necesito convencerla de que hable conmigo. Que me diga de qué lo conoce. No podemos permitir que se lo lleve.

«Tampoco puedes detenerla».

Pienso por un instante en usar los poderes de Luke, pero descarto la idea. Ella es una guerrera mortal. Yo... no lo soy.

Pero se me da bien hacer preguntas y encontrar respuestas. O eso creo.

—Saraya la Grosera, anoche estuve leyendo sobre las hazañas de nuestro amigo Sean —le digo—. Tiene un currículum impresionante.

Ella resopla.

—Se podría pensar que sí.

—¿Ah, no? Parece que solo persigue a la gente que se lo merece. ¿Por qué?

Los labios de Saraya se tensan en una línea.

—Sé lo que estás haciendo. Intentas hacerme hablar. Tu fecha límite se acerca.

El tiempo corre. Es verdad. Intento conseguir algún tipo de reacción.

—Está buscando el Santo Grial —le digo—. Por eso estamos aquí.

Sus labios se separan por la sorpresa. Pero se recompone. Esto es lo más parecido a molestarse que he visto en la imperturbable Saraya desde que se encontró con Sean.

—No puede ser. Está jugando contigo.

La observo detenidamente con los sentidos de Luke.

—No lo creo. ¿De qué os conocéis?

En cuanto descubrí el patrón que seguía Sean, todo lo que pude ver fue un esfuerzo por conseguir la expiación. Pero ¿por qué? ¿Y cómo *acabó* en el Infierno? Porsoth parecía sorprendido de que hubiera estado allí.

—Nos conocimos hace mucho tiempo. —Es todo lo que dice.

—¿No sabías que estaba muerto? —pregunto.

—Hacía tiempo que no aparecía en el radar, así que supuse que sus malos hábitos le habían pasado factura.

Recuerdo lo que ella ha dicho antes, así que descarto mis suposiciones sobre Sean.

—¿No crees que estuviera haciendo un buen trabajo?

—Cometía delitos. Alardeaba de ello. Disfrutaba.

—¿Esas cosas se excluyen mutuamente?

Me sobresalto cuando Saraya gira sobre sus talones, saca un cuchillo de la funda que tiene en el muslo y lo lanza, a través de los peatones, hacia el cartel de una película que hay en un andamio al otro lado de la calle. La hoja se clava en la cuenca del ojo izquierdo de un pobre actor. Se acerca a hurtadillas, pega un brinco y lo recupera con un delicado movimiento.

Cuando vuelve aún estoy parpadeando.

—¿Qué ha pasado?

—No me gusta hablar de ello.

—Quieres decir que no te gusto. —¿Por qué la estoy provocando? ¿Forma parte de los poderes de Luke? (Sé que no, pero él es bueno haciéndolo. ¿Por qué no ha vuelto aún?).

Parece que sabe que estoy preocupada.

—Ya que debe de estar ahí dentro... ¿No te preocupa que tu novio estalle en llamas? —Saraya pregunta distraídamente—. ¿Has encontrado ya al perro de la fachada? —Inclina la cabeza para señalar la catedral que tiene detrás.

Nunca entenderé cómo es capaz de parecer tan serena y fría de pie en la acera, con un cuchillo enfundado en el muslo y vestida de cuero blanco. Incluso con los poderes de Luke, yo empiezo a sudar con el pegajoso calor del verano. Noto cómo se me encrespa el pelo, mechón a mechón.

—Ahora es humano —digo—. Estará bien.

Los ojos de Saraya se abren de par en par.

—Confías mucho en Lucifer. ¿No estuvo a punto de desintegrarlo el mes pasado?

Estos pensamientos son inútiles. Porque no puedo hacer nada si Luke tiene problemas. Estoy atrapada.

—La verdad es que no —digo. Y se me ocurre una idea—: Pero... ¿intentas ser útil?

La verdad es que no estoy segura. Me gustaría tener un anillo decodificador para Saraya. Una enciclopedia sobre la forma de ser de los guardianes.

—No especialmente. —Se queda de pie, muy tranquila—. Entonces, ¿lo has conseguido? ¿Has encontrado al perro?

—¿Qué *perro*?

—Creía que te consideraban muy culta —responde.

«Simples palabras para provocar».

—Lo soy.

—Una historia que no conoces cuenta que, allá por el siglo XIV, un obrero de la catedral tenía un perro muy bueno.

—Todos los perros son buenos —replico porque, bueno, Saraya puede que no lo sepa.

—Su perro murió y puso una pequeña escultura suya en la fachada. —Se detiene y yo diría que frunce el ceño, si alguna vez la hubiera visto sonreír. ¿Se ríe de mí? Sí. Sonreír, no—. Según la leyenda, si ves al perro estás destinado al amor verdadero. Si no, no hay tal... amor. —Ahora sonríe, pero no es feliz. Levanta la mano para señalar—. Está allí, te ayudaré a encontrarlo.

Nunca hubiera imaginado que esa masa amorfa fuera un perro, pero lo compruebo igualmente. Todo un espectáculo en Génova.

—¿Por qué nos ayudarías a Luke y a mí?

Su sonrisa cruel se ensancha.

—Acabaréis haciéndoos desgraciados el uno al otro. Eso es lo que hace el amor, ya sea verdadero o no.

—¡*Uf*! —digo.

—Hablas como alguien que nunca ha conocido el auténtico dolor.

No iba a decirlo, pero: doble ¡*uf*!

El tajo donde debería estar el ojo del actor del cartel parece lanzarme una advertencia. Quiero que Luke salga cuanto antes, pero no tengo ni idea de lo que va a pasar cuando lo haga.

Mis falsos poderes no me sirven de nada.

12

Luke

Quiero darme la vuelta y salir, y no solo porque he vuelto a entrar en una iglesia. Quiero acabar nuestra conversación. Creo que es la única forma de asegurarme de que Callie y yo estamos bien. La unidad, no nosotros como seres separados. No soporto la idea de que no podamos ser una unidad.

Es una emoción nueva y no tengo reparos en reconocer que la detesto. Preferiría darme un baño de burbujas con aceite hirviendo antes que sentirme así. (¿Qué? ¿Acaso los hombres no pueden darse un baño agradable? Dejad vuestra masculinidad tóxica en la puerta del lavabo).

Estoy seguro de que este malestar típico de las relaciones es *justo* lo que mi padre tenía en mente cuando ideó su abominable plan.

El vestíbulo está en silencio y busco la calma que, según Sean, estos monstruosos edificios proporcionan... Nada. Pero a la derecha hay un cartel que anuncia MUSEO DEL TESORO. No hay nadie en el mostrador y, tras este, desciende una escalinata. No me sorprende la falta de personal. El lugar no está muy concurrido; supongo que no es la hora punta de la iglesia. Los servidores del Altísimo tienen horarios diferentes a los nuestros, y nunca he tenido ningún motivo para conocerlos.

Pero, por segunda vez, he entrado en una iglesia y no he estallado en llamas. Me siento satisfecho en ese sentido cuando bajo y bajo los escalones y llego al espeluznante mausoleo de un museo subterráneo. Las paredes de piedra lo mantienen fresco y seco, dando lugar a una atmósfera húmeda y encantada. Encuentro un interruptor, lo enciendo y unos débiles focos que iluminan los fondos del museo cobran vida. Muestran unas vitrinas repletas de la más antigua y dorada... basura. Paso junto a las vitrinas mientras me muevo por un laberinto de salas y veo *otro* miembro dentro de un cristal. Un brazo y una mano. En el Cielo debe de haber un montón de fantasmas con un torso aquí y una cabeza allá, sin el resto del cuerpo.

Me imagino cuánto odiaría esto Callie, si hubiera tenido que entrar en mi lugar. Le aterra sentirse atrapada bajo techo, estar en espacios cerrados. Sí, es gracioso que se enamorara del príncipe del Infierno.

¿Estará pensando ahora mismo en lo incompatibles que somos? ¿En que deberíamos romper? ¿En que nuestros mundos no tienen nada que ver? Si ella ha sido capaz de dejar su trabajo, entonces todo es posible...

No, no puedo pensar así. Cuando haya salido de aquí, se lo contaré todo sobre este espectáculo de terror; el favor que nos ha hecho mi padre intercambiando nuestros poderes. Se ablandará. Nos disculparemos y seguiremos adelante, no hay necesidad de decir que nos queremos. Es un cuento de hadas que espero sea verdad.

Hay más vitrinas llenas de objetos dorados, y me detengo a leer la placa que hay delante de una de ellas para contarle luego una anécdota a Callie. Por una vez, encuentro una historia que me resulta familiar. Salomé (seguidora de mi padre) pidió la cabeza de Juan el Bautista en la boda del rey Herodes. Parece ser que el plato del museo contenía la cabeza tal y como fue presentada. Espantoso.

En teoría debería haber un Santo Grial en alguna parte. Y nuestro hombre buscándolo.

—¿Sean? —lo llamo.

Mi voz resuena en el museo.

Entonces lo veo. Delante de mí hay una vitrina forrada de terciopelo rojo y unas luces que iluminan un hexágono de cristal verde que no parece ser nada importante. El cristal de la vitrina está roto (Sean, supongo), pero el cuenco está en su sitio y eso significa que él ha descubierto que no tiene magia. Puedo encontrarlo y salir de aquí.

Tengo que volver sobre mis pasos. Que el museo esté cerrado significa que no hay una salida practicable y, si fuerzo cualquier otra, podría salir de la iglesia. Quiero hablar con Callie, pero no hasta que tenga a Sean a mi lado. Una historia y el alma desaparecida que tenemos que redimir. Regalos para buscar el perdón por cuestionar sus acciones.

Debería habérselo explicado en vez de preguntar. Ella y su madre están muy unidas. Es evidente que su madre la quiere. No puedo imaginar *no* hacer cualquier cosa por una persona así.

Pero soy muy consciente de que no puedo entender su relación. Nunca he conocido nada igual. Mi alma es nueva y ni siquiera sé lo que significa. No podría explicar nada de eso sin parecer el chico más triste del mundo. Y no lo soy.

Al menos mientras seamos buenos.

Esta vez entro en la catedral propiamente dicha. Me sorprendo pensando que me gusta más que la otra antes de rectificar: no me gustan las iglesias. Pero, si fuera así, esta podría ser una de ellas, con sus arcos rayados y sus señoriales columnas de color gris.

Hay también unos incómodos bancos de madera, aunque en menor número. Sean vuelve a estar sentado en medio de una fila. Me aseguro de que mis pisadas sean audibles para no sobresaltarlo.

—La has liado un poco abajo —digo, y me deslizo a su lado.

—Tenía prisa. —Hace una pausa—. ¿Por qué has tardado tanto?

—¿Te molesta que sea yo y no tu novia? No me imagino saliendo con una guardiana. —Me estremezco sin querer.

—No era mi novia. Y estoy seguro de que es mutuo. —Veo en sus ojos un brillo que algunos llamarían «mortal». Cuando somos jóvenes estudiamos las expresiones humanas, el lenguaje corporal, los diferentes brillos en los ojos. Para detectar mejor las oportunidades de corrupción.

—Te preocupas por ella como si lo fuera. —También podría decir que respira. ¿Qué... respira? Sin mis poderes, no puedo saberlo. No puedo escuchar el latido de su corazón. ¿Está vivo o muerto?

Él tampoco lo niega.

—Pensé que me odiaba.

«¿Parece que sí?». Me reservo la opinión.

—Es un asco que te den la razón —continúa.

Me siento identificado.

—Lo siento. —De repente se me ocurre algo—: El asunto del Grial, ¿tiene que ver con ella?

Porque me parece algo que los sentimientos hacia una mujer podrían incitar: embarcarse a buscar un objeto mágico que todas esas catedrales dicen tener y nadie ha podido encontrar.

Sean cierra los ojos y suspira, desplomándose en su asiento. Es suficiente respuesta para mí.

Debería saber que no puede cortejarse a un guardián. Por lo que he oído.

—Vendrá a por ti —le digo.

—Lo sé. Ojalá supiera dónde está el Grial, para poder encontrarlo antes.

Pienso en lo que haría Callie.

—Deberías dejarnos ayudarte. Callie es genial resolviendo enigmas.

—No deberías —dice.

—¿Por qué no?

Coloca las manos en el respaldo del banco que tenemos delante. Sus nudillos se flexionan al agarrarlo.

—El Grial encierra una inmensa cantidad de poder. Ya te dije que fuiste tú quien inspiró mi decisión de robarlo: la Orden de Elerion quería crear el Infierno en la Tierra. Pero el Grial puede hacer lo contrario. Puede traer el Paraíso a la Tierra.

Me quedo en silencio. ¿Qué significa «traer el Paraíso a la Tierra»? ¿No es una auténtica utopía? Podría acabar con el Infierno, pero ¿no acabaría también con el Cielo? ¿Qué *harían* los guardianes?

—No creo que ella quisiera algo así —digo con cuidado, obviando el resto—. A Saraya la Grosera parece gustarle bastante su trabajo.

Me da una respuesta sombría.

—Un guerrero necesita una guerra.

No puedo discutírselo.

—Eso está por encima de nuestro nivel salarial, amigo mío. De lo que estás hablando es...

—Soy consciente de ello —replica—. Pensé que lo entenderías, dado todo este asunto de la segunda oportunidad. Me gustan los grandes gestos. Ella nunca se ha fijado en los demás.

No pregunto, pero estoy seguro de que se refiere a la serie de robos de alto perfil. Ahora lo entiendo.

—Quizá podrías dar marcha atrás y contarme *por qué* te odia y deseas encontrar el Grial para crear una versión del Paraíso sin que ella te lo pida.

«Y entonces pensaré cómo lidiar contigo. Callie debe conseguirlo».

Sean me mira. Una mirada larga y escrutadora. Lo está pensando en serio. Tal vez esté a punto de confiar en mí, pedirme ayuda, y yo pueda salir de aquí con un *auténtico* regalo para Callie. O...

Un pelotón de guardianes entra corriendo por como sea que se llame la fachada de la iglesia y se abre en abanico para flanquearnos con sus armas. Sí, eso es lo que pasa.

Se gritan en latín y en otras lenguas que mi actual estado me impide entender. Sus amenazantes brazos brillan de forma metálica, recogiendo la luz de las ventanas de la catedral. Armas sagradas.

Sean y yo nos ponemos de pie en un segundo.

—No está con ellos —dice.

Se refiere a Saraya. Intercambiamos una mirada. El escuadrón sin líder se acerca a nosotros, pero miro por detrás de mi hombro y veo que él hace lo mismo. Han cometido un error crucial.

Nos han dejado una salida frente a la catedral. Es probable que Saraya nos esté esperando allí, pero no tenemos otra opción. Si ella está ahí fuera, también lo está Callie.

—¿Debemos huir? —sugiero.

—Tú primero —contesta.

Salimos escopeteados del final de la fila y nos dirigimos a la entrada. Una flecha se clava en un banco de madera que tengo a escasos centímetros y empiezan a perseguirnos, pero fuerzo las piernas para que sigan corriendo. No tengo que preguntar si disparan para matar o solo para herir. Ambas opciones les harían felices.

No se rebajarían a proteger de su mortífera puntería ni al fugitivo del Infierno ni a su príncipe.

Sean acelera, llega primero a la puerta y la abre de golpe. Cuando llegamos a los escalones de la entrada jadeamos por el esfuerzo y me giro para intentar atrancar la puerta.

—Callie, ¿puedes cerrarla?

Pero ya es tarde; los guardianes están empujándola desde dentro y están a punto de salir.

—Necesito un poco de ayuda —digo, y miro por encima de mi hombro para encontrar a Callie o a Sean.

Callie está frente a Sean, y lo defiende con las alas abiertas. Saraya apunta el cuello de Callie con una espada cuya punta le roza la piel.

Los transeúntes nos miran de reojo. Algunos hablan por teléfono, probablemente para llamar a las autoridades.

Me alejo de la puerta y me acerco a Callie sin pensarlo dos veces. Los guardianes que había detrás de mí salen corriendo y nos rodean con una formación en semicírculo que deben de haber practicado cientos de veces. Mis poderes pueden proteger a Callie de casi todo. ¿Pero de la espada de un guardián? Lo dudo. Hay una razón por la que los evitamos, aparte de su mal gusto para la ropa.

—Deja que ella me lleve —dice Sean.

—No puedo —dice Callie, y sus palabras salen en un susurro. Un susurro asustado—. Ya lo sabes.

Le grito a mi padre con cada fibra de mi ser. Juro venganza. Amenazo al mundo entero con destruirlo si a ella le ocurre algo.

Me quedo donde estoy e intento, desesperadamente, encontrar una forma de ayudar.

—Esto es aburrido —dice Saraya—. No tiene ninguna posibilidad y lo sabe. Nuestras órdenes son devolverlo al Infierno, como a cualquier otro fugitivo.

Me doy cuenta de que Saraya no quiere hacerle daño a Callie. ¿Por su relación conmigo? ¿O es algo más? ¿Hay una persona de verdad bajo esa fachada esnob, santurrona y belicosa?

«La hay para Sean».

Si él tuviera que escoger entre hacer algo que complaciera a Saraya o dejar morir a Callie, me temo que elegiría la opción número uno. Porque es lo que yo haría si estuviera en su lugar.

Lo haría sin dudarlo, o lo habría hecho si nunca hubiera conocido a Callie. Pero si nunca hubiera conocido a Callie, no sabría lo que significa preocuparse tanto por alguien que cambiarías el mundo por esa persona. Entiendo muy bien lo que Sean está insinuando.

Primero hay que abordar esta situación.

—Vamos —dice Saraya—. Estamos perdiendo mucho tiempo. Estás echando a perder nuestro promedio de recuperar a alguien.

—Lo siento mucho —dice Callie, y el movimiento que hace al hablar provoca que la espada le pinche la garganta. Una gota roja aparece en su cuello.

Saraya no aprovecha que le lleva ventaja, pero esto no va a acabar en nada bueno. Lo único que veo es el cuello de Callie sangrando. Mi mente me ofrece el peor de los escenarios: Callie tendida en el suelo con mucha más sangre acumulándose a su alrededor. «Para, para. Tengo que parar».

Hay una persona que podría poner fin a esta situación.

Cierro los ojos y le grito; no es que el volumen vaya a importar si decide ignorar mi llamada:

—¡Miguel! ¡Arcángel! ¡Ángel! ¡Miguel! ¡Yo, Luke Astaroth Morningstar, te invoco!

Saraya gruñe.

—No va a venir.

Pero se produce un cambio en el aire que nos rodea. Rápidamente se vuelve pesado, denso, cargado.

Ya viene.

Saraya mira al cielo y luego adopta una postura devota. Deja caer la espada a su lado e inclina la cabeza. El resto de los guardianes la imitan.

Callie es capaz de girar ahora la cabeza, sin la hoja de la espada, y nuestras miradas se encuentran. Me pongo a su lado mientras el polvo de las calles se levanta en una nube arremolinada que nos ocultará de cualquiera que no sea de los nuestros. Cualquiera cuyos ojos pudieran desintegrarse al ver a un arcángel en la Tierra.

Alargo la mano y limpio con delicadeza la pequeña gota de sangre que hay en el cuello de Callie. «Así está mejor».

Sean parpadea ante el resplandor que desciende hacia nosotros.

—¿Qué has hecho?

—Te ha salvado. Otra vez —dice Callie. Me hace un gesto con la cabeza—. Y a mí. Eres un genio. Déjame hablar con él, tengo una idea.

—Siempre las tienes.

Me sonríe con el cariño al que estoy acostumbrado e imagino la disculpa que incluye, tal como había soñado.

Miguel desciende en la vorágine que hemos creado entre nosotros y la tormenta de polvo que ha conjurado. Sus pálidas alas brillan con luz propia; su piel es tersa y dura. Irradia poder, como la primera vez que lo vimos. Su energía también es... diferente a cuando nos ayudó a detener el Apocalipsis. No es que fuera muy simpático ese día precisamente. Pero ahora frunce el ceño como si estuviera decididamente molesto, como si hubiéramos interrumpido su siesta. Me cuesta mirarlo.

Incluso con mis poderes, Callie entrecierra los ojos. Sus alas se tensan, sin duda afilándose, en respuesta a la presencia de un ángel. Por el simple hecho de estar aquí, ya supone una amenaza.

Apostaría a que ahora él es un problema menor y que Saraya y su historia con Sean valen la pena.

—¿Por qué me has convocado, hijo de Satanás? —pregunta.

Callie empieza a responder, pero parece recordar una de las primeras reglas de protocolo que Porsoth le enseñó: solo nos dirigimos a alguien de rango superior cuando nos han dirigido antes la palabra.

Nunca se le ha dado bien seguirla.

—Exijo un aplazamiento de la ejecución de tus órdenes —digo.

—¿Mis órdenes?

Miguel es como mi padre, si este pudiera moverse por el aire, más allá de la Tierra. Es como lo que mi padre sería si se hubiera quedado Arriba, lejos de las preocupaciones mortales. Lo que significa que, a diferencia de mi padre, no se le puede provocar. No tengo idea de lo que quiere Miguel.

Callie necesita hablar, presentar su idea. Se lo permito.

—¿Callie? —digo.

Ella salta agradecida.

—Tus guardianes están aquí para capturar a Sean Tattersall y devolverlo al Infierno.

Me doy cuenta, por primera vez, de que Sean también tiene la cabeza inclinada. Ninguno de los guardianes ha cambiado aún de postura.

—Se le liberó del Infierno —dice Callie. Aunque Miguel podría haber descubierto por sí mismo los detalles en el tejido de la realidad en un nanosegundo—. Luke y yo tenemos... Nos quedan menos de dos días para demostrar que puede redimirse. Es un trato que hicimos con Lucifer para probar que las personas pueden cambiar..., que pueden merecer una segunda oportunidad...

Pierde fuelle ante la inescrutable impaciencia de Miguel. El polvo de las nubes que nos rodean gira con renovado fervor.

—¿Es un trato o un juego? —pregunta Miguel.

Callie me mira con cara de impotencia.

—Mi padre lo considera un juego —le digo—. Pero para nosotros es serio.

Callie asiente. «Buena respuesta».

Miguel guarda silencio durante tanto tiempo que yo haría un comentario al respecto si fuera cualquier otro ser del universo.

«¿La tormenta de polvo te ha comido la lengua?». Puedo saborear las palabras.

Espero como todos, en silencio.

Lo primero que hace no es hablar, sino moverse. Se desliza hacia Sean. Veo que Callie quiere hacer lo que hizo antes, interrumpirle el paso, mantener a salvo a nuestro hombre.

—Mírame —dice Miguel en voz baja.

Sean levanta la cabeza. No se inmuta ni se desintegra.

Tras un largo instante, Miguel se encara con Saraya.

—Esto continuará, mi leal sierva, Saraya la Grosera —dice—, mientras dure su acuerdo con el Maldito. No debes impedir sus actividades.

—Gracias —dice Callie, con un regodeo en la voz que yo aprecio, pero no Saraya, la de la cara de limón amargo.

La mira a ella y a mis alas. El polvo se arremolina con más fuerza. Vuelve a dirigirse a Saraya.

—Debes prestarles toda la ayuda que necesiten.

Saraya hace una mueca y admiro a regañadientes que no oculte su indignación ante Miguel.

A nosotros nos dice:

—Buena suerte.

Como si hubiera estado espiando en la sala del trono de mi padre, uniéndose al eco de todos los demás. Hasta ahora no hemos tenido suerte.

El polvo se cierne a nuestro alrededor y cierro los ojos. Solo los abro cuando desaparece la sensación de recibir un millón de diminutos pinchazos. Miguel se ha ido y aquí estamos nosotros.

Con nuestros nuevos aliados.

13
Callie

Cuando Miguel desaparece, deja tras de sí el rugido de la tormenta de arena que le ha seguido hacia arriba y luego un inquietante silencio. Cuando los sonidos de la calle reaparecen y la burbuja que Miguel había extendido desaparece del todo, Saraya empieza a hablar.

—Si pensabas que te odiaba antes... —dice ella apretando los dientes.

No estoy segura de con quién está hablando. Sean tampoco.

—¿Te refieres a mí? —pregunta él.

—No —dice ella.

«Entonces soy yo».

—Perdona —le digo—. De verdad que lo siento. Pero quizá sea lo mejor.

Saraya mueve la mandíbula y dice así lo que las palabras nunca podrían. Uno de sus secuaces, un hombre delgado con una cicatriz en la mejilla izquierda y un poco de barba, lo intenta.

—¿De qué manera lo hacemos? —pregunta.

—Vete —le dice Saraya, y por extensión al resto del escuadrón. Sacude la cabeza.

—¿Qué? —pregunta el hombre. Una mujer vestida de cuero que hay detrás de él dice:

—Estamos contigo.

La lealtad es conmovedora...

—Iros a casa —dice Saraya—. Es una orden. Yo haré de niñera.

Pero solo parece ser conmovedor para mí.

Sean observa la conversación entre los guardianes con un interés que roza lo espeluznante. Su bello rostro esboza una auténtica sonrisa.

Se inclina un poco hacia mí y me dice al oído:

—Se ha ofrecido voluntaria.

—Cálmate —murmuro. No puedo creer que Luke haya invocado a Miguel. Y ha funcionado. Más o menos.

»Tienes que ayudarnos —le digo a Saraya.

—¿Ahora quién está presionando? —dice Luke, en mi otro oído.

Saraya suspira y dirige la barbilla a Sean.

—Cuando esto acabe, volverás adonde perteneces. Yo me aseguraré de ello.

Serán los tres días más largos de la historia y acabaremos fracasando. Así que no lo haremos.

Para describir la cara de Sean, solo se necesita una palabra (además de «preciosa») y es «anhelo». Está suspirando y algo más. ¿Cuál es su historia? Tengo tantas ganas de conocerla que apenas puedo soportarlo.

El escuadrón de Saraya no muestra ninguna señal de que vaya a irse. Ella les hace un gesto para que la rodeen y se agrupan a varios metros de nosotros. Mientras están ocupados, aprovecho para hablar con Luke.

—Estuviste mucho tiempo dentro de la catedral —le digo a Luke. Abre la boca para discutir o protestar. No es lo que quiero—. Estaba preocupada.

—¿Sí? —pregunta con una inclinación de cabeza. Me recuerda a Bosco cuando saco una pelota de tenis del bolsillo y también me dan ganas de saltar sobre Luke.

—Lo estaba.

—No vas a creer lo que tuve que hacer ahí dentro. Hay un museo subterráneo. —Se pavonea.

—Por favor, déjalo para mis pesadillas.

Sonríe.

—¿A que sí? —Vuelve a ponerse serio enseguida—. No quiero verte nunca... —busca la palabra— herida. No quiero verte nunca así.

Se refiere al corte de mi cuello. A mí también me encantaría que no volvieran a clavarme una espada sagrada en la garganta. La preocupación que veo en sus ojos me revuelve las entrañas.

—Luke... —dudo, mi cerebro se adelanta y me devuelve a nuestro actual dilema—. ¿Por qué crees que Miguel ha sido tan servicial?

—No tengo ni idea.

He hecho esta pregunta porque me parece importante. Sean ha estado inusualmente callado durante todo este tiempo, mirando en dirección a los guardianes. A Saraya, más bien. Aunque, de vez en cuando, los guardianes le lanzan unos cuchillos con la mirada que, sin duda, desearían que fueran de verdad.

El grupo se separa a regañadientes para que Saraya salga de él. Los demás se inclinan en círculo, juntando las cabezas. Los guardianes son los atletas en la batalla del bien contra el mal. Corean juntos algo que no puedo descifrar, ni siquiera con los poderes de Luke. Entonces todos menos Saraya desaparecen en masa.

—¿Era esa la lengua angelical? Entonces, ¡existe! —Sé que sueno como una friki, pero como fan de todas las cosas ocultas, desde antes de involucrarme con nada de esto... «¡¿La lengua de los ángeles existe?!».

—No deberías haberlo visto —dice Saraya.

—Te quedas —le dice Sean—. Podrías haberte ido, pero no lo has hecho.

Saraya podría estar hablando con el Cielo.

—Ya me arrepiento.

Durante nuestra charla con Miguel, la calle se ha vuelto más concurrida. Hay más tráfico peatonal. La gente se dedica a sus quehaceres cotidianos, sin tener ni idea de lo que ha estado ocurriendo aquí. Yo solía ser uno de ellos, asumiendo que las historias sobre el bien y el mal y las fuerzas sobrenaturales eran cosas que los humanos inventaban para escapar del aburrimiento. Mi familia y mi mejor amigue creen que deberían seguir siéndolo. No creen que yo deba cambiar el universo.

—¿Qué hacemos ahora? —pregunto.

¿Cómo le damos a Sean Tattersall una oportunidad para redimirse? No podemos decir que hayamos avanzado. Ni siquiera sabemos cómo acabó en el Infierno. Y no lleva el Grial bajo el brazo.

Luke abre la boca, luego la cierra y se mueve con nerviosismo. Deduzco que tiene una idea que cree que no me va a gustar. Es mejor que nada.

—Escúpelo —le digo.

—No quiero pelear —dice.

—Yo tampoco. —Digo «adiós» con la mano—. Vamos.

—Quiero luchar —dice Saraya, como si hiciera un comentario sobre el tiempo. Se echa las trenzas por encima del hombro—. Matar. Mutilar. Vencer. Conquistar.

Todos la miramos, Sean incluido, como diciendo: «¿Sabes que acabas de decir eso en voz alta?».

—Para la gloria del Ejército Celestial —añade.

—Claro —digo levantando las cejas. Me vuelvo hacia Luke—. ¿Qué pasa?

—Estamos ayudando a Sean, ¿verdad?

Los sentidos de Luke reaparecen y su belleza me vuelve a aturdir. Su pelo es un halo dorado a la luz del sol; sus ojos, claros como océanos vírgenes.

Luke mueve la cabeza hacia Saraya. ¿Está diciendo Luke que tenemos que ayudar a Sean con *ella*? Creo que tenemos más probabilidades de encontrar el Grial.

—Está buscando otro trofeo —dice Saraya—. Y nunca lo encontrará. ¿Para qué molestarse?

—Lo encontraré solo para demostrarte que te equivocas —dice Sean.

Esta lógica me atrae. No tenemos ninguna otra pista y Luke debe de tener sus razones para creer que podría suavizar la actitud de Saraya hacia Sean. Asumiendo que estoy interpretando bien su sugerencia. Confío en él. Confío en él.

—Vale —digo—. Así que estamos ayudando a Sean a encontrar el Grial. ¿Cuál es tu plan, Sean?

Porque si algo aprendí investigándolo es que es un criminal meticuloso.

Sean sonríe. Saraya suspira.

—¡Oh! —digo cuando no contesta. Hemos estado dando bandazos entre posibles localizaciones—. Te lo has estado inventando sobre la marcha, ¿verdad?

—Ahora empiezas a entenderme —dice Sean.

Frunzo el ceño. «No, no lo creo». Se comporta de una forma que no es normal. Podría ser por el tiempo que ha pasado en el Infierno o por otra cosa.

Saraya saca de nuevo su cuchillo del muslo y, sin mirar, lo lanza y atraviesa el *otro* ojo del actor del cartel de enfrente. Cruza a zancadas la concurrida calle, esquivando a la gente sin ningún problema, se levanta de un salto para recuperar su arma y vuelve con nosotros. El trayecto dura menos de lo que yo tardo en poner en la aplicación de mi biblioteca un libro en la lista de espera.

Saraya se detiene a nuestro lado.

—Quiero recordaros a todos los que estáis aquí que estaba dispuesta a quitároslo de las manos y devolverlo al Infierno, donde pertenece.

—Tomo nota —digo, y pienso en lo que haremos a continuación. Sean dijo que inspiramos su búsqueda y podría ser verdad. Lo que significa que hemos creado nuestros propios problemas, en todos los sentidos posibles.

Quiero creer que eso significa que también podemos resolverlos. Y entonces se presenta un problema más sencillo de resolver. El estómago de Luke gruñe.

Una decisión fácil. Puede que aquí sean seis horas más, pero en lo que respecta a nuestros cuerpos es por la mañana.

—Sesión de planificación del desayuno.

—Me muero de hambre —dice Luke, totalmente de acuerdo.

Sean da una palmada.

—Conozco un sitio.

Saraya me mira y le permito un «Te lo dije».

—No —le digo—. De ninguna manera. No robaremos más coches.

—De ningún líder religioso que esté cerca.

—Solías ser mucho más divertida... ayer —dice Sean.

Luke le da una patada en el pie. Este descontento cuarteto parte en busca de comida.

Si salimos intactos de esto, merezco recibir un trofeo por evitar que se peleen en plena calle.

* * *

Y así acabamos apiñados en una mesa de una cafetería bellísima, con la mejor repostería que he comido nunca y unas tazas diminutas con un café expreso tan fuerte que es casi imposible de beber. Más bien Luke, Saraya y yo tomamos un expreso; Sean ha pedido un *aperitivo,* un cóctel espumoso servido en un vaso alto. Los italianos entran y salen; pocos se quedan porque para ellos es media tarde. Y esos pocos se quedan, sin duda, para contemplar el paisaje.

Luke y Sean juntos causan sensación. Veo a tres mujeres y a un hombre haciendo fotos con sus teléfonos desde unas mesas cercanas. Supongo que también estarán pensando que son unos nuevos hermanos Hemsworth.

Saraya podría ser la entrenadora personal en cualquier película que estos dos hayan venido a rodar. Una entrenadora personal inflexible. Que ha pedido tres expresos.

—¿Así es como funcionas? —pregunta con despreocupación, tras beberse el tercero. Estira las piernas y cruza los pies por los tobillos—. ¿Con tanta vagancia? No me extraña que siempre te pongan una fecha. Si no, no harías nada.

—No todos podemos ser tan decididos como tú —dice Sean, y no sé qué le hace sonreír mientras saborea un pastelito de crema.

Saraya levanta una pierna y da una patada a su silla.

Las dos jóvenes de pelo escarlata que hay sentadas cerca dan un brinco para ayudar a Sean, pero este se equilibra riendo. Le guiña un ojo a Saraya.

—Así que tienes ganas de morir —le digo.

Y entonces recuerdo que aún no tenemos respuesta para una pregunta crucial sobre Sean.

—Llevo un tiempo preguntándome algo —dice Luke a mi lado, mientras se acaba su expreso y luego deja la taza en la mesa—. ¿Está muerto?

Luke me mira con expectación.

—¿Cómo voy a saberlo? —pregunto.

Acerca su silla. Pone una mano sobre la mía y yo acepto el contacto. No me molesto en comprobar la cara de disgusto de Saraya.

—Cierra los ojos —dice.

Lo hago.

—Y ahora escucha, no pienses. Escucha e intenta percibir su latido.

—Si quieres puedo cortarlo en pedazos —dice Saraya, decepcionada por que no lo hagamos—. Eso respondería a tu pregunta.

—*Shhh* —dice Luke. Y luego a mí—: ¿Puedes oírlo?

Me aíslo de todo excepto de la sensación del contacto de su mano. Luego me deshago de los sonidos que hay dentro del café. Se acabó el tintineo de tazas. Se acabó el sonido del dispensador de vapor de la máquina de expreso. Se acabaron las conversaciones en italiano, las notificaciones de mensajes de texto y el chirrido de las sillas. Me concentro donde Sean está sentado y escucho. Su respiración, uniforme, dentro y fuera. Y sí, ahí está. El latido regular de su corazón. Bombeando con cada inhalación y exhalación.

Abro los ojos.

—Está vivo.

—Me lo imaginaba. —Luke no parece muy contento.

—¿Está vivo? —dice Saraya, enderezándose—. ¿Cómo es posible?

—Nunca creíste de verdad en mí. —Sean se levanta y recoge la mesa, llevando los restos de nuestro desayuno a un desconcertado pero agradecido trabajador de la cafetería.

—¿Por qué es tan importante? —pregunto para distraerme de lo raro que resulta haber escuchado su corazón desde el otro lado de la mesa. Se me ocurre otra cosa—: Tú no me haces esto, ¿verdad? ¿Escuchar mi corazón? —le pregunto a Luke.

Luke, para mi sorpresa, tose con lo que podría ser vergüenza.

—¿En serio?

Se encoge de hombros.

—A veces.

—¿Por qué?

Sus mejillas se tiñen de rosa.

—Me gusta cómo suena. Me concentra. Como un ritmo bajo en el universo.

Me deja embelesada.

Saraya resopla. Es una aguafiestas. La miro con el ceño fruncido mientras Sean vuelve.

—Sean... Que estés vivo, ¿por qué es tan raro? —Me respondo a mí misma—. Estuviste en el Infierno.

Todos lo miramos. Nos dedica una sonrisa inocente.

—Sí —dice Luke—. Resulta bastante sospechoso. No solemos castigar a gente que no ha fallecido. Se conoce como el «más allá» por algo.

—Porsoth se sorprendió de que estuviera en el Infierno —digo—. Y ahora yo también. Sean, ¿por qué estabas allí?

—Él pertenece al Infierno —dice Saraya—. ¿Por qué dudáis?

Pero percibo un poco de preocupación en su voz. Como si temiera saber la respuesta. Como si estuviera tan desconcertada como los demás.

—Me dejé llevar —dice Sean.

Como si fuera tan sencillo.

—La mayoría de la gente no lo hace —dice Luke.

—Habrás notado que tengo talento para entrar y salir de los sitios.

—Entonces, él se dejó llevar al Infierno. Pero ¿sigue siendo un fugitivo para ti si Lucifer lo ha dejado salir? Nunca entenderé cómo funcionan tus reglas. —Levanto las manos hacia Luke.

—No son mis reglas —dice Luke.

—Correcto —dice Saraya—. Aunque Sean nunca ha seguido las reglas de nadie, tan solo las suyas.

—Vaya, Saraya —dice Sean, y luego hace una mueca al añadir «la Grosera»—. Mis disculpas —dice, por el apodo. Y luego—: Voy a pensar que te importa que esté vivo o muerto.

Saraya se levanta.

—Esperaré fuera.

Se marcha antes de que nadie pueda detenerla. Sean la observa hasta que la puerta se cierra tras ella.

—Ahora que hemos desayunado —dice—, me voy.

—No —digo y doy un puñetazo en la mesa. Las tazas de expreso tintinean—. Vas a comportarte. Al menos un poco. Te estamos ayudando. Te preguntaría adónde vamos a ir a continuación, pero creo que sé más sobre el Grial que tú mismo.

—Lo de los caballeros templarios es una tontería —dice Luke—. Todo inventado.

—¿Y los otros caballeros? —He estado pensando en otras líneas de investigación—. Los que tenían una mesa redonda.

—¿Te refieres al rey Arturo? —dice Sean, apoyando los codos en la mesa—. No empecé por ahí porque parece ser un cuento para niños.

Míralos a los dos, utilizando el lenguaje de una investigación.

—Yo también lo pensaría, pero ha tenido cierta repercusión. El Santo Grial acabando cerca del legendario Ávalon. Es antiguo. José de Arimatea supuestamente lo dejó allí, después de recogerlo y llevarlo consigo en sus viajes. Se produjeron algunas señales en la naturaleza y presagios en Glastonbury, Inglaterra. Y hay mucha literatura sobre la búsqueda del Grial en la leyenda artúrica. Es una pista tan buena como cualquiera de los lugares a los que has ido.

Además, tengo un presentimiento. Intento mirar allí y hay algo borroso en los bordes. No está oculto, pero tampoco visible del todo. Lo contrario de lo que sentí fuera de la catedral.

—Si crees que merece la pena echarle un vistazo, claro —dice Sean.

—¿Para qué lo quieres? —le pregunto.

Luke se une a la conversación.

—Quiere impresionar a una chica.

Eso significa que entendí correctamente la mirada de Luke.

—Una mujer —corrige Sean.

—Tienes razón. Lo siento —dice Luke—. Una mujer.

Puedo oír los latidos de mi corazón. Solo hay algo más sexi que un hombre que muestra respeto por las mujeres, y es un hombre que muestra respeto por las mujeres *y* por el resto de las personas.

—No creo que ella quiera el Grial, así que ¿para qué lo quieres realmente? —pregunto.

—¿Acaso importa? —pregunta Sean.

—Importa si esta es tu respuesta.

Luke vuelve a tocarme el brazo.

—¿Podemos hablar?

—Esperaré fuera, lo prometo —dice Sean.

Se levanta y le digo:

—Dile a Saraya que le doy permiso para romperte las rótulas si intentas huir.

Me hace un pequeño saludo y se va.

—Acéptalo —dice Luke—. Ella es su única debilidad. ¿Cuáles son las probabilidades de que jamás encontremos el Grial?

—¿Por qué eres del equipo Sean de repente? —pregunto.

—No lo soy —dice Luke—. Pero debemos tenerlo cerca para cumplir la misión de mi padre.

—Esta ni siquiera es su segunda oportunidad —digo—. Si se dejó llevar al Infierno, entonces aún está en la primera, ¿verdad?

—No creo que importe. —Luke repiquetea en la mesa con los dedos—. Es que... Creo que sí se preocupa por ella.

—Aunque tengas ese exterior duro y sexi, sé que en el fondo eres un blandengue.

Levanta las cejas.

—No lo soy.

«¡Ajá!».

—Pero ¿solo quieres ayudarlo por eso, Príncipe Blandengue?

Luke duda.

Nos interrumpe un estruendo en la calle, seguido de un fuerte estallido en el escaparate de una tienda. Saco un fajo de billetes que espero que sea bueno en Italia y lo deslizo sobre el mostrador, mientras salimos corriendo, por si ha sufrido algún daño.

Sean se está frotando la mandíbula en la acera frente a Saraya. Hay fragmentos de cristal por toda la calle.

—Creo que deberíamos irnos —dice Sean.

Es fácil entender qué ha pasado. Saraya lo ha tirado por la ventana. No puedo culparla.

Ahí va mi trofeo imaginario para esta pelea. No estoy segura de qué va a ser más difícil: conseguir que Saraya deje de odiar a Sean o salvar su alma. Lo bueno es que no importa para lo que vamos a hacer a continuación.

—Camelot, allá vamos —digo.

14

Luke

Todo el mundo tiene su propia idea sobre Camelot, el famoso castillo del rey Arturo. Se han filmado bastantes películas y algunas de ellas (*Trash King Artur* es mi favorita) hasta se han convertido en referentes de la cultura pop, es decir, lo que yo veía cuando Rofocale estaba tan enfadado que no iba a ocuparse de mí. Los de Abajo casi las considerábamos históricas dada la implicación de nuestro reino en los hechos reales.

Incluso en las ficciones más sombrías y descarnadas, Camelot tiene algo de majestuoso.

Pero Callie nos deja a Sean y a mí en una calle muy normal. Cuando podemos respirar, empezamos a echar un vistazo. Saraya aparece justo a tiempo, viajando por sus propios medios y aterrizando en posición de guerrera.

—No me parece mágico —dice Sean—. Es un pueblo normal.

Es un comentario innecesario. Todos tenemos ojos.

—Dale tiempo. Deberíamos ir primero a la abadía de Glastonbury —dice Callie—. Sus ruinas, al menos. Es el lugar que, supuestamente, conecta al rey Arturo y sus caballeros con el Santo Grial.

Callie está en su elemento, entusiasmada con la historia y la leyenda, mientras nos dirigimos a la abadía.

—La mayoría de la gente cree que los cuerpos que están enterrados adonde vamos no son los de Arturo y Ginebra. Los monjes eran, simplemente, unos genios a la hora de promocionar el turismo. Las pruebas históricas de todo esto son escasas, pero debe de haber alguna razón por la que se relacionó este lugar con las leyendas. Y se ha pensado que la colina que hay a las afueras del pueblo, Glastonbury Tor, pudo haber sido Ávalon. «Tor» significa «colina cónica» en gaélico, por cierto. Aunque también se decía que fue una isla. —Callie toma aire y continúa—: José de Arimatea era un hombre rico, un discípulo no oficial que custodió el cuerpo de Jesús y luego lo enterró, tras recoger su sangre en un plato mientras estaba en la cruz. Lo más probable es que no sea una copa. Y hay historias sobre José viniendo aquí y fundando la iglesia de la que vamos a ver las ruinas. Apócrifos, etcétera, pero...

Entonces llegamos a la linde de las tierras de la abadía.

Sean salta una pequeña valla de piedra y nos vemos obligados a seguirlo. No hay entradas ni colas para nosotros. Me concentro en que no se nos note, pero recuerdo que Callie tiene ese poder ahora.

—¿Tienes algo que añadir? —pregunta Callie a Saraya—. Debes de saber hasta qué punto es verdad. ¿Sabes si el Grial está aquí?

—No —dice Saraya.

Estaba equivocado respecto a este pueblo. La verde extensión de hierba con las ruinas a lo lejos es el escenario más idílico que pueda imaginar. Tan lejos del Infierno como es posible estar en la Tierra. Aunque no digo que *esta* sea la razón por la que se cree que este lugar fue Camelot. Por no mencionar que las leyendas de Camelot no son siempre divertidas.

—Deberías preguntarle a Porsoth sobre Arturo, Morgana la Fey* y Merlín.

—Es Morgan le Fay, o sea, el Hada Morgana** —dice Callie.

—En vuestra versión lo es. En la nuestra, es una reina maligna. Porsoth entrenó a Merlín. Era uno de los nuestros. Ahora está retirado.

Callie parpadea.

---

* Los «Fey» es una raza mestiza nacida de elfos corruptos y seres infernales. (N. de la T.)
** «Le Fay» significa "el Hada" en francés, de ahí el nombre «Morgan le Fay» o «el Hada Morgana». En este contexto, se hace un juego de palabras con «Fay» y «Fey». (N. de la T.)

—¡Estás de broma!

—No. A Porsoth le gustaban mucho los fey. Es solo una clase de demonio menor bastante desagradable.

—Cuanto más sabes... —dice Callie, y veo que se le ponen los ojos vidriosos al acceder ella misma a parte de la información.

Sean va muy por delante de nosotros. Saraya ha acelerado y se ha puesto a su alcance.

Yo camino sin prisas. Debería haberle contado a Callie, en la cafetería, el plan de Sean; estaba a punto de hacerlo, pero entonces nos interrumpió Saraya con su perfeccionado lanzamiento de Sean. No quiero que Callie se entere hasta convencerla de que podemos conseguir que Sean cambie de opinión. Creo que, si encontramos el Grial, todo se arreglará. Lo habremos redimido, ¿verdad? Y entonces Agnes también se salvará.

Pero hay otra razón por la que también lo apoyo.

—¿Qué quieres decirme? —pregunta Callie.

Desde luego, ella me lleva ventaja, me lee como si fuera un libro abierto. Estamos hablando de Callie.

Estamos lo bastante lejos de los turistas, que están ocupados haciendo fotos de las antiguas ruinas, como para tener intimidad. Son restos de lo que debió de ser un edificio tan grande como las catedrales que hemos visitado. Pero hay algo que da más paz, como diría Sean, en estos muros de piedra y torres solemnes, en el paisaje de alrededor y en el cielo. Sin duda es menos vulgar y no hay miembros humanos a la vista.

—Vamos, ¿qué pasa? —me anima a hablar.

—Sean pretende utilizar el Grial para una utopía: traer el Paraíso a la Tierra —digo, manteniendo un tono de voz lo más neutro posible.

—¿Qué? ¿Cómo lo sabes?

Me restriego la mejilla con una mano.

—Me lo dijo. En la iglesia. Tiene que ver con Saraya la Grosera, y por eso creo que debemos ayudarlo.

—Pero... Luke... —El cerebro de Callie trabaja horas extra.

—La otra ventaja es que enfurecerá a mi padre si tiene éxito.

Ese no es el verdadero motivo por el que apoyaría a Sean. Reconozco que hay algo de sentimentalismo en ello. Me convenció porque puedo imaginarme estando en su lugar. ¿Cuánto haría falta para que el afecto que Callie siente por mí se convirtiera en antipatía, incluso en odio? Quiero creer que, si eso ocurriera, podría arreglarlo. Me juego más en esta excursión de lo que pensaba.

—¿Qué implicaría? —pregunta.

—Acabaría con la vida tal y como la conocemos, aunque quizá no fuera tan malo. —Le doy un giro más agradable—: Estoy seguro de que podemos convencerlo de que no lo haga.

—Sí. Me gustan los cambios, pero... eso sería excesivo. —Callie se queda boquiabierta—. Tenemos que hablar con él. Ahora ya sé para qué sirve el modo interrogatorio. —Empieza a perseguirlos—. Saraya la Grosera, Sean, ¡esperad!

Sean, tal como es, se pone a trepar por las ruinas. Salta de unas piedras que no están muy altas a otras mucho más elevadas. La postura tensa y de desaprobación de Saraya puede apreciarse desde aquí.

Callie llega a las ruinas y sube a un primer nivel de piedras, haciendo señas a Sean para que baje. Él la ignora y ella sube al siguiente nivel.

Por mi cabeza pasan imágenes de ella haciendo cosas peligrosas. Aunque tiene mis poderes, no me gusta que trepe por las ruinas tras Sean, que se mueve con tanta habilidad como un monstruo de las montañas del Infierno.

—Maldita sea —murmuro la maldición favorita de Below y corro hacia ellos. Me detengo junto a Saraya—. ¿No puedes obligarlos a bajar?

—No montes una escena —replica Saraya con irritación.

—Oye —dice Callie, a medio camino entre el suelo y Sean—. Necesito hablar contigo.

—Imagino que te ha dicho lo que estoy planeando. Preferiría no hacerlo —responde Sean.

Los turistas se han reunido para contemplar la escena y aparece un guardia de seguridad.

—¡Sean, ven aquí! —grito. Y luego—: ¡Callie, tú también! ¡Podrías caerte!

Me mira por encima del hombro y entonces me doy cuenta de que la he retado a continuar. Su pelo castaño resplandece bajo el sol y quiero recordarle que tiene alas. Pero hay demasiada gente alrededor y, al menos, dos de ellos han empezado a grabar.

—¡Oh, Grial! —vocifera Sean—. ¡Santo, santo, santo! ¿Dónde estás?

¿Ha perdido la cabeza? Callie encuentra un asidero y coloca el pie en un saliente más estrecho.

—¿No puedes atraparlo? Por favor —pregunto a Saraya.

—¿No puedes hacerlo tú? —replica ella.

—Se supone que debes ayudarnos.

Se encoge de hombros.

—No estoy impidiendo que lo hagas tú..., lo que se parece bastante.

De acuerdo. Adivino la trayectoria de Sean, que se dirige hacia la torre más alta, situada en el borde de la muralla en ruinas. Me adelanto a él. Doy la vuelta hacia ese lado y un guardia de seguridad me pregunta qué estoy haciendo. Echo de menos mis poderes.

Como no los tengo, debo moverme rápido. Doy un salto y me aferro al primer saliente por los pelos. Me duele cuando me agarro a las piedras, pero lo hago de todos modos. Me levanto y quedo fuera del alcance del guardia.

—Voy a bajar a ese hombre.

El guardia de seguridad duda entre darme las gracias o matarme. «Estoy teniendo tan mal día como *tú*», me gustaría decir.

Me desplazo por la pared y comienzo el lento proceso de escalar la torre. Encuentro un asidero y me arrastro hacia arriba. Una y otra vez. Por fortuna, mi habilidad es algo natural. Después de todo, las carreras de obstáculos por llanuras humeantes y en ruinas en las que Rofocale me hacía participar, cuando yo era más joven, han servido para algo.

No soy alguien que jamás renuncie. Hay cosas a las que merece la pena renunciar, como obedecer a las figuras de autoridad. Pero soy testarudo y sigo subiendo, concentrándome en donde quiero llegar.

Llego a lo alto de la torre a la vez que Sean. Me mira de arriba abajo.

—Me preguntaba dónde te habías metido —dice—. ¿No podías haberte callado mis planes un poco más?

—No —digo, y miro por encima de su hombro. Callie sigue avanzando por la pared. No moriría si se cayera, no con mis poderes. Pero no sería agradable y podría resultar herida.

«No quiero verte nunca herida». Recuerdo las palabras que le dije una hora antes. No quiero que vuelva a ponerse en peligro tan pronto.

—Vuelve abajo, lo tengo —le digo.

—Ya casi estoy —responde ella.

¿Cuándo aprenderé? Sigue avanzando.

Saraya, por su parte, parece que se ha cansado de mirar. Las cosas se han complicado a nivel del suelo, con la llegada de otro guardia de seguridad. Ella ha sacado un arco y una flecha de... algún sitio...; mágicamente, supongo. Tiene una cuerda atada.

—¡Tenemos que salir de aquí! —nos grita.

Estamos violando todas las reglas posibles con el festín visual que estamos ofreciendo a los turistas, aunque nadie está haciendo nada que no sea humano. Entonces, ¿cuál es el problema? Tan solo pueden arrestarnos, y Callie nos haría desaparecer frente a las autoridades. Es evidente que el Grial no está aquí arriba. No tengo ni idea de qué pretende Sean.

Oh. Espera.

Entiendo.

Cree que a Saraya le preocupará su seguridad.

—Último aviso —dice Saraya.

—Baja —dice Callie.

—¡Baja, te seguiremos! —le grito—. ¿Podemos parar ya, por favor? —le pregunto a Sean.

—Aún no —dice—. Quiero que admita que siente algo por mí.

Tenía razón. Supongo que hay de todo.

—La viste lanzar un cuchillo al ojo de aquel cartel, ¿verdad?

—No me refiero a ese tipo de sentimiento.

—Algo es algo...

—Jamás me he conformado con menos de lo que merezco —dice Sean con súbito ardor.

—Tal vez deberías empezar a hacerlo.

Me fulmina con la mirada. Lo he hecho enfadar. Él vacila y veo que la flecha sagrada de Saraya viene hacia nosotros. Lo agarro del brazo, me empuja y pierdo toda la habilidad que tenía.

Esta desaparece en un instante.

Y yo me voy con ella, navegando hacia el cielo, la tierra y más allá.

Mi corazón es atravesado por quien soy y lo que soy, y entonces no soy nada. Mis ojos se cierran en este mundo.

15
Callie

La gente dice que el tiempo pasa más lento durante una emergencia, pero los investigadores afirman que no es verdad. Una vez se hizo un experimento en el que se les puso un arnés a varias personas y luego se las lanzó desde una gran altura para ver si sus cerebros se aceleraban, si la experiencia parecía suceder más lentamente. Pero no era eso. La verdad es que, cuando experimentamos un miedo profundo, la amígdala almacena muchos más recuerdos. Lo percibe todo.

O, al menos, eso nos parece.

Luke agarra a Sean (parece ser que para apartarlo de la trayectoria de la flecha), pero este malinterpreta sus intenciones y le devuelve el empujón. Cuando Sean mira por encima del hombro para esquivar la flecha, ya es demasiado tarde. Esta le da a Luke.

Luke trata de sostenerse en un solo pie. Con mucha elegancia. Pero la flecha lo desequilibra. Le da en un lado del muslo... ¿o no? No estoy segura, no puedo ver qué está pasando porque el sol abrasador me ciega. Lo que sí sé es que no se hunde en la carne, sino que sigue avanzando. ¿Quizá solo lo ha rozado?

Pero eso no importa, porque ya está cayendo. Sus brazos se estiran en el aire, como si buscaran sus alas, y ojalá las tuviera, pero todo sucede a cámara lenta. Muy lentamente, y luego tan rápido...

Sigue cayendo hasta que queda oculto por el muro que hay frente a mí.

Mis sentidos se agudizan y mis emociones se intensifican hasta tener la sensación de que muero abrasada por el calor del sol. Oigo cómo se expanden y se contraen las moléculas, cómo el universo exhala lentamente su último aliento y, más allá, los gritos de los condenados.

Todo se estrecha y se ralentiza, desde la visión más grandiosa de la vida hasta lo que tengo delante, descrito con doloroso detalle. El tejido de la creación se retuerce a mi alrededor como una boa hambrienta, y siento que el poder de Luke es expulsado de mi cuerpo. Mi corazón recibe un puñetazo. Tras volver a ser humana, solo siento dolor.

Al final, me doy cuenta de que tengo los pies en el estrecho saliente de piedra, el corazón se me acelera y respiro entrecortadamente. ¿Cómo voy a bajar? Y Luke. «¿Dónde está Luke?».

¿Ha recuperado sus poderes a tiempo para salvarse? ¿Y sus alas? Debería tenerlas.

—¡Salta! —me grita Saraya desde abajo.

Tiene los brazos abiertos.

No dudo (ya me quedaré impresionada por esto más tarde) y hago lo que me dice. Me lanzo por los aires gritando a pleno pulmón. Los turistas que nos rodean gritan sobresaltados y yo quisiera decirles: «No tenéis ni idea de lo que sois testigo».

Me abalanzo sobre Saraya, pero ella soporta mi peso con facilidad. Se sostiene y suelta un suave «¡Uf!». Me pongo en pie y echo a correr. Ella corretea a mi lado, debe de ir más despacio de lo normal por mi culpa. Eso me da más miedo que cualquier otra cosa.

—Estoy segura de que no está herido —dice, pero percibo la duda en su voz.

Llegamos al otro extremo de la abadía en ruinas. Al otro lado del muro…, por donde Luke ha caído.

Una adolescente con pantalones cortos está mirando hacia el suelo.

—Luke —digo, y luego lo grito—: ¡Luke!

Pero no está por ninguna parte.

—Ha desaparecido —dice la chica—. El cuerpo ha desaparecido.

Me dirijo hacia ella.

—¿Qué quieres decir con «el cuerpo»?

—Tú lo has visto. Se cayó —contesta—. La flecha le dio. Ese tipo lo empujó. El guardia de seguridad ha ido a buscar a la policía. Pero... ha desaparecido.

El cuerpo. *El cuerpo*. Está insinuando que Luke se cayó y quedó tendido en el suelo como si estuviera muerto. No le salieron unas alas que evitaran su caída. No se elevó en el aire y se fue volando. Se quedó allí y luego desapareció.

Cuando comprendo lo que ha pasado caigo de rodillas.

—Era humano cuando ocurrió —digo.

Nuestros poderes volvieron a cambiar cuando se estrelló contra el suelo. No antes. Eso podría significar... Podría significar que...

Miro hacia arriba y veo a Sean de pie en la torre. La luz incide de forma diferente desde este lado. Puedo ver lo conmocionado que está. Puedo ver su arrepentimiento cuando digo:

—Lo habéis matado —digo, incluyendo tanto a Saraya como a Sean en la acusación—. Lo habéis matado.

La cabeza me da vueltas y todo lo que viene después me resulta borroso.

* * *

Saraya nos saca de allí. De alguna manera lo hace. Vuelvo en mí cuando estoy en la calle. No puedo decir si he estado inconsciente o si mi cerebro simplemente se ha apagado, incapaz de suministrar siquiera un dato al azar, incapaz de pensar en nada excepto en que Luke no está. Ha desaparecido. Quizá para siempre.

—Tengo que ir al Infierno. Tengo que saberlo. —Me levanto de la acera, que está junto a una carretera poco transitada—. ¡Oh, no! No tengo mi pañuelo. Se lo di a Luke.

Me giro para hablarle a Sean.

—Tú podrías llevarme.

Saraya dice en voz baja:

—Entonces vas a renunciar, ¿no?

—¡No me importa! —Pero me importa. Es lo que más me importa. Me detengo, echo la cabeza hacia atrás e invoco a Porsoth—. ¡Porsoth!

No viene. Porque así no funciona: una mujer llama a un demonio y el demonio viene. Pero valía la pena intentarlo.

Porsoth también estará de luto. Incluso podría culparme a mí.

Quiero a Luke. Quiero a Mag y a mi madre y a Jared. ¡Oh, Dios! Lo reconozco, pero no me sirve de consuelo. Estoy atrapada aquí, a merced de Saraya o de Sean para ir a cualquier parte, incluso a casa. Cuando estaba ocupada zapeándonos por todo el mundo, haciendo daño a Luke por el camino, nunca me paré a pensar que estuviera atrapada.

Y tengo otra idea terrible. *Si* estuviera vivo, ya habría venido a verme, ¿no? Habría vuelto a la Tierra para asegurarse de que yo lo supiera. Para comprobar que yo estoy bien.

Pero tampoco puedo creer que haya muerto. No puedo, no hasta ver las pruebas. El cuerpo, como dijo la chica. He visto suficientes películas y programas de televisión. Excepto en la terrible última temporada de *Veronica Mars,* nadie está oficialmente muerto hasta que ves el cuerpo.

—¿Callie? —pregunta Saraya.

—Necesito entrar en el inframundo. —La respuesta me golpea como un rayo—. La colina. Glastonbury Tor.

La colina que hay a las afueras de la ciudad es un imán para los amantes del incienso, pero también fue un lugar pagano, un templo cristiano y, cuando los celtas gobernaban esta tierra, una entrada al inframundo. Y al mundo de las hadas. ¿No acaba de confirmarme Luke que los fey son una clase de demonio? Pienso en los demonios, bestias y hechiceros de la leyenda artúrica y sé que estamos cerca de donde estuvo el Grial, aunque ya no esté aquí.

Y no me importa. Eso no.

Asiento con la cabeza.

—Puedo viajar de la colina a la morada de Lilith.

Sean habla, por fin.

—Podría funcionar.

Señalo a Sean.

—¿Por qué lo empujaste?

Por primera vez, Sean muestra un aire de indefensión. Levanta las manos y se pasa una por el pelo.

—Pensé que estaba a punto de empujarme. No era mi intención...

—Y tú —me vuelvo hacia Saraya— le disparaste una flecha. ¿Sabes si le dio? —Y si es así, ¿qué significa? Las armas de los guardianes no pueden ser las habituales.

—Le dio —dice Saraya con cuidado—. Aunque no creo que produjera una herida mortal.

—Excepto que parece que estás equivocada, Saraya la Grosera. —Le escupo las palabras.

«¡Basta ya!». Empiezo a caminar por la acera y, para mi sorpresa, los dos me siguen. Supongo que es lo mejor, aunque ahora mismo todo parece un sinsentido. Es muy posible que la vida, tal y como yo quería conocerla, haya acabado. Tendré que disculparme con Agnes por haberla ilusionado.

—Vuelves a ser mortal, ¿verdad? —pregunta Saraya.

—Sí. —Sigo caminando por la calle. Las señales nos guían por el pueblo hacia la colina. Esquivo a la gente que va por la acera. Imagino que se me ve atormentada, que el desorden exterior refleja el desorden interior.

—Eso significa que pudo haber recuperado su naturaleza. Puede que haya sobrevivido. —Saraya hace una pausa—. Lucifer no permitiría que su progenie sufriera un auténtico daño.

Lucifer. Él planeó esto.

Sean resopla con incredulidad.

—Lucifer mataría a su propio hijo si le conviniera —dice.

Le frunzo el ceño. Me agarro a cualquier clavo ardiendo, así que tiene que callarse. Yo puedo expresar mis dudas; él no. No se lo permito.

—Tengo que saberlo... de una forma u otra. —Si estuviera bien, habría vuelto conmigo. No lo ha hecho. Saraya no lo entiende.

Lilith me llevará a la Fortaleza Gris. Ella me ayudará a descubrir la verdad. Eso es todo lo que puedo pensar en este momento. Mis pies se las arreglan para seguir adelante, uno delante del otro, uno detrás del otro, mientras salimos del pueblo y encontramos el camino que sube por la extensa colina.

Es un paisaje de fantasía romántica. Hay magia en el verde vibrante, que es tan vivo como si esta tierra exudara poder y lo hubiera hecho durante miles de años. Si quisiera, incluso tendría el poder de curar mi corazón. No voy a rendirme aún.

Las ruinas de la torre de piedra que hay en lo alto de la colina son mi destino, pero no sé cómo encontrar la entrada. Me obligo a concentrarme, pero me vienen recuerdos de Luke. De mí diciéndole lo que siento por él, pero al final acobardándome. De nosotros juntos, y yo dándole las buenas noches para irme a casa, arrepintiéndome de cada paso que doy. No le doy vueltas a una idea tan trillada como «¡Oh, no! Nuestras últimas palabras se dieron en una conversación». Lo que tengo es una idea más clara de cómo debería acabar esa conversación. Luke quería seguir el plan de Sean. Yo no. Fue casi una discusión. Y las discusiones pueden ser otra forma de expresar amor.

El amor.

Sí.

Lo quiero. Se lo diría.

Y así voy ascendiendo por el sendero. Aquí también hay turistas y deseo que los poderes de Luke transformen esto en algo privado. No me parece justo llorar por él donde cualquiera pueda verme, no hasta que *lo sepa* de verdad.

Finalmente llegamos a la cima de la colina, con la torre justo delante de nosotros. Saraya y Sean me observan como si fuera una bomba de relojería.

—¿Alguna idea? —pregunto.

—Para poder pasar, tienes que ver tú misma la entrada —dice Sean—. Puedes encontrarla.

—Cuando la encuentres, vete —me dice Saraya—. Yo vigilaré a Sean. Lo llevaré a casa, a la Ciudad de los Guardianes. Te reunirás con nosotros allí cuando puedas.

Sean se queda boquiabierto, pero no dice nada. De hecho, en lugar de la sonrisa que esperaba, se queda con cara seria.

Es interesante, pero no consigue distraerme de mi objetivo.

Recupero el ritmo que he tenido por el pueblo y la colina. Camino con paso decidido, buscando a mi alrededor y en mi mente. En la mitología se dice que las entradas al inframundo, en especial las relacionadas con las hadas (hermosos y tentadores demonios que no pueden mentir, salvo contando curiosas versiones de la verdad), están bajo las colinas. Bajo las colinas.

En vez de mirar alrededor, hacia fuera o hacia arriba, miro hacia abajo. Camino con un pie delante del otro sobre la hierba pisoteada por los turistas, y por fin cambia lo que veo. El suelo que hay bajo mis pies se convierte en un camino de guijarros negros, luego en afilados fragmentos de cristal y, finalmente, cuando alzo la vista ahí está: el jardín trasero de Lilith. Deberé pagar algo por pasar al otro lado. En algún momento tendré que pagar para salir del Infierno.

Ahora no me molesto en hacerlo. No grito para llamar a Lilith, y una parte de mí teme que, con lo que he tardado en llegar, ella ya se haya ido. Tal vez Lilith tenga algún tipo de alarma maternal que se activa cuando su hijo sufre un gran daño. O un hechizo que le diga si está vivo.

Cruzo el jardín sin verla y las plantas se balancean para indicarme que saben que estoy aquí, pero no arman alboroto. Me conocen de visitas anteriores. La puerta trasera es más difícil.

No puedo entrar en casa de Lilith. No sin arriesgarme a morir por alguna trampa venenosa.

Llamo a la puerta.

Nada.

Pero oigo cantar desde algún lugar fuera de la casa.

Esto es lo que pasa.

No se trata de un canto etéreo y hermoso. No es la inquietante voz fantasmal del hermoso bosque que hay junto a la casa de la bruja.

No. Lilith está cantando *Welcome to the jungle,* de Guns N' Roses; si no bien, al menos con entusiasmo.

Sacudo la cabeza. Esto resulta incómodo. Incluso desesperada por tener noticias de Luke, sé que es una situación delicada. Si interrumpo, sabrá que la he oído.

Debe de ser consciente de que es una cantante terrible. Pero Lilith no es el tipo de persona a la que se insulta. O que se insulta mintiendo.

Luke sabría cómo manejar esta situación.

Él no está aquí. Yo sí.

No debería saberme la letra de esta canción. No es de mi estilo. Pero me la sé casi toda. Porque era una de las favoritas de Jared cuando jugábamos al karaoke en el salón. Nunca entenderé cómo no me di cuenta de que él y Mag tenían química ya entonces, cuando nosotras teníamos trece años y él, quince. Viéndolo en retrospectiva, que los dos cantaran a dúo fingiendo ser el bajista con el sombrero gigante debería haber hecho sonar mis alarmas.

Doy vueltas alrededor de la casa, en dirección a la voz, y cuando me acerco a ella, en el bosque como sospechaba, yo...

Bueno, yo me uno.

La voz de Lilith se entrecorta un segundo y luego canta más alto. Me encuentro con ella y entonces comprendo que he creado una situación de lo más extraña. Cuando la canción acaba, ella me lanza una amplia sonrisa y dice:

—¿Otra?

He estado aquí cantando con la madre del que posiblemente sea mi difunto novio. No solo novio. El amor de mi vida. Mi corazón.

Me mira a la cara más de cerca, estira la mano y me agarra la barbilla. La gira de un lado a otro.

—Nos vamos ahora mismo —dice.

—¿Qué?

—Algo le ha pasado a Luke. Se te ve en la cara. —Ella pasa por mi lado, con sus ojos oscuros, pelo salvaje y faldas negras, y todo lo que puedo hacer es decir:

—Gracias.

—Claro, cariño.

Nos hace entrar en la casa y se detiene ante el fuego que crepita en la chimenea. Encima cuelga una olla, un caldero de bruja. Se detiene un momento junto a él, canturreando para sí y soltando alguna palabra malsonante.

—Deberíamos irnos —dice—. No puedo decírselo. No me contesta.

—¿Eso significa que él... él...?

—Significa que deberíamos irnos —dice.

Va hasta un armario y me lanza una capa de viaje de terciopelo. Volvemos a viajar al estilo bruja, como la última vez que tuve la misión de salvar a Luke. Aunque ahora es diferente. Silba al abrir la puerta y una polilla de grandes y delicadas alas negras emerge del bosque y se posa en la palma de la mano de Lilith.

Me pregunto qué va a hacer con ella, pero se limita a meterla dentro de la capa.

—Listo —dice, y no espera mi respuesta.

Nunca me había alegrado tanto de que otra persona se hiciera cargo de mi vida.

«Aguanta, Luke. Por favor, aguanta. Ya voy».

16
Luke

Me caí (el negocio familiar, caer) y sigo cayendo. Puede que ya no sea un cuerpo, tan solo un alma gritando de dolor, cayendo...

Abajo.

Hasta el fondo.

Traído aquí por la flecha envenenada de la amada de un caballero errante. Mientras los míos miraban. «Callie, caí...».

Porsoth me atrapa, así que estoy en alguna parte, aunque solo sea en la niebla y las sombras. Él llora.

—¡Oh, hijo mío! No, resiste. Debes resistir.

«Pero no tengo nada con lo que resistir», intento decir, pero sea cual sea este plano de existencia, no tengo voz en él.

—Debemos intentarlo —dice Porsoth—. Llama a los curanderos.

«No, ellos no». Los monstruosos señores demonio y sus ayudantes, que pasan el tiempo arreglando a los condenados rotos para que la horrible horda pueda volver a romperlos.

Aún no he tocado fondo.

«Callie, me caí y sigo cayendo».

* * *

No me despierto precisamente. Es mi conciencia la que va apareciendo poco a poco. Pero aún no estoy despierto del todo. No soy yo mismo.

Me palpita la parte superior del muslo izquierdo, y el tiempo avanza al ritmo más lento posible mientras me doy cuenta de que estoy presente. De una pieza. En existencia.

—Te dije que funcionaría —dice mi padre, que se regodea.

Me llevo la mano a la zona del muslo, que me arde dolorosamente, y la encuentro envuelta con una venda de tela. Abro un ojo y me incorporo.

Estoy en el Infierno. En mis propios aposentos, al menos. Rofocale y mi padre están aquí, junto a mi cama. No hay señales de Porsoth.

—¿Dónde está Callie? —pregunto.

Al oír la pregunta, los tres curanderos con colmillos que quedaban salen corriendo del dormitorio para dejarnos solos. Mi padre no tuvo que mover ni un dedo para espantarlos.

—¿Callie? —vuelvo a preguntar, y consigo levantar un poco la voz.

—¿Funciona? —pregunta Rofocale.

—Déjanos —le dice mi padre.

Cuando me siento, tengo la sensación de que me ha atropellado un camión. Pero no. Me caí.

Recuerdo estar en lo alto del muro de la torre y a Callie trepando hacia mí y a Saraya apuntando con aquella flecha y a Sean empujándome... Y luego un dolor intenso y yo cayendo por los aires y... Eso es todo hasta hace unos momentos.

Una vez que mi cabeza se calma, me pongo en pie y busco mi ropa. Luego me encojo de hombros. La saco del armario.

—¿Cuánto tiempo llevo aquí?

Mi padre se acerca a grandes zancadas y me toca el hombro. Me detengo donde estoy y miro sus dedos. ¿Cuándo fue la última vez que me puso la mano encima movido por algún sentimiento? Cuando era un niño, seguramente.

No me gusta ni confío en él, y quiero quitarme sus dedos de encima. Me siento, literalmente, en sus manos aquí y ahora. Pero yo también me comporto así. Le miro, con las cejas levantadas.

—Descansa —dice—. Has sido herido por un arma sagrada. Date tiempo para recuperarte.

—Saraya la Grosera —digo y, aunque no quiero, vuelvo a la cama—. Debería ir a ver a Callie o avisarle...

—No hace falta —dice mi padre.

No lo entiendo. ¿Significa que se sintió aliviada cuando me desplomé y desaparecí? ¿Significa que está esperándome fuera?

—¿También ha sido herida por una flecha sagrada?

—Está viva —dice mi padre, malhumorado, como si le irritara tener que darme esa pequeña cantidad de información—. Y no te preocupes. Ahora descansa.

Este hombre es una fuente de sabiduría. Me siento de nuevo en el borde de la cama.

—Entonces —dice mi padre, y se queda mirándome. Tiene las alas recogidas en su espalda, en una posición casi defensiva. Está haciendo su mejor papel de «buen padre» y hace tanto tiempo que no lo veo así que se ha convertido en algo extraño.

—¿Y? —respondo—. ¿Qué está pasando aquí? No hemos perdido los tres días, ¿verdad?

—No —dice mi padre con una sonrisa—. El reloj está en marcha. ¿Sigue siendo lo que quieres?

Me echo hacia atrás, apoyando las piernas en la cama. No quiero estar más cerca de él de lo que debo.

—Sabes lo que quiero.

—Ella —dice—. Pero deberías tener miras más altas. Podrías tener el reino.

Eso no es más alto, me gustaría decir, sino *más bajo*.

Sigo sintiendo un dolor sordo en la herida de mi muslo. Casi pido un analgésico, pero recuerdo que he recuperado el sentido. Descarto esa idea y la hago desaparecer de mi mente. El latido aumenta un poco.

«Ahí está».

—La quiero —digo—. Quiero una vida con luz.

—Prefiero mucho más ser un rebelde que lidiar con uno. —Mi padre me observa durante un largo instante y luego me ordena—: Duerme.

La vibración es más eficaz que cualquier mecedora o cuidado paliativo. Me quedo inconsciente, mis ojos se cierran inmediatamente.

—Primero necesitas descansar —le oigo decir, y quiero saber qué es ese descanso. «Para qué sirve». Pero no llego a saberlo, no hasta que mi padre decida decírmelo.

* * *

Sueño con Callie y ella se aleja. Está huyendo. Está escalando el muro de un castillo en ruinas y yo estoy atrapado debajo de ella. Me da la espalda. No puedo verle la cara.

No importa cuánto lo intente, permanece oculta.

17
Callie

Estoy tan disgustada que no puedo disfrutar de este viaje surcando los aires. Mientras cruzo las espeluznantes llanuras del Infierno, finjo que el aire viciado me hace llorar cada dos por tres, pero no es más que una mentira. Lilith marca un ritmo enérgico y confía en que yo la siga con la capa de bruja negra que me ha prestado.

Cuando llegamos a las orillas de Estigia, río y diosa dragón que me odia, las aguas están negras y turbulentas. El coro de gemidos que se eleva de las aguas me eriza el vello de los brazos. Siento el hedor a azufre, sudor y sangre.

Estigia sale chorreando de las sucias aguas y me inquieta el acertijo que tendré que resolver para poder pasar; incluso con Lilith aquí, habrá que pagar algún peaje. Pero, en lugar de eso, Estigia nos hace señas con sus garras para que nos acerquemos.

—Porsoth debe de estar preocupadísimo por el joven amo —dice, con expresión lúgubre en su larga cara, en el extremo de un cuello de dos pisos de altura—. Ha llamado a Buer y Glasya, lo que significa que esto lo supera.

Lilith chasquea la lengua y las arrugas de preocupación de su frente se hacen más profundas. No han abandonado su rostro desde que salimos de su casa camino de la Fortaleza Gris.

Es su madre. Me digo a mí misma que es normal.

Nada de esto lo es.

Recuerdo los nombres que ha dicho Estigia del texto de demonología *Ars Goetia*. Glasya-Labolas dirige treinta y seis legiones de soldados del

Infierno, conoce todas las artes y ciencias, y es especialista en matanzas y derramamiento de sangre. Y es un buen (muy mal) chico: un perro con alas de águila. Buer tiene cabeza de león y cinco patas de cabra rodeándola, lo que le permite caminar en cualquier dirección y le da un aspecto de extraña rueda peluda. Está al mando de cincuenta legiones, conoce las hierbas medicinales y se supone que tiene los mejores familiares.

—Debes de tener prisa por encontrar a tu príncipe —dice Estigia, y sacude la cabeza en el extremo de su escamoso cuello—. Tu peaje será una sola lágrima.

Para Estigia, eso es sentimental en extremo. Si me relajé un poco al encontrar a Lilith, ahora mis preocupaciones vuelven a aparecer. ¿Como si fuera una persona con ansiedad? Muchísimo más.

La lágrima no será un problema, quiero decir, ya que hemos viajado surcando el viento y he estado llorando en silencio todo el tiempo. Paso una mano por mi mejilla para ofrecerle una. Seguro que hay muchas para elegir.

Antes de que pueda hacerlo, Estigia extiende los dedos y, con más delicadeza de lo que hubiera creído posible, me roza la mejilla con el dorso de una uña, casi como si me secara las lágrimas.

—Corre a su lado —dice—. Y dile a Porsoth que maldije mis orillas por no poder abandonarlas.

—Gracias, Madre Estigia —dice Lilith, e inclina la cabeza. La dragona desaparece en el agua con un gigantesco chapoteo y el coro de gemidos se eleva a su paso.

Lilith arremolina su capa, a punto de conjurar los vientos para que podamos continuar nuestro viaje, pero hace una pausa.

—Me sorprende que aún tuvieras que pagar peaje.

—¿Qué? —No hay tiempo para preguntas, pero he hecho una y ella me lanza una mirada furibunda. Como si juzgara algo.

A mí. Juzgándome. Siento un escalofrío.

—¿Qué? —Ahora pregunto de verdad.

—Estás en vías de convertirte en alguien como yo. Pronto podrás viajar sin impedimentos. —Lilith se acaricia el labio mientras reflexiona—.

Lo que significa que no eres mortal del todo. Aunque él tuviera tus debilidades, podría sobrevivir. —Su capa cruje a su espalda—. No debemos retrasarnos.

Así que, cuando se eleva al cielo, agarro mi capa y la sigo, dejándome llevar por el viento. ¿Ya no soy mortal del todo? ¿Qué *significa* eso?

Es imposible saberlo, así que me aferro a la posibilidad de que Luke haya sobrevivido, que tal vez *yo* lo ayudé a sobrevivir.

* * *

Llegamos a la Fortaleza en un tiempo récord, que aún me parece una eternidad, y aterrizamos en un rellano de piedra que constituye una rama del castillo en forma de árbol. Ningún guardia demoníaco viene a recibirnos. No hay antorchas encendidas en el exterior de la Fortaleza. Una luna moteada en negro y gris se eleva en un cielo plomizo. Nunca había visto la luna aquí.

Lilith hace su interpretación.

—Un presagio. De cambio.

—¿Bueno o malo? —pregunto.

—El cambio nunca es uno u otro —afirma.

Odio que esto sea lo único que las historias aciertan sobre los seres mágicos: les encanta hablar con acertijos poéticos.

—Necesitaba más un sí o un no.

Lilith duda mientras mira la luna.

—Vamos —digo—. Está por ahí.

—Espera —dice ella—. Solo será un momento.

¿Veis lo que quiero decir? Tengo que contener un gruñido. Si conociera tan bien el castillo que pudiera guiarme hasta él desde una rama cualquiera, dejaría a Lilith aquí fuera intentando despertar a la luna e iría a buscar a Luke.

Es la primera vez que mi preocupación se convierte en miedo desde que nos dimos cuenta de que su cuerpo no estaba, de que no había venido a verme y de que debía de haber un motivo para ello. Si se ha ido, si está (la palabra se me clava como un cuchillo) muerto..., ¿qué voy a hacer? No lo digo como si fuera una angustiada heroína sola en un páramo y rasgándose el camisón de forma dramática. «¡Oh! No tengo a mi hombre, no puedo seguir adelante». No es eso.

Aunque mi vida actual es un acertijo para el que *aún* no he encontrado la respuesta, Luke forma parte de la solución. Hay algunas personas que, aunque estén ausentes, cambian tu vida para siempre; del mismo modo que lo hicieron con su presencia. Sí, seguiré adelante. Estaré bien mientras tenga aliento. Tal vez vuelva a La Gran Evasión, trabaje allí durante cincuenta años y sustituya a mi madre cuando se jubile. Tal vez me licencie y me convierta en una apasionada historiadora que saque de quicio a quienes la odian con sus radicales teorías ocultistas. Tal vez me convierta en bibliotecaria y me pase el día ayudando a la gente (porque eso es lo que hacen los bibliotecarios; no se quedan sentados leyendo).

No sé cómo aceptará lo de no ser mortal del todo, pero tampoco soy parte de este mundo. Por mucho que quiera serlo. Así que vuelvo al mío y me pongo de luto, y a lo mejor conozco a alguien y le digo en broma que mi relación más seria fue con el príncipe del Infierno. Se ríe y al final me doy cuenta de que no va a funcionar con esa persona simpática porque todavía amo a Luke.

Con todo mi corazón.

Su maldito secreto y su también secreta vulnerabilidad; que aún no pueda enfrentarse a su padre, aunque sé que puede hacerlo; cómo admira mi cerebro y, seamos realistas, mi cuerpo supernormal, y la forma en que nos metemos el uno al otro en situaciones terribles y luego volvemos a salir de ellas.

«Por favor, vuelve a salir».

—Me he cansado de esperar —digo.

—Alguien viene. —Lilith levanta una mano—. Te lo prometo.

—¿Es ese alguien un demonio caracol? —pregunto de mal humor. Tengo que saberlo. Tengo que encontrar a Luke. Verlo.

—Tienes una vena impaciente —dice Lilith—. Me gusta.

Las puertas se abren con estrépito a lo lejos, por detrás de nosotras, más cerca de la principal estructura de tronco de la Fortaleza. Ella levanta una ceja, así que ya veo de dónde ha sacado Luke esa habilidad concreta. «¿Ves? ¿Por qué dudas de mí?» parece decir en el arqueo de una ceja.

Porsoth camina hacia nosotras, con su túnica de erudito flotando a su alrededor como si fuera una aparición. No puedo soportar lo despacio que se mueve. Un paso lento, luego otro.

Quiero correr a su encuentro, pero me da miedo. Mi futuro como trabajadora en La Gran Evasión/historiadora/bibliotecaria pasa ante mis ojos. La luna se cierne sobre mí, burlona. «Mal cambio», parece decir, «si estás tan desesperada por una respuesta».

En cuanto puedo verle la cara a Porsoth, le pregunto:

—¿Luke?

Abre sus alas.

—Hemos empleado toda la magia negra posible. Ahora tenemos que ver si despierta... Es evidente que lo hirió un arma sagrada.

Parece cansado. Agotado. Me ha llevado varias horas llegar hasta aquí, así que debe de estarlo.

—Pero ¿está vivo? —Me agarro a eso.

Lilith se aferra a la parte de la herida.

—¿Cómo es de grave?

—Es una herida superficial, mi señora —dice Porsoth—. Pero esas heridas pueden ser complicadas, como ya sabéis. Las armas están diseñadas para neutralizar nuestra magia. No entendemos cómo funcionan.

Ella se echa hacia atrás la capucha de la capa, mostrando su pelo alborotado.

—Quiero verlo —digo.

Porsoth se pone nervioso. Como siempre. Pasa el peso de un pie a otro. Hay algo sombrío en él a lo que no estoy acostumbrada.

—No puedes.

—¡Ni de broma! —Empiezo a pasar junto a él, pero extiende un ala firmemente. Me detiene.

—No puedes. —Las palabras suenan contundentes—. Lucifer está con él. Tendremos que esperar. Todos nosotros.

—¿Es en serio? —Miro a Lilith en busca de apoyo. Esto no puede quedar así. Ella no lo permitirá.

Ella asiente.

—No me gusta esta luna, «Soth».

Encorva su cuello emplumado para examinarla.

—A mí tampoco, milady.

No puedo creerlo, pero Porsoth aún no ha bajado su ala. Me impide acercarme a Luke. No la mueve hasta que doy un paso atrás, cediendo.

—Porsoth —le digo—, somos amigos. Por favor.

—Algunas responsabilidades van más allá de la amistad —dice, con su noble pico de búho levantado.

No sé qué es peor, si el sentimiento o que haya hecho esa declaración tan lírica.

* * *

Obviamente, solo finjo que me he rendido y que estoy esperando con algo de paciencia a que nos dejen entrar, a que Lucifer llegue con novedades. Cuando queda claro que eso va a tardar, empiezo a maquinar. Es lo que Luke haría.

No se esperaría aquí sentado bajo una luna maldita; no si fuera yo quien estuviera herida. Tengo tanto derecho a verlo como Lucifer. Más aún, si el amor cuenta. (Porque ¿acaso Lucifer ama a alguien más que a sí mismo? Lo dudo).

La verdad es que me sorprende que a Lucifer le importe que esté herido. Prácticamente nos encaminó a una desgracia como esta... Me aferro a esa idea.

Es probable que nos tendiera una trampa para que sucediera *precisamente* esto. De ninguna manera voy a quedarme aquí esperando. Por lo que sé, ha decidido asesinar a su hijo. Cuando has leído un buen número de libros, conoces los patrones de comportamiento. Y con Lucifer *todo* es posible.

En caso de duda, decido ir por lo sencillo, no por lo complicado. Al menos en esta situación.

—Porsoth —le digo—, odio pedírtelo, pero tengo que hacer pis. ¿Podemos entrar?

El primer paso es entrar. No sé dónde están los aposentos de Luke, pero podría encontrarlos. Es posible que esté ahí dentro. No puedo imaginarme a un príncipe retenido en la enfermería del Infierno.

—¿Tiene el Infierno una sala de urgencias? —pregunto, antes de poder cerrar la boca.

—No la tiene —dice Porsoth—. ¿Se trata de una estratagema? Mi querida señora, esta vez no puedes desobedecer.

—No, tan solo se me acaba de ocurrir. —Siento un poco de culpabilidad al meter el dedo en la llaga—. Mira que avergonzarme por pedir información... Nuestro amor por el conocimiento forma parte de nuestro vínculo.

«Es por Luke».

Porsoth mira hacia abajo por detrás de sus gafas. Parece arrepentido.

—Te pido disculpas. Sí, podemos esperar tanto dentro como fuera. Sabré cuándo podemos volver.

Pero no a una enfermería. «Mmm».

Lilith me observa como si sospechara que estoy tramando algo, pero, fiel a su estilo, se lo guarda para sí misma. No creo que le importe, y hasta puede que le decepcione que no lo haga. Ella no quebrantará la orden, por misteriosas razones, pero yo no tengo sus reticencias en lo que respecta a Lucifer.

Porsoth se da la vuelta y nos encaminamos hacia las puertas, cruzando la rama de piedra. Hago una pausa para quitarme la capa y colgarla de mi brazo, porque si no es muy posible que me enrede con ella o que enganche una vela encendida. Lilith lleva la suya como una reina, tan oscuramente elegante como larga es una condena en el Infierno. Me cuesta creer que tengamos algo en común, como la no mortalidad.

Excepto Luke. «Espera, ya voy».

Las puertas de madera tienen apostados dentro a dos de los grotescos soldados que frecuentan el castillo.

—Veníamos a buscarlo, señor —dice el que tiene cuernos como de esqueleto de ciervo, y luego añade un lascivo «señoras».

Los ojos de Lilith se entornan y por un segundo pienso que se pondrá a coquetear, pero entonces gira una muñeca hacia él.

—Que tus dedos se conviertan en hielo y se caigan —dice.

Y... lo hacen. El demonio grita, pero se calla cuando el otro demonio, de piel azul y aspecto de rana, le da un empujón con la lanza. El demonio rana pasa por encima de los dedos congelados de su compañero y hace un gesto.

—Ya ha llegado.

El demonio Glasya-Labolas aparece trotando por el pasillo y, al principio, es casi imposible no reaccionar como si fuera un perro. Su cara *es* la de un perro baboso y feliz (Bosco es una dama, no una perra babosa), aunque el resto de su cuerpo desgreñado y las gruesas garras arruinan el efecto. Por no hablar de las alas de águila.

—Lilith —dice con un ladrido profundo—. Porsoth.

Ni siquiera reacciona ante los dedos que hay sobre la piedra y el soldado con cornamenta se queda de pie con los brazos helados intentando ser lo más silencioso y sumiso posible.

—Informe —dice Porsoth.

—Nos pidieron que nos fuéramos... —empieza, y luego sigue hablando. Aquí los médicos, como en el mundo normal, no dejan hablar a nadie.

Lilith y Porsoth están atentos al informe médico del extraño demonio canino y, aunque me gustaría oír lo que tiene que decir, prefiero verlo por mí misma.

Me alejo dos pasos, luego tres. Una cabeza que me resulta familiar asoma por una puerta del pasillo y me saluda con la mano antes de volver a desaparecer. Agnes.

El guardia con las extremidades congeladas levanta una mano y dice:

—Disculpe...

Lilith le lanza una mirada con la que amenaza con congelarle más dedos y él se calla. Me encojo de hombros e intento calcular cuándo debería huir.

Algo me dice que Glasya sería rápido con sus cuatro patas. Miro hacia atrás y veo a Lilith esperando que la mire. Vuelve a girar su muñeca, a espaldas de Porsoth. Y entonces le hace una pregunta a Glasya. Porsoth asiente y escucha.

Me dirijo lo más rápido y silenciosamente posible adonde está Agnes. Me agarra del brazo y me arrastra por el pasillo. Cuando llegamos al final y doblamos la esquina, nos perdemos de vista.

—¿A dónde está? —le pregunto.

—Creo que en sus aposentos —dice ella—. Yo... Yo quería decirte que si hay que elegir entre que Luke viva y yo me quede aquí... me quedaré. Has hecho lo que has podido.

—No es así. Agnes, no es así. Pero tengo que verlo. ¿Por dónde es?

Agnes se encoge de hombros, apenada.

—No estoy segura. Solo tengo acceso a las zonas comunes y a la biblioteca.

Me tomo un minuto. Visualizo una imagen mental de donde estábamos fuera, y luego de donde Luke y yo hemos visto entrar y salir antes a otras personas. *Creo* que estoy en la parte trasera por la que suelo entrar con Luke.

Si estoy en lo cierto, sus aposentos están en este lado del enorme castillo.

Los pasillos están vacíos y da la sensación de que todo el lugar contiene la respiración. Al Infierno le encantan los presagios (al Cielo también). Imagino a esa luna ominosa con unas lenguas bífidas retorciéndose. Junto con los rumores que estén propagando sobre la suerte de Luke y la mía.

Algo revolotea contra mi cara y yo me sobresalto y casi grito, pero consigo controlarme. La polilla del bosque de Lilith revolotea frente a mí con sus anchas alas negras y hace una pequeña maniobra típica del perro Lassie, de un lado a otro. Debe de pensar que soy idiota.

—Lo he entendido —digo—. Agnes, vete ahora mismo adonde deberías estar. No quiero verte en apuros. —Aquí, la cosa podría ponerse muy complicada.

Parece que va a decir algo más, pero se limita a asentir.

Cuando la polilla se aleja por el pasillo, agitando sus alas de encaje, yo la sigo y Agnes se encamina en dirección contraria. La polilla y yo nos detenemos dos veces. A nuestras espaldas se oyen unos gritos lejanos y, posiblemente, el rascar de patas de perros-demonio.

Pero empiezo a reconocer los pasillos y al final aparece una escalera. La polilla y yo nos ocultamos en ella, un piso más arriba, mientras los asistentes de negro con colmillos se marchan. La polilla revolotea ante la puerta.

Bajo las escaleras de puntillas y abro la puerta para ver qué hay detrás.

Los aposentos de Luke.

La polilla aletea en mi cara y luego se aleja por donde hemos venido, sin duda volviendo con Lilith.

Es el momento de la verdad. Me preparo para lo que pueda encontrar en estos aposentos.

Y cruzo la puerta. Un empleado está trabajando en la pequeña cocina y paso deprisa, sin mirarlo, levantando una mano para rechazar cualquier posible protesta. Paso sin ser vista.

Tengo que encontrar a Luke antes de que me echen. Lilith me ha ayudado por un motivo.

El resto del lugar está vacío, así que me dirijo a su dormitorio. Oigo voces dentro. Una voz se impone, la de Lucifer, pero solo está conversando. Si está hablando con alguien, debe de ser Luke.

Si Luke está hablando, entonces está vivo, ¿verdad? Tiemblo de alivio y alegría y...

Lo más inteligente sería esperar a que Lucifer se fuera.

Pero hago lo único que puedo hacer: entrar.

Que sea lo que tenga que ser. Estoy aquí por mi hombre.

18
Luke

Me despierto como si relampagueara en mi interior. Como si mi cuerpo se regenerara hasta cierto punto y luego explotara. Ya apenas siento el dolor del muslo. Salgo de la cama a toda prisa, dispuesto a marcharme. Esta es la única zona de este lugar que me gusta de verdad, aunque sus extravagantes texturas sedosas y su ambiente gótico con brocado han empezado a cansarme.

Pero ha sido mi santuario. Por lo que parece, ya no.

Mi padre sigue aquí, sentado en el sillón de terciopelo de la esquina. Eso no debería detenerme, pero lo hace. Me vuelvo a sentar.

—Estás despierto —dice mi padre, con un arrebato de cordialidad que no es propia de él.

—Después de que me dejaras fuera de combate —le digo—. Te pido disculpas, padre, pero tengo que irme. ¿Cuánto tiempo nos queda?

No se mueve.

—Tenemos tiempo. Aún es el segundo día.

Así que no he perdido tanto tiempo; no he dejado abandonada a Callie.

—De acuerdo. —Me levanto y me dirijo al vestidor, al otro lado de la habitación. La venda que envuelve mi muslo es lo único que llevo puesto. Menos mal que nunca he sido tímido con mi cuerpo. Nadie en el Infierno lo es.

Recuerdo la forma dulce y excitante en que Callie se ruboriza cuando a alguno de los dos nos falta algo de ropa y yo la miro, solo *la miro,* y tengo que olvidarlo. Puede que no sea tímido con mi cuerpo, pero saber que mi padre está aquí acaba con cualquier deseo amoroso. Debe de estar furiosa conmigo por haber desaparecido y no avisarle. Tal vez Porsoth logró comunicarse con ella. Eso espero.

Espero que le importe. Que no sintiera alivio cuando desaparecí de su mundo. Debería habérselo dicho: cómo me sentía, qué quería... Maldita sea la vergüenza de confesar semejante debilidad. Confío en ella. Más de lo que confío en mí mismo. Es hora de sincerarme tanto como pueda hacerlo alguien con un corazón tan sucio como el mío.

Mi chaqueta de cuero favorita cuelga con orgullo; es la única prenda del perchero. Le pedí a mi madre que la hechizara para que siempre volviera a casa. Elijo una camiseta negra de una fila de algunas recién lavadas, todas del mismo color.

Mi padre se aclara la garganta.

—Tengo que decirte algo.

No me doy la vuelta, sino que busco unos pantalones.

—Y yo necesito volver ahí fuera.

—Siéntate —dice mi padre.

No sé si es una orden oculta. Me digo a mí mismo que lo es para evitar una oleada de vergüenza mientras vuelvo a la cama y me siento.

—Solo uno de vosotros puede ser mi heredero —dice, mirándome por encima de su larga nariz. Sus fríos ojos me escudriñan con intensidad.

Sacudo la cabeza con la intención de despejarla. No es algo que haya necesitado hacer nunca.

—Soy consciente de que soy el heredero. —¿Se trata de eso? ¿De que me castigue por no ser feliz cumpliendo con mi deber en este tenebroso lugar? ¿Por querer la luz que ha traído Callie? Es tan hipócrita—. No es que mi madre no fuera humana, al menos en principio. Sé lo que soy.

Inclina la cabeza.

—No —dice—. No creo que lo sepas.

Estoy tan impaciente e irritado que podría estallar.

—Aunque me encantaría sentarme aquí y fingir que me impresionan tus juegos de palabras, te agradecería que fueras al grano.

—Tu hermano trató de matarte, ¿verdad? —pregunta Lucifer.

Me quedo inmóvil. Mi hermano.

—Una guardiana me dio con una flecha. —Aunque Sean me empujó.

Mi cerebro evita darle vueltas a la palabra. A lo que implica.

Lo cual no basta.

Hermano. Mi padre está diciendo que Sean es mi hermano. Tengo un hermano.

—«Medio hermano» debería decir. —Mi padre entrecierra los ojos y admito que es lo más comprometido que le he visto hacer en mucho tiempo. Está disfrutando el momento—. No te lo ha dicho.

Sean es mi medio hermano y *lo sabe*.

—En general no me ha contado mucho, excepto que soy su modelo a seguir. —Callie y yo. Mi padre no puede saber lo que quiere hacer con el Grial.

Quiero confesárselo. Cualquier cosa para borrar esa mirada de suficiencia de su cara.

Algo me detiene.

—Por eso montaste toda esta farsa.

—Lo hice para recordarte cuál es tu rol. Estás destinado a ser el heredero, y debes poner eso en primer lugar.

«No, gracias».

—Tienes buena salud, estás en el apogeo de tus poderes... —le digo.

Mi padre se levanta, alto e inamovible.

—Eso no viene al caso. Deseo pasar un tiempo fuera y necesito que te comprometas.

Claro que sí. Y mi padre siempre consigue lo que quiere.

—Voy a fingir que esto es una alucinación. —Me pongo en pie; el insistente latido de mi corazón se acompasa con el sordo latido que vuelve a mi muslo—. Y volver a lo que estaba haciendo. Nada de esto tiene que ver contigo.

—Todo gira en torno a mí. —Mi padre junta las manos con un estruendo—. Mientras yo lo diga.

Me imagino como Callie en mis sueños: caminando, corriendo, dando la espalda. Pero no soy tan valiente como ella.

—¿Qué más quieres de mí? —Extiendo las manos, suplicando una respuesta.

Parece ser que atención. Mi padre se relaja un poco y se pasea por mi *suite*.

—¿Sabías que se coló aquí? Supongo que quería ver lo que se había estado perdiendo. Sabía quién era desde hacía años. Nos vimos una vez, cuando tenía diecisiete años, y le dije lo que esperaba de él. No lo había visto desde entonces. Pero vino aquí y se dejó torturar. Fingió ser uno de ellos, un humano. Solo supe que había estado aquí cuando ya se había escapado. —Mi padre levanta las manos imitando las mías, pero está haciendo una pregunta fundamental: «¿Puedes creerlo?».

—Eso debió de molestarte —digo.

—Sí. Que mi otro hijo (el buen hijo) abandonara la misión que le había encomendado y luego se rebajara así... Como si él controlara su destino.

Me pregunto qué misión le encomendó mi padre, pero no voy a preguntar.

—Y no tú.

—Y no yo. —Mi padre cree que estoy de acuerdo con él. Cree que también estoy disgustado porque Sean lo rechazó.

Siento una envidia tan intensa que me sorprende.

—No lo soporto —continúa mi padre—. Un día se descubrirá que existe y que no se le puede controlar. Yo no lo entiendo. Es muy inestable. Y yo quiero viajar. Es hora de que te tomes en serio tu rol. Un día conocerás a una buena humana, o a diez... o, mejor aún, tendrás un harén de demonios que se adaptarán a ti sin rechistar.

Quiere que dirija el Infierno. Que me comprometa a ser su abanderado. Tan solo porque quiere tomarse unas vacaciones y Sean lo ha hecho mejor que yo dejándole claro que esto no le importa lo más mínimo. *Se supone* que soy el hijo rebelde. Se supone que soy hijo único.

—¿Entiendes lo que te estoy ofreciendo? —dice mi padre—. Control. Poder.

Cosas que nunca me han atraído.

—¿Y Callie?

—Debes saber que ella es demasiado *buena* para ti... Todo este asunto de redimir almas condenadas es la antítesis de lo que estás destinado a ser.

Tiene razón. Y lo sé. Pero no me importa. O, más bien, solo me importa si puede asustarla.

—Nunca serás poderoso con ella, porque te atará a los humanos. Ahora es el momento de que crezcas. De que aceptes tu derecho de nacimiento. Traerás a Sean de vuelta, humillado, y entonces ya no será un problema. Me harás muy feliz —dice mi padre—. Siempre has sido mi favorito, hijo.

«Hay una primera vez para todo», quiero decir. «No», quiero decir realmente.

No digo nada. Nada de nada. Ni una palabra.

Algo dentro de mí quiere regodearse de ser su favorito, en que lo diga, aunque sea mentira.

Debe de entender mi falta de respuesta como obediencia. Me sonríe. Una sonrisa para hacer llorar a los ángeles, y eso ha hecho. Es mi dolor lo que quiere. Mi claudicación.

«Tengo un hermano».

Su mano vuelve a posarse en mi hombro.

Es entonces cuando Callie cruza a empujones la puerta de mi dormitorio y me ve a mí, sentado desnudo en la cama salvo por el vendaje, y a mi padre a mi lado con una mano sobre mí. Es un furioso caos en movimiento, con las ondas de su pelo hechas una maraña. Arroja una gruesa capa al suelo mientras avanza hacia nosotros.

—Si no lo estás curando, lárgate —le dice a mi padre.

Mi corazón parece hincharse hasta alcanzar un tamaño descomunal. Espero que pueda verse desde todos los rincones del universo. No podría gustarme ni quererla más.

Mi padre lanza su amenaza más siniestra.

—Me consideran más un virus que una cura.

Callie debería encogerse por ese tono y su mirada. Debería darse la vuelta e irse. De repente, temo que lo haga. Pero, en lugar de eso, se interpone entre nosotros y me quita la mano del hombro. Me lanza una mirada escrutadora.

—Estás bien —dice—. Estás bien.

—Casi... —Me gusta que me mimen.

—No había acabado —dice mi padre.

—Sí, ya te ibas —replica Callie, con sus ojos verdes fijos en mí. Me pasa una tímida mano por la mejilla y yo me inclino hacia ella.

A nuestro lado, mi padre duda y luego, para mi sorpresa, hace lo que ella le dice.

—Recuerda lo que te he dicho. Recuerda quién eres —dice, pero después nos deja solos, con un chasquido de puertas cerrándose tras él.

Parece que Callie necesita asegurarse de que estoy entero. Su mano abandona mi mejilla y se une a la otra en mi pecho, recorriendo mi cuerpo. Mi respiración se acelera. Tengo tanto que contarle...

Abro la boca. Ella empieza a hablar antes de que yo diga una sola palabra.

—Deberías haber avisado. De alguna manera. Llevamos aquí siglos y Porsoth no nos dejaba entrar, pero me escabullí y tu madre me ayudó...

Sus manos siguen recorriendo mi torso y me pregunto cómo ha conseguido llegar hasta Lilith y luego hasta *aquí*, y sé que debe de ser una historia increíble, porque esta es mi Callie. Tengo tantas cosas que contarle...; como que tengo un hermanastro y que es Sean. Que mi padre nos ha enfrentado para que eso me convenza de aceptar mi rol. Pero hay algo mucho más urgente que todo eso.

—Te quiero —digo, antes de pensarlo mejor.

Deja de hablar.

Podría estar no solo desnudo, sino ser incluso transparente. Siento como si estuvieran a punto de pesar mi corazón en una balanza.

Callie me mira fijamente.

Me arrepiento de haber dicho esas palabras. Un momento de debilidad.

—No te preocupes...

—No lo hagas —dice—. No te eches atrás. Luke, pensé que estabas... Cuando desapareciste y volví a ser mortal. Pensé que me enviarías un mensaje si estabas bien, pero no lo hiciste.

—Quería...

Me pone un dedo en los labios.

—*Shhh*... No he acabado. Siento como si hubiera estado toda una vida sin ti hasta que llegué. Sin saber lo que me encontraría. Si estuvieras... Si hubieras estado... Nunca he tenido tanto miedo. No quiero volver a sentirme así.

Levanta la otra mano y me acuna la cara, mirándome como si fuera un milagro.

—No te imaginas lo maravilloso que es verte de nuevo. Que estés delante de mí. No te imaginas cómo me habría roto el corazón que estuvieras...

—Estoy bien. —Pongo mis manos sobre las suyas—. Te lo prometo. Siento haberte preocupado. Por lo que...

—Tengo otra idea —dice.

Esas palabras deberían hacerme temblar a estas alturas, pero no lo hacen. Simplemente por el calor que veo en sus ojos al pronunciarlas.

—No me tengas en ascuas. Por favor.

Con una mano se pasa el pelo por detrás de una oreja y veo que es de un rojo intenso.

—He estado pensando en cómo solíamos discutir y aunque sigo creyendo que tienes que empezar a contarme cosas... —No la detengo para señalarle que acabo de decirle algo muy importante, algo que me ha cambiado la vida—. Quiero cruzar el Rubicón de la intimidad. Estoy preparada.

—¿El Rubicón de la intimidad? —repito; no estoy seguro de lo que significa.

—Ya sabes... —dice, sonrojándose—. Sexo.

—¡Oh! ¡Ohhh! —Estoy demasiado herido para eso—. ¿Por qué tienes las orejas rojas?

—¿Porque me he criado en una sociedad puritana? Cállate. El Rubicón es un río de Italia. Cuando Julio César lo cruzó, ese era un punto de no retorno. Comenzó una guerra, pero no me refiero a una guerra aquí, me refiero a...

«Cállate» no se parece a «Te quiero». Pero está balbuceando y eso significa que está nerviosa. Y está claro que ha pasado por mucho hasta llegar aquí. Su alivio al ver que estoy bien es evidente, y eso es buena señal. Me obligo a descartar la punzada de decepción y a aceptar la idea del «Rubicón de la intimidad». No tardo mucho en recordar a qué se refiere.

Callie frunce el ceño, como si la hubiera rechazado, así que me acerco lo máximo posible a ella y mi cuerpo responde como siempre a la realidad. Respiro contra su cuello y percibo el aroma floral de su champú y la nota de vainilla del perfume que se echa en el pulso. La vainilla es cualquier cosa menos aburrida cuando se combina con la química de Callie Johnson.

Presiono ahí con mis labios y siento que la sangre fluye hacia todos los lugares a los que debería fluir. Apenas siento el dolor en el muslo. Ella suelta un suspiro ahogado.

—Este río que vamos a cruzar... ¿qué hay al otro lado? —Levanto la cabeza y lo murmuro contra sus labios. No es mi mejor charla de preliminares, pero ya estoy a bordo del barco.

Callie me apoya la palma de la mano en el pecho desnudo y me duelen el corazón y la piel por la presión.

—No lo he dicho. —Pone los ojos en blanco y estoy perdido. No tengo ni idea de lo que está pasando, excepto que soy suyo.

—Empecé a hablar y se me olvidó decirlo. Luke...

Me quedo quieto.

—Yo también te quiero —dice ella—. Obviamente.

Mi corazón se resquebraja. Se abre en dos como un mar o como ese río italiano que tanto le gusta y nos absorbe a los dos.

«Callie también me quiere. Obviamente».

Me siento totalmente despierto. Vivo.

—¿En serio?

—Sí, te quiero. Iba a decírtelo en nuestra cita. Todo esto iba a pasar en nuestra cita.

—Nuestra cita —digo tosiendo—. La cita que quedará para la infamia.

Callie inclina la cabeza hacia un lado.

—De momento, me gusta cómo está yendo.

—A mí también. —Ella me ama. ¿Es posible algo así? ¿Sabe ella lo que significa? Han pasado tantas cosas... Empiezo—: Necesito contarte algo...

—Luego. —Se pega a mí y acerca sus labios a los míos. Nuestro beso es como la fiebre y ardemos juntos. Desterraré al círculo más doloroso del Infierno a cualquiera que abra la puerta de este dormitorio.

Volvemos a tumbarnos juntos en la cama, con ella encima, y encuentro la parte de abajo de su camiseta. Nuestros labios se separan y ella levanta los brazos para que se la saque por encima. No se vuelve tímida ni se mete bajo las sábanas ni se pone una mano delante para esconderse de mí. Deja que me enorgullezca de su confianza.

—Maldito sea para siempre —digo.

Me sonríe y me doy cuenta de que le gusta. Se acicala un poco, con la cabeza inclinada, y me bebería el Rubicón todos los días si esto es lo que consigo. Su placer al ser observada es lo más sexi que pueda imaginar.

Levanto una mano, rozo su pecho y froto suavemente el pezón con el pulgar. Ella gime y mueve las caderas contra mí.

Mi respiración agitada la pone de pie.

—Tu muslo —dice—. Estás herido. ¿Deberíamos esperar?

No me importa si pierdo el uso de todas las extremidades excepto de una, quisiera decir.

—Cada vez me encuentro mejor —le digo, y antes de que pueda protestar, la agarro por la cintura y le doy la vuelta para que quede debajo de mí.

Me doy un festín con sus pechos perfectos, del tamaño de una mano, y cuando se retuerce debajo de mí, preparada como yo, bajo a darme un festín con su cálida humedad.

—Luke... —dice, y vuelve a gemir—. Deberías dejarme...

—No —le digo con una sonrisa, y veo que baja la mirada para encontrarse con mis ojos. Me encanta hacerla gemir y gritar de esta manera. Sabe a Callie. Y, si me toca ahora, no podremos cruzar el río.

Cuando lo hace, vuelvo a besar su cuerpo y le toca a ella darme la vuelta, a lo que no protesto. Vuelve a ponerse encima de mí, abre la boca y noto una ligera vacilación. Está a punto de pedirme algo. Anticipándome a su petición, materializo un preservativo en mis dedos y ella me lo arranca de la mano.

—Me lees la mente —dice—. Metafóricamente.

—Mis mejores movimientos son metafóricos —replico.

—¿Qué significa eso? —Ella frunce el ceño de forma exagerada y divertida, y para algunas personas algo así sería una interrupción mientras hacemos el amor (estamos *enamorados*), pero para mí es un recordatorio de cómo somos, de la intimidad que ya compartimos.

—Te lo enseñaré —le digo, y le ofrezco la sonrisa obscena que sé que le encanta.

Abre el paquete de condones y me muero cuando me coloca uno en el miembro, y luego vuelvo a morirme y renazco cuando se lo introduce lentamente. La lentitud no dura mucho. De acuerdo, aceleramos las cosas; las pieles frotándose sudorosamente y nuestras respiraciones jadeantes y los ruidos que solo se pueden hacer cuando te olvidas de ti mismo y de todo lo que no sea el momento.

«Te quiero, te quiero» es el ritmo de mis empujones y no es nada cursi que ella diga: «Ahora, Luke, ahora», y yo me corro más fuerte que cualquier persona de la creación.

Respiramos al acabar, acurrucados, y mi corazón late más fuerte al otro lado del Rubicón. No importa lo diferentes que sean nuestros mundos, no importan los obstáculos a los que nos enfrentemos, no importa lo que mi padre quiera: *somos el uno para el otro.*

Nunca seré el dueño de esta mujer. Callie no es mía. Yo soy suyo.

Y haré lo que haga falta para que siga siendo así, incluso ayudar a mi hermano a encontrar el Santo Grial y acabar con el reino de mi padre.

19
Callie

Lo hemos conseguido. Cruzamos el Rubicón de la intimidad. Es curioso este asunto de la metáfora, porque no me siento cohibida en absoluto. No tendría ningún problema en quedarme en la cama de Luke, entre sus brazos, totalmente desnuda.

Pero no podemos hacerlo. Tenemos que ponernos en marcha. Será un auténtico milagro si Saraya no ha asesinado a Sean o ideado un elaborado plan para la versión guardiana de la tortura. (¿Hay una «versión guardiana» de la tortura?). Y aún quiero saber si Sean empujó a Luke a propósito o si fue un accidente. Luke es más valioso para mí ahora que sé lo que sentiría si lo perdiera. No dejaré que Sean le haga daño.

Luke me rodea con el brazo, pero tuerzo el cuello para mirarlo. Su rostro increíblemente hermoso me devuelve la mirada. Él es cálido y respira, y eso es todo lo que necesito en este momento.

—Lo sé —dice—. No podemos tomárnoslo con calma.

Me gusta que tenga la misma preocupación que yo al respecto.

—Sí. «¡Ay, de mí!», como dicen.

Ni el más leve atisbo de sonrisa como respuesta. Mis nervios vuelven a dispararse. ¿Quizá el nivel de intimidad ha cambiado para mí, pero no para Luke? ¿Es eso posible? ¿Aunque hayamos dicho que nos queremos? Mis otras relaciones nunca habían sido así, serias y valiosas, por lo que el sexo nunca me había parecido un paso tan importante. La mitad del tiempo que pasé con esos dos chicos, lo sentía más como una casilla incómoda que necesitaba marcar. Mi cuerpo lo disfrutaba, pero no así. Mi corazón latía más fuerte debido al esfuerzo, pero no estaba involucrado en el resultado. Solía vestirme lo más rápido posible sin parecer maleducada.

Intento averiguar cómo puedo preguntarle a Luke si estamos bien cuando empieza a hablar.

—Mi padre me ha dicho algo —dice.

No somos nosotros, entonces. Es un alivio.

Está preocupado por algo. Lo noto en su ceño fruncido. También levanta el brazo que no me sujeta y se acaricia la venda de la pierna, lo que me hace pensar que la herida le duele.

—¿Seguro que te encuentras bien? —pregunto—. Ese perro-demonio médico parecía bastante serio.

—Estuve inconsciente un buen rato —dice Luke—. El corte es de la flecha de Saraya la Grosera. No me mató, así que supongo que me ha hecho más fuerte. ¿Funcionó... —levanta una sola ceja— en la cama?

—¿Intentas tener una charla sexi para distraerme de tu herida?

Desprende calor en mi dirección. No soy inmune, pero confirma que intenta distraerme. Como si eso fuera posible. Me siento y dudo. Quiero quitarle la venda y comprobar la herida, pero Luke dice:

—No te preocupes. Ese no es el problema.

—¿Qué pasa? —Porque sigo preocupada por su lesión.

Luke exhala un suspiro.

—Lo que mi padre me ha dicho es que... Sean es mi hermano.

Parpadeo por la sorpresa. Esperaba cualquier cosa menos esto. ¿Su hermano? ¿El *hermano* de Luke es Sean? ¿*Sean* es el hermano de Luke?

—¿Qué?

—Pienso lo mismo. —Luke dice esto de manera que no revela sus verdaderos sentimientos. Apuesto a que son más complicados.

No sé cómo tomarme esta revelación, pero entonces recuerdo cómo ha crecido Luke (aislado con sus tutores, uno bueno y otro terrible, que yo sepa) y con una madre y un padre que lo tratan como una pieza de ajedrez (importante, pero aun así) en sus partidas. Cuando nos conocimos, una de las palabras que habría utilizado para describirlo es «solitario».

—Pero esto es bueno, ¿verdad? —pregunto con cuidado—. ¡Tienes un hermano! Otro miembro de la familia. —Por lo que sé, Lucifer lo difunde. Aunque nunca he tenido esa impresión—. Espera. No tienes más hermanos, ¿verdad? ¿O hermanas?

—No lo creo. —Luke busca en el aire como si hubiera una respuesta que encontrar allí—. Pero, Callie, mi padre llamó a Sean «el buen hijo».

—¿Quizá era sarcástico? —Hago una pausa—. No, tu padre no es sarcástico.

—No, no lo es. —El cerebro de Luke está trabajando con tanto ahínco que casi puedo oírlo.

Esto lo cambia todo. Quiero encontrar a Sean para encararlo y que me dé su perspectiva sobre esto. Podría facilitar el trabajo con él.

—Mejor nos aseamos y nos vamos. Tenemos que decírselo.

—Ya lo sabe.

—¿De verdad? —No entiendo la jugada de Lucifer. O la de Sean, guardándose esta información. Pudo habérmelo dicho cuando Luke resultó herido. Esto también parece explicar su habilidad para viajar tan fácilmente. Salgo de las sábanas—. Deberíamos darnos prisa.

—Ya, ya. Tenemos que asearnos. —Luke me lanza una sonrisa de lobo, aún relajado en la cama, como si me hiciera una invitación—. Quiero decir que podemos irnos ahora mismo, y todos los que nos encontremos sabrán qué acabamos de hacer...

No me sonrojo. Aunque me lo estoy pensando.

—Para encontrarme probablemente con tu madre y segurísimo con tu padre. No, gracias.

—Bueno, entonces deberíamos meternos en la ducha. —Sus dedos tamborilean sobre su vientre desnudo y es para hacerse la boca agua.

Finjo que no lo es y me llevo una mano a la cadera.

—Nunca te duchas. Eres de los que se bañan.

—Haré una excepción, por ti y por el poco tiempo que tenemos.

Entiendo qué está insinuando. Sí, tenemos prisa. Pero este es un momento robado. Podemos quedarnos aquí un poco más, en la otra orilla del Rubicón, escondiéndonos de nuestros problemas y de las horas extra que está trabajando la mente de Luke por tener a Sean como hermano.

—¿Puedes hacer que nadie nos interrumpa? —pregunto.

—«Jeannie, parpadea» —dice, y yo entiendo la referencia a *I dream of Jeannie* (una de las series de televisión favoritas de mi madre) y me quedo asombrada, una vez más, de las cosas que llegan a aprender en el Infierno.

Se levanta de la cama, pensando equivocadamente que me ha ocultado su mueca de dolor.

—Ven aquí —me dice, y yo le tiendo la mano porque no le va a gustar que le pregunte si se encuentra bien. Me besa, con la boca abierta y ardiente, y yo estoy lista en cuestión de segundos para esta aventura en la ducha, malditas sean mis preocupaciones.

Cuando Luke se aparta de mis labios, me conduce a su cuarto de baño, que es enorme y lujoso. La ducha de obsidiana tiene el accesorio de lluvia de un metal que debe de ser disparatadamente valioso.

—Me sigue pareciendo raro que los demonios tengan baño —digo.

—Es una elección. ¿Hay algo mejor que una ducha de vapor tras un día en un yermo infernal sulfuroso? ¿O un buen baño caliente para lavar los flujos de un buen cunni...

—No lo digas.

Puede que no me avergüence con Luke, pero aún no me siento cómoda con estas cosas. Estoy trabajando en ello.

—Tus deseos son órdenes.

Hace un gesto con la mano y pone en marcha la ducha de lluvia. Hacemos una especie de baile para entrar en el agua y la sensación es tan agradable por un segundo... Me apoyo en la pared.

Que es un muro. Una pared dura, de roca.

Busco un sitio mejor mientras Luke me besa el cuello y yo atrapo su boca y las cosas se ponen más vaporosas, es decir, nos rodea vapor de verdad.

El problema es que no hay ningún lugar cómodo en esta pared. Y estar húmeda además de, bueno, mojada me hace sentir como si hubiera entrado desnuda en una competición de patinaje artístico. El suelo de obsidiana está resbaladizo bajo mis pies y Luke me sujeta cuando casi me caigo.

Me agarro a sus hombros y me río.

—No creo que sea una chica de sexo en la ducha —consigo decir.

Luke parece consternado por un instante, pero entonces nuestras miradas se encuentran a través de mi risa y él también pierde los nervios.

—Esta es una de esas cosas que son mejores en la teoría que en la práctica —dice—. Entendido.

Tengo otra idea. Mi corazón está aquí totalmente entregado. Mi cuerpo también.

—Tengo una alternativa —le digo.

—¿La cama? —pregunta.

Tengo al príncipe del Infierno para mí sola un rato más. Quisiera decirle que creí haberlo perdido y, en realidad, aún no he acabado con él. Pero le digo:

—Aún no.

—Me tienes intrigado. —Levanta las cejas.

Me inclino hacia delante y le doy un beso en el pectoral, que da un brinco con mi contacto. Coloco allí la palma de la mano. Hago lo mismo con la otra.

—Cierra el grifo —le ordeno.

Lo hace y yo lo vuelvo a empujar a la ducha, despacio, guiándolo contra la pared que me resultaba tan incómoda. Él, en cambio, parece muy tranquilo.

—¿Una toalla? —pregunto.

Frunce el ceño con curiosidad, pero saca del aire una esponjosa toalla negra. Me contoneo para secarme y luego la hago un ovillo y la coloco en el suelo de la ducha, frente a él, y luego me arrodillo.

Me mira como si no pudiera apartar la vista ni aunque llegara el Apocalipsis. Otra vez.

Alargo la mano para acariciarlo y digo una palabra más:

—Alas.

Estas salen de sus hombros en cuestión de segundos. Echo de menos que ya no sean mías, pero me encanta saber lo que sentirá cuando levante la mano y acaricie una de las plumas.

La pierna herida de Luke se dobla por la rodilla, pero gime con absoluto placer.

—Callie...

Sí, me gusta estar aquí, en la otra orilla del Rubicón de la intimidad.

* * *

Después de otra ronda más frenética de, ¡ejem!, sexo, me doy una ducha rápida y me dejo el pelo mojado. A pesar de que lo que sea a lo que nos enfrentemos no vaya a ser divertido (una Lilith que ha sido apartada de su hijo, demonios curanderos enfadados y Lucifer gruñendo), me siento muchísimo mejor ahora que salimos de aquí *juntos*.

Aunque no estoy segura de lo que esto significa a ciencia cierta.

Y tampoco he mencionado el asunto de no ser humana del todo. Luke ya tiene bastante con lo suyo. Él tendrá algo que ver con esto, hasta que yo compruebe si significa que encajo aquí. Se lo diré cuando sea el momento oportuno.

Menuda pareja estamos hecha.

Salgo del cuarto de baño y encuentro a Luke esperando pacientemente, vestido y listo para salir.

—Fresca como una margarita, o como un manojo de margaritas de tela —dice Luke, y hace un gesto hacia mis vaqueros y mi camiseta de La Gran Evasión, pulcramente doblados en una esquina de la cama—. Me pregunto qué significa ese asunto de las margaritas.

Cruzo la habitación y suelto la toalla que llevo puesta para cambiarme. Me pongo la ropa interior y los vaqueros, intentando recordar lo que leí en un libro de frases hechas.

—En inglés antiguo, «margarita» significaba «el ojo del día» —digo, y me pongo la camiseta— porque se abre y se cierra con la luz del sol. Y se parece a él. Aunque también podría ser otra cosa. Es una de esas cosas difíciles.

Miro a Luke, que niega con la cabeza y me mira como si yo estuviera en el cielo a veintiocho millones de grados, más o menos.

—Tú sabrías algo así —dice.

—Desde luego —coincido—. ¿Todavía debemos redimir el alma de Sean?

—Supongo que sí.

—¿Lucifer pensó que os mataríais? —pregunto.

—Ojalá lo supiera —dice con evasivas. No me gusta—. Estoy evitando parpadear como Jeannie —dice—. Empieza a rezar.

Sigue distrayéndome, pero por ahora le sigo el juego. Descubrir que tienes un hermano y, además, que tu padre os ha manipulado a ambos (todo ese asunto del «buen hijo») es duro. Y no sé si la última parte la ha dicho literalmente. No creo que rezar aquí sea muy buena idea, así que levanto la mano y cruzo los dedos.

Luke se cruje los suyos.

Las puertas de la habitación se abren en ese instante y aparece Lilith con Porsoth pisándole los talones, con su túnica negra como una vela tras él. La polilla que me llevó hasta Luke revolotea en el aire con nerviosismo.

—Nunca te habría ayudado si hubiera sabido lo egoísta que ibas a ser —dice Lilith—. Me recuerda a mí misma, lo que no es un cumplido. Y tú, hijo, perdiendo el tiempo cuando tu madre necesita saber que estás sano y salvo.

Luke me mira divertido y se levanta. Alza las manos y las extiende hacia Lilith.

—Como puedes ver, estoy bien.

Lilith entrecierra los ojos y lo examina. Él va vestido con su habitual uniforme negro, con chaqueta de cuero y todo. Muestra unas marcas de cansancio que no suele tener bajo los ojos. Pero, por lo demás, tiene su aspecto normal.

Es decir, guapísimo e inalcanzable, y lo quiero aún más ahora que sé que, aunque tenga poderes, *no* es invencible. No para mí. Quiero protegerlo. Yo soy suya y él es mío.

Me decepciona que Lucifer no haya venido con ellos. Me gustaría echar un vistazo a los engranajes de ese corazón que funciona con la precisión de una maquinaria de relojería. Me conformaré con las ideas de Porsoth.

—¿Puedo hablar contigo en privado? —le pregunto en voz baja.

Porsoth asiente con el pico.

—Vuelvo enseguida —le digo a Luke, que intenta contener una rara ofensiva de encanto por parte de su madre.

Luke dice:

—Callie, no me dejes. Por favor, dile a mi madre que estoy bien, que ya lo he demostrado en...

—No —le digo—. No voy a decir lo que sigue y tú tampoco.

—Sigo enfadada contigo —dice Lilith, aunque suena aliviada tras ver que Luke es más o menos el mismo y no se está muriendo—. Con los dos.

Tiro del brazo de Porsoth y lo arrastro hasta la antesala. Tres macabros demonios con cuernos esperan en un rincón, pero Porsoth bate un ala y dice:

—Podéis iros.

—¿Lo sabías? —pregunto—. ¿Lo de Sean?

Porsoth empieza a juguetear con el cuello de su túnica.

—Te pido disculpas, pero me prohibieron decir nada. No até cabos hasta que los vi juntos en Lexington. Sabía que se había hecho... un experimento antes. Pero no sabía que Sean había estado en el Infierno. Aún no he podido encontrar ningún registro sobre su muerte.

—No estaba muerto. Se coló en el Infierno.

—¡Oh! —Porsoth agita las alas—. Al amo no le gustará nada. Me siento responsable. Yo fui quien sugirió que revelaran a Sean su misión en su decimoséptimo cumpleaños. Él... no se lo tomó bien.

Nuestras vidas son tan largas... y luego Luke estuvo bajo mi tutela y... me olvidé de él.

Frunzo el ceño. Es imposible que el Porsoth que yo conozco haya olvidado algo o a alguien tan importante.

—O te hicieron olvidar —sugiero.

El pico de Porsoth se abre y se cierra, se abre y se cierra. No dice nada, con lo cual se muestra de acuerdo. Lucifer no quería que Luke se enterara por nadie más que por él. ¿Por qué?

—A Lucifer debe de preocuparle lo fuertes que serían juntos. Solo uno puede ser el heredero —dice Porsoth.

—¿Qué es esto, *Succession*? ¿Qué estás diciendo?

—Que esta fecha límite es importante. No sé qué piensa hacer al final, pero tengo miedo por nuestro príncipe. Ya ha estado a las puertas de la muerte. Mi señora...

—Callie —le corrijo al instante.

—Callie, no sería un buen amigo si no te dijera que Lucifer no acepta vuestra relación. Está centrado en Luke... Pero me temo que separaros está entre sus objetivos.

—Nada que no supiera ya. —Que Lilith también esté enfadada conmigo no es demasiado reconfortante. Hablando de...—. Lilith me dijo que me estoy volviendo inmortal. Tú también lo sabías, ¿verdad? Dijiste que yo era más fuerte de lo que creíamos cuando Lucifer me dio los poderes de Luke.

—De nuevo, lo siento, pero nosotros pensamos que sería mejor que lo descubrierais a su debido tiempo. A la propia Lilith le pasó algo parecido. Cruzar los límites entre tu mundo y el Infierno con tanta frecuencia tiene sus consecuencias.

—¿Nosotros?

—Rofocale y yo.

No me lo puedo creer.

—Supongo que Agnes también lo sabe. Eres tan malo guardando secretos como Luke. Ya basta. Esto es inútil.

Porsoth asiente, escarmentado. No me siento mal. Tenía que decirlo.

—Debería volver ahí dentro —digo.

Porsoth levanta un ala.

—Una cosa más...

—¿Sí?

—Trata de mantenerlo a salvo.

Se me forma un nudo en la garganta de la emoción. Vuelvo a tener mis capacidades habituales, que consisten sobre todo en citar datos al azar y resolver problemas con la cabeza. Viniendo de Porsoth, lo que me ha pedido es todo un honor.

—Prometo que haré todo lo que pueda.

Volvemos a la habitación de Luke. La cruzo hasta situarme al lado de Lilith, donde Luke espera con paciencia mientras recibe sus mimos. Me sonríe.

—Siento no haber ido a buscarte —le digo a Lilith—. Gracias por la ayuda de la polilla.

La polilla revolotea a nuestro alrededor.

—Las disculpas son tan vulgares... —dice—. Ya me lo cobraré cuando llegue el momento.

Intercambio una mirada con Luke.

—Deberíamos irnos —dice él. Y luego añade—: ¿*A dónde* vamos?

Porsoth y Lilith esperan con expectación.

Luke advierte mis dudas.

—Ahora estoy intrigado. ¿A dónde? —pregunta.

—A la Ciudad de los Guardianes —digo.

La sonrisa de Luke se desvanece. Lilith jadea. Las alas de Porsoth se mueven con pánico en pequeños círculos; las manos se tambalean en sus extremos. Se desploma en el suelo en un revoltijo de alas y ropajes de erudito.

La cosa ha ido bien.

20
Luke

Caminamos pensativos y en silencio por los pasillos de la Fortaleza Gris. Mi madre insiste en que hay algo que debería ver fuera antes de que nos vayamos.

Aunque estoy despierto, Porsoth no es el mismo de siempre. No habla sobre nuestra partida moviéndose en círculos ni se muestra nervioso por mí. No es lo que esperaba después de que se desmayara cuando Callie reveló nuestro destino.

No es que a mí no me flaqueen las rodillas por ello.

Supongo que es bueno que mi padre no haya oído adónde nos dirigimos.

Si lo que le puede pasar a un demonio que entra en la iglesia equivocada (que es, bueno, cualquier iglesia) es un simple cuento con moraleja que se inculca a los jóvenes del Infierno, entonces la Ciudad de los Guardianes es...

Supongo que es similar a la idea que tienen los que no son de aquí sobre ir al Infierno. Nosotros crecemos escuchando historias sobre el hogar de quienes son buenos y puros, donde se canta melodiosamente en coros durante todo el día y las plantas son deliciosas, mortales o medicinales, y el entrenamiento con armas es habitual desde la infancia, por lo que sus habitantes viven dispuestos toda la eternidad a matar a los de nuestra especie con rapidez y alegría. No es precisamente adonde iría ninguno de los nuestros. Por propia iniciativa.

Hasta ahora. Hasta mi caso. Y el de Sean, supongo. Se me ha adelantado.

—Príncipe —dice Porsoth, hablando al fin—, yo... Ten cuidado con tu herida.

—Me aseguraré de que esté bien. —Callie asiente a Porsoth y no puedo evitar preguntarme qué habrán estado hablando en privado.

Mi madre se muerde el labio. A diferencia de mi padre, su preocupación parece real y me conmueve. Nos detiene y acaricia cariñosamente mi mejilla con una mano.

—Hijo mío —dice—, intenta sobrevivir. Si no vuelves me veré obligada a lanzar una maldición sobre el mundo. No estoy segura de qué está tramando tu padre, pero no me gusta. —Ella duda. Le conté lo de Sean, tenía miedo de no hacerlo—. No conozco a la mujer con la que Lucifer se juntó para concebir a este hermano. No la culpo y supongo que seríamos aliadas. Pero debes saber que si Sean Tattersall vuelve a hacerte daño, acabaré con él.

—En teoría solo me dio un pequeño empujón. —Hacia la flecha de la guardiana o lejos de ella, no estoy seguro—. ¿Qué tal si no exageramos las cosas?

—Vas a ir a la Ciudad de los Guardianes. —Mi madre frunce los labios. Mira a Callie—. Es probable que *tú* estés a salvo allí. Más te vale que también lo mantengas a él a salvo. Tu historial me preocupa. Nunca dejo que un hombre salga herido cuando está bajo mi tutela, a menos que yo quiera.

—Madre —digo con una mirada cariñosa—, tú y Callie no os parecéis en nada.

Nadie responde, lo que considero una victoria.

Un demonio con cuernos al que le faltan los dedos está apostado, junto con otro guardia, en la puerta exterior. Hacen una reverencia.

—Príncipe, Lilith —dicen.

—Mejor —dice mi madre.

El otro demonio nos abre la puerta. Salimos a la amplia pasarela de piedra de una de las ramas del castillo.

—¿Qué estoy buscando...?

Entonces la veo. Una luna negra y gris, baja y enorme en el cielo. Una luna que no suele estar ahí.

—¡Oh!

—Está cambiando de color —dice Callie.

—¿Qué? —pregunto.

—Antes era blanca y negra.

Mi madre frunce el ceño.

—Un presagio —dice—. Por eso debes tener cuidado.

—Estoy seguro de que no tiene nada que ver conmigo. Mi padre probablemente la puso ahí para añadir un poco de dramatismo.

Ni mi madre ni Porsoth parecen estar de acuerdo.

—Si tenéis que iros —Porsoth retuerce sus alas—, debéis hacerlo ahora.

—Tenemos que irnos —dice Callie.

Le tiendo la mano.

—¿Lista?

—¿Sabes dónde está? —Ella desliza su mano en la mía—. No me lo han dicho.

Cierro los ojos y extiendo el brazo. Incluso con el leve latido de la herida del muslo, me siento mucho más cómodo ahora que vuelvo a tener acceso a mis poderes. Y a mis alas... Pienso en el regalo que me hizo Callie en la ducha, en lo magnífica que es.

—Luke, ¿sabes cómo llegar? —pregunta.

«Ah, es verdad». Se supone que estoy buscando la Ciudad de los Guardianes. Percibo los suficientes detalles como para dirigirme hacia allí. La sensación no proviene de ningún lugar en el que haya estado antes.

—No del todo, y sospecho que no me dejará recordar. Pero puedo sentir que nos permitirá encontrarla.

Tomo la otra mano de Callie. Ella me devuelve el apretón.

—Aún tenemos un día —dice—. Por Agnes.

—Por Agnes.

Callie sigue centrada en nuestro plan inicial. No puedo asignarle otro nuevo objetivo: tengo que demostrarle que puedo hacerlo. A mí mismo y a ella. Tengo la intención de unirme a Sean para hacer realidad *su* plan de acabar con el reino de mi padre. Imagino que ese favor es lo menos que un hermano recién encontrado puede hacer.

Me inclino hacia delante y aprieto mis labios contra los suyos.

Venimos de dos mundos diferentes y depende de mí hacer que sean iguales. Así sabré que esto puede funcionar.

* * *

Vuelo a ciegas, pero al menos ya no grito de dolor. Pasamos del Infierno a la Tierra, pero no sabría decir en qué parte del globo acabamos. La Ciudad de los Guardianes está oculta. Podría estar en cualquier lugar; una belleza secreta que es invisible para todos, excepto para aquellos a quienes se les permite verla.

Aterrizamos en un camino de tierra que está rodeado por campos cargados de cultivos. Más adelante unos muros verdes de árboles y enredaderas entrelazados se extienden hasta un cielo despejado al atardecer en lo que parece una respuesta de la naturaleza en tonos psicodélicos. Hemos perdido un día entero en mi cama de enfermo, aunque no lamento lo que pasó allí.

El único lugar al que esto me recuerda es el jardín de mi madre, aunque a una escala mucho mayor. Tengo que reconocer que una parte de mí esperaba que la Ciudad de los Guardianes nos recibiera con cabezas de demonios clavadas en estacas. Que irradiara un aura de luz nauseabunda. Esto es más bien un oasis verde y una fortaleza que irradia vida. ¿Es el mítico Paraíso? Posiblemente.

Callie está recuperándose del viaje con las manos sobre las rodillas, hasta que finalmente se endereza. Parpadea ante lo que tenemos delante.

El camino de tierra en el que nos encontramos conduce a una puerta abierta. Un grupo de guerreros vestidos de blanco aparecen en ella y se quedan esperando. Estamos tan lejos que no podemos distinguir su estado de ánimo.

—¿Deberíamos acercarnos? —pregunta Callie.

Mi muslo sigue palpitando.

—¿Estás segura de que están aquí?

—Sí —dice—. Saraya la Grosera era diferente. Es un fastidio tener que repetir siempre lo mismo. De todos modos, me prometió que cuidaría de él. Me dijo que viniera.

—¿Y confías en ella? —Eso me sorprende.

Callie levanta los hombros.

—¿No? ¿Sí? Creo que sí, de momento. Miguel le ordenó que nos ayudara.

—No van a venir a por nosotros, así que allá vamos. —Abro mis alas sin pensarlo. No hay razón para mostrarse dócil, y cada segundo cuenta si es una trampa y tenemos que salir corriendo.

Callie suspira.

—Echo de menos poder volar.

—Puedes volar conmigo cuando quieras, nena —le digo, y le guiño un ojo.

Pone los ojos en blanco.

—¿En la cama?

—No trates de engatusarme —le respondo.

Me quiere. Saber que alguien me quiere es una sensación extraña que nunca había tenido. Y saber que es Callie es aún mejor.

Caminamos, ni despacio ni con prisa. Firmes.

—Sin embargo, no echo de menos otras cosas de tus poderes. No estoy acostumbrada a oír latidos.

Escucho el suyo, un golpeteo constante y reconfortante.

—Y aunque saber cosas al instante era estupendo al principio, también me parecía hacer trampa.

¡Ah! La dulce y honesta Callie.

—Eso es porque es hacer trampa. Abajo somos buenos engañando.

Una bandada de pájaros de color claro sale en masa de los altos muros de color verde y se dirige hacia nosotros. Estoy listo para plegar mis alas sobre Callie, pero en lugar de atacar, las palomas sobrevuelan a nuestro alrededor. Una escolta.

—Debes saber que *Los pájaros* es la película de Hitchcock que menos me gusta —dice—. A mi madre le encanta, pero a mí me da mucho miedo.

—¿Crees que estamos a punto de morir picoteados por palomas? —Bromeo para tranquilizarla.

—¡Qué manera de morir!

—Al menos estaríamos juntos —digo.

Atraigo la mirada de Callie, y no puedo imaginar el esfuerzo que supone para ella no dirigirla a los pájaros. Disfruto mirándola (mirándola de verdad, con todos mis sentidos), con el sol poniente alumbrando su cara y sus pequeñas pupilas dilatadas y rodeadas de un verde intenso.

—Te quiero —dice. Y luego—: Vale, *eso* ha sido incómodo.

—Jamás —replico—. Yo también te quiero.

Callie cierra los ojos y frunce el ceño, y yo lamento perder ese verde hasta que los abre de nuevo.

—¡Oh, no! Nos estamos convirtiendo en *esa* pareja.

—¿Qué pareja es esa?

—Del tipo pasteloso.

Me llevo una mano al pecho.

—Perdona. Es imposible que yo sea pasteloso.

Callie se ríe.

—¿Estás seguro, Príncipe Blandengue?

—Bastante —digo, haciendo mi mejor versión de Porsoth—. Y no más Príncipe Blandengue. Tengo una reputación que mantener. Me hace parecer un espeluznante camión de helados.

—Deberíamos inventar algo para decirnos cada día —dice Callie—. Un mensaje en código que solo nosotros sepamos que significa «Te quiero».

Es una lógica tan de Callie que no puedo negarme.

—Ya has pensado en algo, ¿verdad? ¿Qué es?

—Tal vez. —Frunce la nariz—. Puede que sea una tontería.

Cómo podemos estar manteniendo esta conversación entre el llanto y unas palomas alborotadas, es todo un misterio.

—Déjame intentarlo.

—No sé por qué, pero es lo primero que se me ha venido a la cabeza.

—Ahora me muero de curiosidad.

—Ni siquiera bromees sobre estar muerto —dice. Y añade—: Tienes algo en la cara.

Me llevo la mano a la mejilla antes de darme cuenta de que es el código que me está sugiriendo. Respondo del mismo modo, haciendo que mis palabras sean suaves como una caricia.

—No, *tú* tienes algo en la cara.

Da una palmada, complacida. Mi corazón se hincha.

Los pájaros aumentan su actividad en un claro mensaje de «Seguid avanzando», y volvemos a ponernos en marcha en dirección a la puerta. Pronto estamos tan cerca que las sombras de los altos y frondosos muros caen sobre nosotros, uniéndose a ellas las sombras del crepúsculo. El vuelo de los pájaros parece coreografiado y ambos nos quedamos boquiabiertos cuando se posan a ambos lados del camino de tierra frente a nosotros. Distinguimos los rostros tensos y expectantes de los guardianes.

—¿Dónde está? —pregunta Callie.

Entonces aparece Saraya. Atraviesa a zancadas el grupo de guardianes, pero se detienen a una docena de metros y nos hacen señas con la mano para que nos acerquemos.

Cuando estamos frente a ella, dice:

—Protocolo.

—Siempre el protocolo —digo. El Infierno es igual, con sus reglas interminables y su cortesía despiadada.

—¿Qué hacemos? —pregunta Callie.

—Responde con la verdad —dice Saraya.

Callie asiente.

Saraya desenvaina su espada, cuya hoja brilla aunque no debería en las condiciones de luz actuales, y la mantiene nivelada frente a ella. Su mano no sangra donde agarra el metal.

—Por favor, pon las manos sobre la espada —dice.

No quiero hacerlo. Sé lo que puede hacer el arma de un guardián. Pero Callie obedece al instante, y por eso no puedo protestar. La sigo con un miedo que nunca podría reconocer.

La herida de mi pierna duele intensamente, como si la espada fuera un diapasón. La sensación se desvanece hasta convertirse en un dolor sordo.

—¿Prometes no hacer daño a quienes están dentro de estos muros? —pregunta Saraya.

—Sí —responde Callie.

—Claro. —Espero otra punzada de dolor, pero no llega.

—¿Prometes guardar silencio sobre los secretos que puedas conocer dentro de estos muros mientras respires?

—Sí.

—Claro.

—¿Reconoces la autoridad del arcángel Miguel dentro de los muros de la Ciudad de los Guardianes?

Esta es más difícil. Pero la forma en que está elaborada me da margen para decir:

—Claro.

Callie suelta un suspiro, porque tampoco debía de estar segura de que yo pudiera hacerlo.

—Sí.

Saraya baja la espada con la mano derecha y toca el suelo que hay delante de nuestros pies.

—Bienvenidos a la Ciudad de los Guardianes, viajeros. —Vuelve a envainar la espada.

Los guardianes de la puerta casi gruñen cuando nos acercamos.

—Una cálida bienvenida —digo.

—No les hizo mucha gracia las órdenes de Miguel —dice Saraya.

Callie hace la pregunta del momento.

—¿Dónde está Sean?

—¡Oh! —Saraya sonríe, y resulta aterrador—. Está ayudando a entrenar a los niños.

—¿En serio? —Intento imaginarme a Sean rodeado de pequeños guardianes, dejando que trepen por él. No lo consigo.

—Yo nunca miento. —El tono de Saraya es toda una provocación para desafiarla—. Ya lo verás por ti misma. Ya deberían estar acabando.

Callie levanta las cejas y, por un mutuo acuerdo silencioso, lo dejamos pasar. Por lo que sé, es verdad.

Las murallas vivas de la ciudad eran impresionantes, pero lo que guardan en su interior no se parece a nada que haya visto antes. Los edificios de la ciudad se han creado a partir de árboles y plantas, capiteles y cúpulas vivientes; árboles de anchos troncos han sido ahuecados para hospedar viviendas y tiendas que parecen vender principalmente armas. Las sombras alargadas y nudosas que proyectan los árboles sobre los caminos de piedra se extienden por todas partes frente a nosotros. Cuencos con fuego iluminan los caminos y las calles.

Hay muchos transeúntes; guardianes de rostro pétreo con túnicas blancas o uniformes de cuero de combate. Todo el mundo parece llevar armas, aunque aquí están a salvo. Pasamos junto a un *ring* de combate de madera lisa donde dos guardianes musculosos luchan mientras reciben instrucciones de un hombre de larga barba blanca.

—¿No se está haciendo tarde para tanto entrenamiento? —pregunta Callie.

—La fiesta nocturna comenzará pronto —dice Saraya—. Luchamos todos los días hasta que llegue la paz.

Todos los residentes de la Ciudad de los Guardianes nos observan como si fuéramos unos curiosos parias. Supongo que lo somos. Las miradas no son muy diferentes de las que me dirigían los demonios cuando era niño y mi padre me llevaba a recorrer el reino. «No eres para tanto», parecían decir. «No perteneces a este lugar».

¿Y ahora mi padre quiere que me prepare para gobernarlos? Por una vez, me alegro de que no me entienda, de que no me conozca en absoluto. ¿De verdad creía que, haciéndome vivir un día como humano, vería a Callie como un ser inferior? En todo caso, me hizo apreciarla más.

Saraya nos guía por unas escaleras talladas en el tronco de un árbol. Nos detenemos en un puente hecho de cuerdas anudadas. Desde el otro lado llegan chillidos de alegría y los gritos entusiastas de los escolares.

—La academia de entrenamiento —dice Saraya, y se adentra en un puente de cuerda. No es *tan* alto, solo seis metros más o menos. Pero no hay donde agarrarse.

Callie me lanza una mirada de pánico.

—Puede que me toque caerme —dice.

—Lo harás bien —dice Saraya—. Los niños lo hacen.

Callie abre mucho los ojos.

—Espera —le digo. Y la levanto. Las alas son útiles. Se aferra a mí y me dice:

—Que conste que me gustan las alturas, pero hoy prefiero no romperme una pierna.

Vuelo por encima de Saraya, que resopla de desaprobación y acelera para llegar antes que nosotros al otro lado.

—Tienes toda una vena competitiva, ¿verdad? —le pregunto.

—¿Cómo, si no, iba a convertirme en la líder de los guerreros más temibles de la Tierra? —Saraya se encoge de hombros.

—Y también los más modestos —replica Callie en tono seco.

—Podrías haberlo conseguido —dice Saraya.

Espero que Callie discuta o se avergüence, pero no dice nada. Vuelve a mirar hacia el puente, quizá pensándoselo.

—¿Dónde está Sean? —pregunta.

—Por aquí —dice Saraya, y juro que aparece otra sonrisa que me hace preocuparme por el bienestar de mi hermano. Me pregunto si alguna vez me acostumbraré a esas palabras: «Mi hermano».

Nos conduce hacia los gritos y los aplausos, doblamos una esquina y entonces vemos qué tipo de entrenamiento se está llevando a cabo.

Sean está atado al ancho tronco de un árbol. Está rodeado de cuchillos, estrellas arrojadizas y cualquier otra cosa lo bastante puntiaguda como para clavarse en la madera. Los niños se turnan para utilizarlo como blanco de tiro. O como «no blanco». Parece que intentan *no* darle.

Una matrona con expresión imperturbable observa el ejercicio, con una robusta mesa a su lado repleta de armas para que los niños elijan entre ellas. Sean está pálido, pero permanece estoico. Se las arregla para no estremecerse cuando un niño que no puede tener más de siete años da un grito furibundo y lanza una daga que atraviesa la madera que hay entre sus muslos.

Echo un vistazo y veo auténtico júbilo en la cara de Saraya. Callie hace todo lo posible por ocultar su propia sonrisa.

—Hola —digo, y entro en la refriega—. Siento interrumpir vuestra diversión, pero necesitamos que nos prestéis vuestro muñeco de entrenamiento.

—¡Oh! *No* es un muñeco de entrenamiento —dice una niña—. Por eso es tan divertido.

—Estás vivo —me dice Sean. Detecto no poco alivio. Interesante.

—Lo estoy. Y me gustaría hablar.

Cierra un poco los ojos y luego asiente.

—Imagino que sí.

—¿No sois un poco pequeños para jugar con cuchillos? —pregunta Callie a los niños.

Gritan ofendidos. La matrona sacude la cabeza con severidad.

Saraya lo explica:

—Nuestros padres nos ponen la primera espada en las manos en cuanto salimos del vientre.

—Interesante método de crianza. —Callie se encarga de la situación—. ¿Podrías desatarlo?

—Niños, ¿podéis cortar sus ataduras? —pregunta Saraya y los niños (doce nada menos) corren hacia él con sus afiladas herramientas en las manos.

—Luke —dice Callie.

—De acuerdo. —Levanto un dedo y lo libero antes de que lo hagan los niños con sus variopintas armas.

Sean se suelta con mucho cuidado de no pincharse con los puntiagudos objetos que lo rodean. Una vez libre, da vueltas alrededor del grupo de niños decepcionados.

—Gracias —dice.

—No hay problema —digo—, hermano.

21
Callie

Luke sigue siendo imprevisible (incluso para mí) y por eso me sorprende que lo haya dicho tan rápido. Esperaba que lo mantuviera en secreto.

Sean permanece callado por un largo instante. Teniendo en cuenta que Luke lo ha liberado de las prácticas de tiro, que ahora parezca más preocupado significa algo.

—Él te lo ha contado —dice Sean.

—Sí. —Luke se cruza de brazos—. ¿Intentaste matarme?

—Claro que no —responde Sean—. Fue un accidente.

Saraya frunce el ceño de uno a otro alternadamente.

—¿Qué me estoy perdiendo?

—¿Podemos ir a algún sitio? —pregunto—. ¿Más privado, para no hablar delante de los niños?

Los niños nos rodean embelesados, como si nos hubiéramos traído la mejor telenovela de la Tierra.

—¡Demonio! —grita un niño y señala a Luke—. ¡Matar!

—Será mejor que recojas tus alas —le digo a Luke.

Se encoge de hombros, pero cuando vuelve a bajarlos las alas desaparecen.

—¡Matar al demonio! —vociferan más niños.

Saraya levanta las manos, pareciéndose a mi profesora de cuarto curso, la señora Hayes, cuando nos hacía señas para que nos calláramos o nos metíamos en un buen lío. Como no tener recreo.

¿Estos niños estaban en el recreo? Lo dudo por lo que Saraya ha dicho antes.

—No matar —dice—. Por ahora. Son órdenes de Miguel.

Los niños retroceden y se ponen en fila. Su decepción es palpable.

—¿Esto es normal? —pregunto con la voz baja—. ¿La sed de sangre?

—Se entrenan para ser santos guerreros —dice Sean.

Es mi turno de mirar alternadamente a él y a Saraya.

—¿Por qué has contestado eso? —pregunto—. ¿Y qué pasa si un niño no es bueno luchando?

Saraya se encoge de hombros.

—Todos somos capaces de defender la ciudad, pero algunos pueden acabar ocupando otros puestos. Cultivar o cocinar, encender las fraguas..., los eruditos que conservan nuestra historia y mantienen la biblioteca.

—¡Oh, oh! —dice Luke.

—¿Qué? —pregunta Saraya.

—Acabas de mencionar una biblioteca. —Luke me da un codazo en el brazo—. Adelante.

—¿Podemos verla? —Intento no sonar demasiado ansiosa. Va a decir que no.

—Esta noche, no —dice—. Tenemos que comer. Por hoy hemos acabado.

En el momento justo, el sonido cristalino de una campana atraviesa el aire. Es lógico que utilicen una aquí. Las campanas de las iglesias no son solo bonitos objetos sonoros, sino que muchos creen que ahuyentan a los demonios y malos espíritus. Antiguamente no era extraño inscribir en el metal mensajes para ahuyentar las tormentas y proteger las almas.

Los niños y su cuidadora salen automáticamente y se dirigen a cenar. Esperamos para que se vayan primero. El aire está cargado de cosas por decir.

Cuando la campana deja de sonar, Sean se remueve incómodo. Parece un mil por ciento más nervioso. Pero entonces, suelta:

—¿Vamos a ir al salón de banquetes?

—Sí —dice Saraya, y lo fulmina con la mirada—. ¿Por qué estás preocupado? ¿No quieres encontrarte con más gente a la que hayas traicionado?

¿Qué está insinuando?

—¡Menudo bastardo! —dice Luke, y sacude la cabeza—. Te criaste aquí, ¿verdad?

Sean responde como si le doliera.

—Sí.

Pienso en lo que Porsoth me dijo sobre que animó a Lucifer a contarle su origen a Sean. La conexión me golpea como si fuera una de las armas sagradas.

—Lo descubriste en tu decimoséptimo cumpleaños.

—Y me fui al instante. No podía explicarlo. —Sean solo tiene ojos para Saraya. En este caso, es mutuo.

—¿Explicar qué? —Ella escupe las palabras, casi como si no quisiera preguntar. O tal vez como si no quisiera saber la respuesta.

—No fui solo yo —dice Luke—. Ella tampoco lo sabe.

Se pone a mi altura y yo asiento con la cabeza.

—No más secretos —le digo.

Sean no protesta.

—Somos hermanos —dice Luke, y mueve una mano hacia Sean. Le da su habitual tono edulcorado—. De diferentes madres. Me he enterado hoy mismo.

—Tú... eres... —La mano de Saraya se ha dirigido a la empuñadura de su espada. Su extremadamente afilada y mortal fachada de seguridad.

—Ya ves por qué tuve que irme —dice Sean.

La campana vuelve a sonar, una última vez.

—Debemos irnos —dice Saraya, y se da la vuelta.

—Espera —dice Sean.

—¡No! —gruñe Saraya sin darse la vuelta.

Cuando llegamos al puente de cuerda, Saraya ya lo ha cruzado. Hasta ahora solo ha mostrado desprecio hacia mí, pero imagino que tiene otra cara. Y esa cara es dolorosa.

—¿Puedes llevarnos al salón? —le pregunto a Sean.

—Puedo hacerlo. —Mira hacia el atardecer. Saraya ya se ha perdido de vista.

—De acuerdo. —Me dirijo al puente antes de que ninguno pueda detenerme.

Luke suelta:

—Callie, ¿qué estás haciendo?

—Puedo hacerlo. —Y también puedo darle a Saraya un poco de tiempo para digerir lo que acaba de descubrir. Me detengo y giro lentamente la cabeza para mirarlo.

—No te preocupes.

Antes dijo que yo podía hacerlo y parecía segura de ello. No creo que sea una mentirosa, aunque tampoco describió con exactitud lo que significaba que Sean ayudara a entrenar a los niños. El caso es que si ella no tuviera sentimientos por él, ¿por qué iba a enfadarse? No puede ser solo porque se marchó. Ella no sabía nada sobre su padre. Es mucho lo que hay que asimilar.

Ya he pasado por eso.

Luke entra en el puente detrás de mí, y no se mueve. Está bien construido.

Los tres cruzamos y yo me tomo mi tiempo a propósito. Hay un truco para mantener el equilibrio sin tener un asidero para las manos, pero el puente en sí apenas se balancea y permanece firme bajo mis pies. Tengo que admitir que tiene algo de divertido una vez que encuentras el truco. Salto los dos últimos peldaños y veo cómo sería mi vida si hubiera aceptado la oferta de Miguel de unirme a los guardianes.

Casi puedo imaginármelo, pero no me siento atraída. Luke me acerca a él para darme un beso rápido en los labios. Mis deseos están aquí.

—Tenías que hacer esto, ¿verdad? —pregunta Luke.

—Quiero ir a la Escuela de Entrenamiento para Amazonas de Temiscira desde que vi la película de *Wonder Woman*. —Jared y Mag hacen algo parecido; van a un local de entrenamiento para gladiadores al otro lado de la ciudad. Me pregunto cómo les habrá ido hoy en casa.

—Seguro que están bien —dice Luke, adivinando hacia dónde van mis pensamientos.

Sean tose y nos separamos. No hay necesidad de restregarle nuestra felicidad por la cara. Intentaré conseguir señal telefónica en este probable Paraíso más tarde. El cielo es del azul de las profundidades oceánicas y se ven más estrellas que en ningún otro lugar en el que jamás haya estado.

Encaro a Sean.

—A ver si lo he entendido bien. Lucifer te vino a ver, te reveló quién eres y tú huiste sin decírselo a nadie (incluida Saraya) y... ¿te convertiste en estafador?

—Si lo dices así, parezco un auténtico imbécil —dice Sean—. No quería que ella pensara que estaba muerto. Tenía que expiar toda una vida que estuve aquí sin merecerlo.

—¿Y un conjunto muy particular de habilidades, al estilo de Liam Neeson? —sugiero.

—Una cara que le encantaría al diablo —dice Sean.

—A cualquiera menos al diablo —dice Luke, uniéndose a la conversación—. ¿Y tu madre?

—Murió en una misión cuando yo tenía catorce años. Nunca hablamos de mi padre.

—Lo siento —dice Luke.

Sean asiente, aceptando las condolencias.

Entonces los guardianes son mortales. A diferencia... de mí. Necesito encontrar el momento adecuado para contárselo a Luke.

—No me parecía bien quedarme aquí —dice Sean.

—¿Y te pareció bien irte? —La pregunta sale de mi boca antes de que pueda detenerla.

—No —dice—. Renuncié a cualquier sentimiento a partir de ese día. Por eso no puedo redimirme. Por eso vas a perder tu apuesta.

—¿Y dejar que Lucifer consiga lo que quiere? —pregunto—. De ninguna manera.

Luke interviene:

—Encontraremos el Grial. Si eso no puede borrar un pequeño pecado paternal, nada puede hacerlo.

Escucho lo que Luke no ha dicho: que está de acuerdo con Sean en que ser hijos de Lucifer los hace ya malos de alguna manera.

—Creí que ya lo habíamos hablado: tú no eres tu padre. Tienes un alma; un alma buena —le aseguro a Luke—. Y diría que tú también —le digo a Sean—. Si no, esta situación no te molestaría.

—Tú no lo entiendes —dice Sean—. ¿Cómo podrías hacerlo? No creciste como nosotros. Mi padre quería que yo acabara con los guardianes. Había planeado que yo fuera su caballo de Troya. Ni siquiera se planteaba que no lo hiciera.

—Pero estaba equivocado. —No doy mi brazo a torcer.

—Tal vez sobre eso en concreto —dice Sean—. Pero no sobre mí. Me enfadé cuando me obligaron a salir del Infierno, porque por primera vez en mi vida sentía que pertenecía a un lugar.

Antes de que pueda contradecirlo, se aleja en dirección a Saraya.

—El salón de banquetes está por aquí —dice por encima del hombro.

—¿Cómo le presionas el botón de reinicio a alguien que no lo desea? —pregunto.

—Haces que lo desee —dice Luke.

No creo que yo sea capaz de eso, pero sé quién puede hacerlo.

* * *

Ya no espero que las cosas sean de una manera determinada. El salón de banquetes de la Ciudad de los Guardianes no aparece en ningún libro que haya devorado en mi vida. Por lo que me ha descrito Luke, no aparece en ningún mapa. O quizá entre los pliegues de uno, o en la sección de «Aquí hay dragones». (La verdad es que esto no aparecía en los mapas antiguos, pero un famoso globo terráqueo advierte de la presencia de criaturas fantásticas. Una vez leí que la mayoría de los avistamientos de monstruos marinos habrían sido penes de ballena. Cuanto más sabes...).

Sean espera en el exterior de una construcción con elegantes arcos de metal y vidrio cristalino, muy distinta de la madera y la vegetación de alrededor. Dentro, la gente se mueve afanosamente o se sienta en torno a unas largas mesas. Se oyen las risas y el ruido de los cubiertos. El aire se llena de un delicioso olor que me recuerda a... los perritos calientes.

—¿Vamos a entrar? —No digo que me muero de hambre. Luke siempre está hambriento y, dado que Sean se abalanzó sobre el menú del servicio de habitaciones hace casi veinticuatro horas, debe de tener ganas de cenar.

—Sí —dice Sean—. Es gracioso que ahora te espere en vez de huir de ti.

—Divertidísimo —dice Luke.

Un hombre aparece en la entrada. Lleva unos pantalones blancos holgados y una túnica, y una barba nívea y cuidada que le llega justo por debajo de una cara de rasgos bien definidos. Y lleva una gorra de los Cubs. Sí, el equipo de béisbol. Se la quita.

—Isaac —dice Sean, como si no pudiera creerlo—. ¿Eres tú?

El hombre avanza a grandes zancadas, con miembros gráciles a pesar de su edad.

—Podría preguntarte lo mismo, muchacho. No me lo podía creer cuando me dijeron que habías vuelto... y con esta compañía. —El hombre se detiene y espera con la expresión más cortés que nos han ofrecido hasta ahora.

—Soy Callie Johnson, de Lexington, Kentucky. —Porsoth ha insistido mucho en lo importante que es actuar de buena fe cuando se conoce a alguien en este mundo. No tengo ninguna otra fe. Bueno...—. Licenciada en Historia —añado—. Y este es Luke Morningstar...

—Príncipe del Infierno, a su servicio —dice Luke—. La última parte es una figura retórica.

Isaac no se presenta, pero vuelve a dirigirse a Sean.

—Podría preguntarte dónde has estado todos estos años, pero los rumores me han mantenido informado.

—Lo dudo —dice Sean con voz dulce—. Me alegro de verte.

—Yo también. No te vayas sin despedirte esta vez.

—No lo haré.

Saraya se une a nosotros, o más bien se niega a hacerlo. Se detiene en la entrada y empieza a dar órdenes.

—¡Daos prisa! Si la comida se acaba, no os prepararé nada especial.

—Noche de partido —dice Isaac—. Las mejores salchichas de la cristiandad os esperan.

Se da la vuelta y vuelve a entrar. Se detiene para poner una mano en el hombro de Saraya, que se lo permite, antes de desaparecer. Se oyen vítores desde el interior.

—¿Noche de partido? —pregunto.

Sean toca el ala de un sombrero imaginario.

—Béisbol. Habrás notado que los guardianes tienen una vena competitiva. Les encantan los deportes.

—Es todo un optimista si le gustan los Cubs —dice Luke.

—Me has estado ocultando algo —le digo—. No sabía que fueras un seguidor de los deportes.

—Simple entrenamiento —dice Luke—. Investigación sobre humanos. Te sorprendería lo que la gente puede llegar a hacer si cree que con eso ayudará a su equipo. O después de una gran pérdida, cuando son débiles.

—Aprovecharse de un fan angustiado, eso sí que es crueldad —dice Sean.

—¿De qué equipo eres? —pregunta Luke.

Sean se aclara la garganta.

—No pienso decírtelo.

—¿Vamos a comer o no? —pregunto.

Saraya ha desaparecido. Nos encogemos de hombros y entramos. Está esperando dentro, tensa y a regañadientes.

—Lo he hecho —digo—. Crucé el puente.

—Qué emocionante habrá sido para ti —dice Saraya.

Toda la asamblea (varios centenares de personas) se calla cuando se da cuenta de que hemos entrado. El partido de béisbol que se juega en una enorme pantalla que hay al fondo llena el silencio. Casi.

En la pantalla se produce un *hit* y eso es suficiente para llamar su atención. Los niños vuelven a correr alrededor de las largas mesas, como si estuvieran en una gran reunión familiar en casa. Llevan palitos con algodón de azúcar de color rosa y azul pastel, y enormes cucuruchos de helado, que parecen formar parte de la noche temática.

Me giro y veo a Sean y Luke uno al lado del otro. No entiendo cómo no me he dado cuenta antes. Son tan parecidos en sus gestos y en su actitud arrogante... Los dos son tan guapos que resulta doloroso.

Pero Luke tiene una dulzura (quizá me la imagino o soy la única que la ve) de la que aún carece Sean. Sospecho que la tiene ahí todo el tiempo bajo su fría apariencia.

—Servíos vosotros mismos —dice Saraya, y flota en el aire un «¿Es que tengo que explicároslo todo?».

Hay una larga fila de fuentes con comida y nos acercamos juntos. Luke se queda callado detrás de mí.

—¿Estás bien? —pregunto.

—No estoy acostumbrado a esto —murmura.

De acuerdo.

Llenamos nuestros platos con salchichas y ensalada de patata. Nos sentamos y, casi de inmediato, empiezo a sentir sueño y pesadez.

—¿Crees que nos han drogado? —pregunto.

—Aquí no hay insomnio —dice Sean—. Estás experimentando los ritmos circadianos. Yo también estoy cansado, pero con lo nervioso que estoy no deberían tener efecto sobre mí.

Luke bosteza.

—Así que es eso. ¿Cómo prestan atención al partido?

—Están acostumbrados a los ritmos circadianos —dice—. Salen de aquí y duermen bien hasta que sale el sol. O, algunos, hasta los entrenamientos de medianoche.

Suena entonces una trompeta, a todo volumen, y todo el mundo se queda paralizado por un instante. Saraya nos abandona y se dirige rápidamente hacia la salida. Sean se pone en pie y nos hace señas para que le sigamos.

—Una llegada —dice.

—¿Miguel? —pregunto.

—No —dice—. Él se anuncia con luz resplandeciente. Ya lo sabes.

—Alguien del Infierno —oímos al salir.

Saraya ha sacado la espada anterior, que ahora brilla en la oscuridad con un blanco tenue. Corre hacia las murallas. La seguimos lo mejor que podemos.

—¿Podría ser tu padre? —le pregunto a Luke, antes de percatarme de que ahora también le pregunto a Sean.

—Si ha venido hasta aquí, no es una buena noticia —dice Luke.

—No lo es que venga nadie del Infierno —dice Sean. Mira a Luke—. Lo siento, pero es verdad.

—Tranquilo, no me ofendo.

Al acercarnos a la puerta por la que habíamos entrado, nos encontramos con una actividad frenética. Desde dentro, es fácil ver lo pintorescas que resultan las murallas exteriores. Las palomas son puestas en posición por unas mujeres vestidas de blanco, y los arqueros y otras personas se colocan en puntos estratégicos desde los que apuntar a cualquiera que se aproxime.

—Humanos —oigo gruñir a Saraya—. Tres de ellos.

Una vaga idea me ronda por la cabeza.

—Preparaos para matar en cuanto los tengáis a la vista —dice Saraya.

Nadie protesta.

Saco mi teléfono y confirmo que no tiene servicio.

—Veamos primero quién es —digo.

—Aquí no tienes autoridad —replica Saraya.

Tiene razón, y con lo vulnerable que debe de sentirse, provocarla no es la mejor idea. Lo hago de todos modos.

—Miguel te ordenó que nos ayudaras. Es probable que esto tenga algo que ver con nosotros. Esperemos a ver de quién se trata. Sin disparar primero.

Recibo un gruñido como respuesta, pero lo acepto.

Me vuelvo hacia los, bueno, hermanos.

—Quedaos aquí... a no ser que os llame.

Luke se inclina y me besa la mejilla.

—Prefiero ir contigo.

—No. —Saraya parece inflexible al respecto.

Lo sospechaba y por eso les dije que se quedaran quietos.

Luke me hace un gesto con la cabeza.

—Estaré allí al instante si me necesitas.

—Lo sé.

Vacila.

—Tienes algo en la cara.

—No —le digo, con el corazón dándome un brinco—. *Tú* tienes algo en la cara.

—Qué raros que sois —dice Sean, pero sin acritud.

Cruzo al lado de Saraya y salgo con ella al encuentro de los recién llegados.

—Si es Lucifer, siéntete libre de dispararle con todo lo que tengas —digo por lo bajo.

Su rostro se inclina un poco hacia mí con lo que podría ser aprobación.

Las palomas parten del muro para surcar el cielo nocturno, más amenazadoras sin una luz que las guíe. Se abalanzan y chillan, y un escalofrío recorre mi espalda. Sopla el viento y se escucha el susurro de los campos de alrededor, y entonces veo quién ha llegado.

Una túnica de erudito flota en el aire de la noche, y da forma a una silueta muy particular de búho-cerdo. Al principio no puedo creer quiénes son las figuras que lo acompañan. Vuelvo a parpadear y, aunque no pueden ser buenas noticias..., a mí me lo parecen.

Salgo corriendo a su encuentro.

—Espera —dice Saraya.

—¡No dispares! —le pido.

Oigo otro gruñido por detrás, pero lo ignoro. Las personas que vienen hacia mí también aceleran al reconocerme y percatarse de que están en el lugar correcto. Nos detenemos frente a frente, y compruebo que Saraya está esperando justo donde la dejé.

—Mag, Jared, mamá. ¿Qué estáis haciendo aquí?

Mag saluda tímidamente con una mano, tomando con la otra la de Jared. Mi madre me mira mientras observa a las palomas, que vuelan en bucle en la oscuridad.

Porsoth se adelanta, pisando con fuerza la tierra firme.

—Insistieron en venir cuando se los dije, milady.

—¿Cuando les dijiste qué?

—Lo de la luna en el cielo del Infierno, el presagio —dice Porsoth con tono cansado y molesto—. Se ha convertido en sangre.

—¿Qué significa eso? —Me alegra que estén aquí, pero también estoy confundida.

—No lo sé —dice Porsoth—. Pero me parecía necesario que tuvieras toda la ayuda posible para el tercer día. ¿Está bien el joven amo? —Se inclina para mirar hacia la puerta.

—Está esperando dentro.

—Debo verlo.

—Primero está el protocolo —replico.

Porsoth asiente, reconfortado en apariencia.

—Como debe ser. El protocolo es señal de cultura civilizada.

En ese momento, una flecha surca el aire proveniente del muro. Y otra detrás de ella.

Entre parpadeo y parpadeo, Porsoth adopta su apariencia demoníaca y se convierte en un búho-cerdo alto, ancho y aterrador. Levanta un ala y aleja las flechas de los guardianes como si fueran juguetes de niños.

—¡Esperad! —grito—. ¡Esperad todos!

Entonces aparece un rayo de luz que brilla con una inconfundible llamarada y Miguel aterriza junto a nosotros. El suelo tiembla cuando sus pies golpean la tierra. Sus alas relucen como la espada de Saraya, mil veces más, y los enclenques humanos (o casi humanos, en mi caso) levantamos las manos para protegernos los ojos.

Ahora soy yo quien espera más flechas. Por tropas de ataque. Que Luke venga volando a mi lado. Pero nada de eso sucede y Miguel empieza a hablar.

—Dejemos de lado el protocolo por esta noche. —El arcángel Miguel sonríe, y puede que esta sea la primera expresión no aterradora que veo en él. Aunque sigue siendo bastante aterradora—. Bienvenidos a la Ciudad de los Guardianes. Traigo noticias.

22
Luke

No mentía cuando dije que no quería que Callie saliera sin mí. Pero comprendí que protestar no serviría de nada. Esa es una lección que aprendí en las ruinas de Glastonbury.

Pero no hay nada que pueda retenerme entre los muros de la ciudad cuando oigo decir: «¡Miguel está llegando! ¡Postura defensiva!».

Me quito de encima la somnolencia que me ha producido este lugar y agudizo los sentidos, justo a tiempo para advertir el silbido bajo de unas flechas surcando el aire. Y entonces Saraya grita: «¡Retiraos!».

Mis alas están desplegadas y vuelo tan alto que ninguna flecha puede alcanzarme (aunque, nada más pensarlo, mi muslo palpita de dolor). Planeo sobre los campos hasta llegar al camino.

Aterrizo poco después de que Miguel haya descendido en todo el esplendor de su gloria. Los recién llegados (la madre de Callie, Mag y Jared) se sienten cómodos en su presencia, aunque necesitan protegerse los ojos. Él incluso atenúa su resplandor cuando se percata de que no pueden mirarlo. Y eso que Porsoth también está allí, con su apariencia de demonio gigante, lo que es toda una tentación para los guardianes.

—Saludos, Príncipe —me dice Miguel. Su sonrisa se desvanece—. He oído que te han herido.

—Sobreviviré —digo.

—No sabíamos qué tipo de bienvenida esperar —dice Porsoth—. Las flechas no han sido una sorpresa, pero la bienvenida de un arcángel sí lo es. ¿Qué noticias son esas?

—Porsoth —siseo, y levanto una mano y junto dos dedos para indicarle que se haga más pequeño. Sospecho que ha olvidado que resulta mucho más intimidante cuando tiene ese tamaño.

—Claro, claro —se queja y a los pocos segundos es el demonio diminuto al que estamos acostumbrados—. Mis disculpas si os he ofendido.

Miguel hace un gesto con la mano para restarle importancia. ¿Qué está pasando?

Callie llega a mi lado.

—La pandilla ha llegado —dice.

—Ahora sí —dice Sean. Se acerca a grandes zancadas y se detiene junto a una malhumorada Saraya. Saluda con la cabeza a la familia de Callie. Me muero de curiosidad por saber por qué está aquí su madre. Casi tanta curiosidad como por saber qué le pasa a Miguel.

—Porsoth también trae noticias —dice Callie.

—Vayamos adentro, al fuego del hogar —dice Miguel. Luego, hace una pausa—. Es noche de partido, ¿no? Tal vez no deberíamos interrumpir.

Hace un gesto con la mano y el suelo que tenemos a nuestro lado se abre en una gran grieta. Se produce una explosión de sonido y movimiento cuando la realidad se recompone para adaptarse a los deseos de Miguel. En unos instantes, un acogedor fuego (suponiendo que no sea un fuego sagrado) arde en una hoguera al aire libre, y los asientos aún más acogedores que la rodean podrían competir con los de cualquier mansión de *Mujeres Ricas*. Este *reality show* es para los demonios lo mismo que los deportes para los guardianes.

Miguel nos hace señas para que nos sentemos y es como si estuviéramos en una incómoda acampada.

—¿Dónde están los malvaviscos tostados? —murmura Callie, en total sintonía mientras desliza su mano entre las mías—. Estoy bromeando —añade, preocupada por si Miguel o yo (o Porsoth) la tomamos en serio y empezamos a prepararlos.

La madre de Callie aún no ha dicho nada. Jared y Mag ocupan los asientos más cercanos a nosotros.

—Mamá. —Callie hace un gesto con la cabeza y su madre se sienta a su lado.

No sé si es más educado dejar o no las alas fuera, así que opto por esto último.

—Como uno de nuestros invitados, por favor, comparte tus noticias primero, Porsoth. —Miguel está de pie junto al fuego, mostrándose amable y con los ojos brillantes.

—Una luna ominosa se cierne sobre el Infierno y se ha vuelto del color de la sangre. Pensamos que era mejor advertir al príncipe.

Lo cual sigue sin explicar del todo por qué los familiares y la mejor amigue de Callie han acabado aquí, pero lo atribuyo al pánico de Porsoth y al tipo de amor que se profesan y que me ha costado entender. Discuten, tienen opiniones diferentes sobre temas importantes y sus relaciones lo sobrellevan. Siempre.

—¡Ah! —dice Miguel—. Eso está relacionado. Está a punto de producirse un cambio, que espero que sea bueno para todos nosotros.

Pone un ligero énfasis en la última palabra. «Nosotros».

Me choca lo extraño que resulta esta escena y es casi como si estuviera viéndola desde arriba. No hay duda de que Miguel es uno de los seres más poderosos del universo. ¿Por qué de repente es el centro de atención y usa la palabra «nosotros» para todos los presentes, incluido yo? Solo se me ocurre una respuesta.

—Has hablado con mi padre —le digo.

—No directamente sobre estos asuntos, pero he oído rumores. —Miguel cruza las manos por delante de él, al estilo de la iglesia y el campanario—. Estaba al tanto de su experimento. Quería demostrar que podía infiltrarse entre los guardianes con su progenie. No funcionó.

Imagino a Sean escuchando esto. No hemos tenido tiempo de discutirlo todo, pero sospecho cómo le va a afectar. Soy muy consciente de lo que se siente cuando te manipulan como si la parte de ti que te hace ser tú apenas importara.

—Juegas al ajedrez, ¿verdad? —Me pongo de pie mientras pregunto—. Con mi padre. Ambos creéis que los demás somos simples peones.

La fanfarronería conspirativa de Miguel desaparece y la frialdad vuelve a su mirada y a su postura.

Saraya desenvaina una espada y la blande despreocupadamente.

—Ten cuidado. Podría retiraros su protección.

Hay en su tono algo preocupante, más allá de la esperada sed de sangre.

—No —dice Callie con frialdad—. Prometiste ayudarnos hasta que acabe nuestra apuesta con Lucifer.

—¿Sigues queriendo su redención? —señala a Sean—. Te la concedo. Tenemos asuntos más importantes que atender. Esperaba que, con tu deseo de reformar el Infierno, pudiéramos llegar a un acuerdo.

—No sabía que los ángeles hicieran tratos —digo—. Pensaba que era nuestra especialidad.

—No puedes ofrecerme la redención —dice Sean.

—Puedo hacer que suceda —dice Miguel—. No te preocupes.

—Necesitaría el perdón de alguien aparte de ti.

Saraya no dice nada.

Miguel me mira.

—Me han dicho que Lucifer se prepara para partir. Tú serás el heredero. Podríamos ser amigos.

A mi lado, Callie se pone rígida. Su mano se retira de la mía.

—Dije que no más secretos. ¿De qué está hablando?

He metido la pata hasta el fondo. Otra vez.

—Sí —dice Sean—, ¿de qué está hablando?

Los ojos de Porsoth se encuentran con los míos.

—Entonces es verdad —dice.

—Es verdad que ha preparado todo esto —digo—. Que cree que saldrá como él quiere. Que pretende que traicione a Sean, a Callie y a mí mismo. Que cree que asumiré su puesto porque él lo desea.

—¿Cuándo ibas a decírmelo? —pregunta Callie—. Solo podemos ayudarte si hablas con nosotros.

Me quedo paralizado. No comprendo qué pasa durante un largo instante. Espero el escozor de su palma en mi mejilla. O el fuego sagrado de Miguel. Que la espada de Saraya me atraviese.

—¿Pensabas que no te ayudaríamos? —pregunta Callie.

—¿Quiénes son «nosotros»? —pregunto.

—Esto ya cansa —dice Miguel, y sus alas se abren hasta parecer tan anchas como el cielo nocturno y brillan con la intensidad de una estrella cercana—. Te veré cuando recuperes el sentido común o acabe la apuesta, lo que ocurra primero...

Desaparece en un parpadeo de luz en lugar de una llamarada. El fuego del hogar se apaga y la tierra retumba bajo nuestros pies.

Nos movemos como un solo ser. Callie ayuda a su madre. Aparto a Jared y Mag del camino. Saraya, Sean y Porsoth lo hacen de un salto. Observamos cómo se desvanece por completo la ordenada escena de la charla que había junto al fuego, dejando el suelo liso y luego los campos tal y como estaban. ¡Qué demostración de poder! Ni siquiera necesitaba estar aquí.

—Nosotros somos «nosotros» —dice Callie, y me tiemblan las rodillas.

Su mano se extiende entre nosotros dos y luego hacia Porsoth y su familia. Incluso hacia Sean y Saraya, que no estoy seguro de que quieran que se les incluya.

Está diciendo que tenemos esa clase de amor. Del tipo en el que, incluso cuando meto la pata, no desaparece. Que ella piensa en mí de la misma manera que en su familia.

—Callie —dice su madre—, creo que algo va mal. Con Luke.

Un intenso cansancio me invade. La herida de mi muslo se hace notar. Miro hacia abajo y, aunque es de noche, la mancha húmeda y opaca de la pernera de mis vaqueros es visible para mis sentidos.

La punzada que sentí cuando toqué la espada de Saraya está ahí de nuevo. Y no se va.

Las piernas se me doblan y solo Porsoth me sujeta por las axilas para evitar que me desplome.

—Parece ser que al final no estoy tan bien —digo, antes de que la sensación de cansancio se apodere de mí.

No puedo pronunciar ni una palabra, pero puedo entender lo que está pasando. Miguel ha retirado lo que en la curación del Infierno había cerrado mi herida. Su mensaje es muy claro: asume el control del Infierno o atente a las consecuencias.

Tercer día
Se desata el Infierno

«—Bueno, de todos modos no me iré —dijo Alicia—. Además, esa no es una regla general: se la acaba de inventar.

—Es la regla más antigua del libro —dijo el Rey.

—Entonces debería ser la regla número uno —dijo Alicia».

Las aventuras de Alicia en el País de las Maravillas
LEWIS CARROLL

«Es fácil la bajada al Averno:
noches y días está abierta la jamba de Dite el sombrío;
mas retroceder el paso y salir a las auras de arriba,
trabajo y esfuerzo exige».

Virgilio, *Eneida,* Libro VI (trad. JOHN DRYDEN, 1697)

23
Callie

Anoche, cuando Sean me aseguró que dormiría el sueño de los justos, no me lo creí. Ni siquiera con los poderes mágicos de la Ciudad de los Guardianes. Pero cuando me despierto, tengo esa paz que experimentan los bebés y los cachorros. Supongo. Nunca he tenido un cachorro o un bebé.

Tampoco antes había estado enamorada. Me recuesto de lado y observo a Luke mientras duerme. Si pudiera escuchar su corazón, lo haría, incluso aunque me parezca algo espeluznante.

No tiene un descanso tranquilo. Está sonrojado y, aunque intentaron convencerme de llevarlo a la enfermería, Saraya también reconoció que las heridas sagradas tienden a seguir su curso. La persona debe combatirlas sola.

Insistí en que nos quedáramos juntos. Nos llevaron a una casa de invitados muy bien amueblada que parecía la casa de Bilbo en Hobbiton en tamaño de persona normal. Nos separamos y nos fuimos a dormir.

La luz que entra por la ventana acristalada tiene la suave luminosidad de primera hora de la mañana. Ha llegado el tercer día.

Lucifer le ha dicho a Luke que tiene que gobernar el reino del Infierno. Miguel quiere que lo haga. ¿Eso convertiría a Luke en el diablo? ¿O no? ¿Por qué no me lo ha dicho? Quiero despertarlo y exigirle que confiese en qué estaba pensando, pero no lo hago.

Le doy un beso en la mejilla, le acaricio el pecho y salgo de la cama.

Mi madre ya está en la pequeña cocina. No me sorprende.

Lo que sí me sorprende es que ella y Saraya estén sentadas juntas como viejas amigas mientras se comen unas tostadas. Mi madre está bebiendo té.

—Cariño —me dice cuando me ve. Deja la taza, se levanta y me abraza.

Saraya aparta la mirada, avergonzada, y se levanta de la mesa.

—Os daré un poco de privacidad.

Sale por el mismo pasillo por el que entramos anoche. Me pregunto si habrá dormido aquí o en sus propios aposentos, y cómo serán estos. ¿Vive rodeada de sus leales guerreros todo el tiempo? Si es así, apuesto a que se ha quedado aquí. No habrá querido hablar de lo que ha pasado en las últimas veinticuatro horas, desde que hizo volar por los aires la claraboya del hotel.

Ocupo la silla que ella ha dejado libre.

—Me alegro mucho de que estés aquí, pero aún no hemos podido hablar. ¿Por qué has venido? ¿Mag y Jared te lo pidieron? —«Pensé que no aprobabas nada de esto. De cómo quiero que sea mi vida».

Mi madre se sienta frente a mí.

—Te debo una disculpa. No por enfadarme contigo porque estabas descuidando tu trabajo, sino porque tenías razón. Esto no es normal. —Se encoge de hombros—. Cuando Porsoth apareció y nos dijo que Luke y tú podríais tener problemas, que necesitabais nuestra ayuda..., me di cuenta de que estaba siendo muy cobarde.

—Mamá, no —le digo. Siempre hemos compartido nuestros miedos. Hasta que empecé a cambiar.

—Sí, lo estaba siendo —dice—. Me encantan todas esas historias sobre gente normal que acaba lidiando con circunstancias extraordinarias. Que luchan por una buena causa pase lo que pase. Pero cuando mi hija me dice que quiere hacer eso mismo, le digo que no. Me preocupo. Le pido que no sea ambiciosa.

—Solo quieres lo mejor para mí.

—Lo sé —dice—. Pero a estas alturas debería saber que lo más seguro no es siempre lo mejor. Tenías razón.

—¿De verdad? —Ahora que lo reconoce, quiero saber la razón. Me alegro de que esté tan segura, porque a estas alturas yo me lo estoy cuestionando.

—Anoche, cuando vi este lugar en persona... lo entendí. ¿Cómo puedes saber que esto existe y luego hacer como si nada? ¿Fingir que no tienes un papel que desempeñar aquí?

—Pero ¿qué papel? Luke está tan enfermo... ¿Qué pasa si esta situación nos supera y no tenemos escapatoria?

—Tenemos todo el día —dice mi madre—. En un día pueden pasar muchas cosas.

Eso es verdad.

—Necesito hablar con Saraya —le digo.

—Iré a sentarme con Luke hasta que se despierte.

Una pequeña chispa de esperanza brilla en mi interior. Mi gente está aquí. ¿Qué no podemos hacer juntos? Pero necesito la opinión de Saraya, y ella no es de los míos. Tengo que admitir que ella me gusta. A mí misma. No a ella. Podría clavarme un puñal si se lo confesara.

Avanzo por el suelo de madera pulida hasta la puerta arqueada. No llego a preguntarle a mi madre si esta casa también le recuerda a un agujero de hobbit gigante. Quizá estemos en Nueva Zelanda.

Encuentro a Saraya sentada fuera, en un banco, vigilando una calle que empieza a mostrar señales de vida. Algunas personas ya están saliendo de casa para ir a trabajar, a sus quehaceres o a entrenarse en la lucha.

—Nadie sabe la verdad —dice.

Me siento en el banco junto a ella.

—¿Qué quieres decir?

—No saben por qué se fue Sean. No saben por qué Miguel vino anoche. No saben que somos simples peones.

—Pero así es como debe ser, ¿verdad? Hacéis lo que os piden.

—En el nombre del bien. —Su rostro es solemne.

—Luke siempre me ha dicho que el equipo del bien y el del mal se parecen más de lo que nadie quiere admitir. Supongo que tiene razón.

Espero que mi comentario provoque una pelea, ver un atisbo de la Saraya que conozco.

—Supongo que sí —dice.

¡Oh, no! ¡Menudo chasco!

—Ya que fue tu flecha, ¿sabes cómo solucionarlo?

Se vuelve hacia mí.

—No quería darle a ninguno de los dos. Bueno, quería agarrar a Sean por el cuello de la camisa y llevármelo a rastras. —Ahí está la vergüenza de nuevo—. Ni siquiera nosotros sabemos cómo funcionan nuestras armas. Siempre nos han dicho que solo resultan mortales para quienes se niegan a expiar sus pecados.

—Me recuerda a Luke. —Pero puedo solucionarlo—. Sean... —le digo—. ¿Vas a perdonarlo?

—Me rompió el corazón. —Las palabras se le escapan, tan bajito que me pregunto si he oído bien.

No puedo creer que lo haya dicho. A mí.

—Me lo imaginaba.

—Lo quería, y estaba segura de que él lo sabía, aunque nunca nos lo hubiéramos dicho. Y entonces se fue. Simplemente se fue. Y se convirtió en un ladrón —dice con disgusto—. ¿Por qué no me lo dijo?

—¿Por qué Luke no me contó a mí lo de su padre? —En cualquier ocasión, incluida la más reciente—. Tienen miedo.

Ella resopla.

—¿Miedo?

—Creo que a Sean también se le rompió el corazón —digo—. Le dijo a Luke que quiere el Santo Grial para ofrecerte un mundo perfecto. El Paraíso en la Tierra. Es un gesto bastante importante.

Sus labios se separan. Está sorprendida.

—No haría algo así.

—¡Oh, sí! —le digo—. Pero no creo que lo haga si tú lo perdonas. Además, quién sabe lo que pasará hoy. ¿Seguimos buscando el Grial? Y ¿por qué?

Algo de lo que acabo de decir resuena en mi interior. Aquí hay algo trascendente. Me lo estoy perdiendo.

Saraya dice:

—Los curanderos pueden saber algo más, o Isaac. Debería ir a buscarlo.

—Isaac, lo conocimos —digo, recordando el nombre. Sigo intentando recordar algo que se me escapa...

—Es el erudito jefe.

Mi mente sigue dándole vueltas a algo relacionado con el Grial. Luke volvió a mencionarlo ayer. Que podría acabar con el pecado. Traer el Paraíso.

¿Y si ya no lo buscaba solo por Sean?

—Ve a por él —digo—. Isaac. Debemos conocer todo lo que sepa sobre la leyenda del Santo Grial. Tengo una idea.

Me doy prisa por entrar, confiando en que Saraya obedezca mis órdenes. Puede que esta sea la mañana más extraña de toda mi vida. Mi madre está sentada en una silla junto a la cama de Luke y levanta la vista cuando aparezco corriendo.

—¿Qué pasa? —pregunta.

Vuelvo a tapar a Luke. El vendaje de su pierna, que cambiamos anoche, vuelve a estar empapado de sangre. Lo sacudo suavemente por los hombros hasta que se despierta.

—¿Ibas a buscar el Grial? —le pregunto—. ¿Para qué?

Luke parpadea, somnoliento y confuso, y veo que una sugerente sonrisa se dibuja en su preciosa cara antes de ver a mi madre, que ahora está detrás de mí. Hace una mueca de dolor y se lleva la mano al muslo.

—No mientas. Dímelo —le digo—. El Grial. ¿Por qué querías encontrarlo?

Levanta un hombro y se apoya en el brazo.

—Si hacemos realidad el Paraíso, los deseos de mi padre ya no importarán. No habrá más Infierno. Para nadie —dice de forma desafiante, pero luego añade—: Debería habértelo dicho. Pero quería demostrarte que podía lograrlo. Lo siento.

«No —quiero decir—. Es genial. Más o menos». Pero no digo esa parte. Me centro en las buenas noticias.

—Creo que sé por qué se te volvió a abrir la herida. Miguel es solo una parte de todo esto.

—¿Qué? —pregunta.

Mi madre también me pregunta con el ceño fruncido.

—Eres el Rey Pescador. Bueno, más bien el Príncipe Pescador. Y si tengo razón vamos a necesitar el Grial después de todo.

* * *

Todo el mundo piensa, obviamente, que he perdido la cabeza, y puede que sea así. Pero siento que esto es lo correcto. No está claro, no es sencillo. Pero es lo correcto.

Imagino que acabaremos buscando el Grial. Culpo a Sean. O a Lucifer. Sí, siempre es más seguro culpar a Lucifer.

Todo nuestro grupo se dirige a la biblioteca de la Ciudad de los Guardianes, porque esto va a necesitar una buena investigación. Mi madre es la única que debe de saber algo sobre el Rey Pescador de la leyenda artúrica. Ella sabe de todo. Pero también significa que tengo que dar algunas explicaciones. Aunque como Luke dijo que Porsoth estuvo involucrado en hechos reales, podría querer compartir algunas ideas interesantes. Si es posible haber estudiado esto, y tiene sentido hacerlo en el Infierno, estoy segura de que lo ha hecho.

Ahora está cargando a Luke con la versión grande de su cuerpo, pese a las protestas de Luke y Saraya. Mientras nos acercamos, vemos a unos niños pequeños y temibles alinearse en la calle, frente a la biblioteca. Oigo una voz familiar: «¡Matar! ¡Demonio!». La mujer que ayer estaba con ellos también está aquí.

El niño se suelta y corre hacia mi madre y Mag, que caminan juntas. Las mira fijamente.

—No sois demonios —declara. Este niño no puede tener más de seis años—. ¡Eso es un demonio! —Señala a Porsoth.

Mi madre ladea la cabeza.

—Es un buen demonio. Es nuestro amigo.

El niño parece desconcertado. La mujer se muestra escéptica.

—¿Sí? —pregunta.

—Conócelo y averígualo tú mismo —dice mi madre.

La mujer pone una mano en el hombro del niño y vuelve a llevarlo hacia el pequeño grupo.

Saraya dice:

—Si quieres puedes hacerlo, Vale. Tengo la sensación de que hoy todos tendremos que arrimar el hombro.

La mujer, Vale, le devuelve la mirada, pero no dice nada. Juraría que sus ojos se clavan en los de mi madre por un instante, pero estoy muy alterada, así que podría imaginarme cualquier cosa. Sean y mi hermano charlan como viejos amigos; es un don que tiene Jared. Diría que Sean evita mirar a cualquiera que sea ajeno a nuestros asuntos o hablar de cómo se siente al estar de vuelta. A Jared, abogado en prácticas, le fascina la historia legal de Sean. Oigo la palabra «Interpol» y sospecho que Jared está en el cielo.

Metafóricamente.

Me pregunto si Luke debería haber pensado como Miguel. ¿Son nuestros objetivos tan diferentes? Aunque siempre que Lucifer intenta manipular una situación, especialmente una que involucre a su hijo (hijos), acaba en desastre. Un buen ejemplo son Luke y su herida.

Espero tener razón, porque si no perderemos un montón de tiempo que no tenemos.

La biblioteca se eleva sobre nosotros y no es exagerado decir que mi corazón levanta el vuelo. Cada biblioteca acaba siendo uno de mis lugares favoritos en el mundo. Pero le prometo en silencio a la biblioteca del Infierno que esta no me gustará más.

El edificio es de un estilo diferente al resto. Más antiguo. Me recuerda a una fachada griega clásica, con columnas en perfecto equilibrio. Sé que es la biblioteca porque... simplemente lo sé. Entre las columnas hay algo escrito en un idioma que no entiendo. Me pregunto si será el idioma de los ángeles. Por cierto, sobre la entrada hay tres estatuas de elegantes y temibles ángeles que llevan un libro en la mano. Un círculo de piedras rodea un árbol cargado con granadas rojas y redondas al nivel de la calle.

Una figura vestida con largas túnicas blancas sale a grandes zancadas para unirse a nosotros, ahora con cuentas en la barba.

—¿Isaac? —le pregunto.

—Oí que veníais, así que pensé en venir a saludaros. He empezado a seleccionar un material que puede ser interesante. —Hace una pausa y busca a Sean—. Debes de saber adónde nos dirigimos.

Sean se frota la nuca. ¿Sus mejillas están un poco sonrojadas?

Saraya se ríe. Se ríe de verdad. No trata de ser severa.

—¿Qué tiene tanta gracia? —pregunto.

—Ahora es cuando todos descubrís que Sean es (era) todo un *nerd*.

—Quería conseguir la beca —dice Sean, y se cruza de brazos.

—Y tenía talento para ello. También para seguirme por todas partes desde que era pequeño. —Lanza una sonora carcajada.

—¡Oh, no! —Luke se queja—. Estoy rodeado de *nerds*.

Le hago una mueca.

—Te encanta.

—Me temo que tendrás que reducir tu tamaño —le dice Isaac a Porsoth, sabiendo de algún modo que puede hacerlo.

Porsoth lo hace en un abrir y cerrar de ojos, y luego recoloca a Luke con cuidado para que se apoye en él. Deslizo un brazo por debajo de su otro hombro.

—No estoy tan débil —protesta Luke, pero... muy flojito.

—Adelante —le digo a Sean. Sean, que es un *nerd* secreto. ¿Nunca se acabarán las sorpresas?

Aunque no tenemos mucho tiempo, tengo que detenerme a respirar cuando entramos en el vestíbulo de mármol. Las estanterías que nos rodean forman un gran rectángulo que contiene unas esferas con cestas cargadas de libros y unas escaleras de caracol que conectan las diferentes plantas. Los libros se extienden de abajo arriba y arriba y arriba; es imposible decir cuántas plantas hay. Supongo que si es posible esconder una ciudad entera entre los pliegues de un mapa, también se pueden esconder algunas filas de estanterías dentro de un edificio.

Sean no duda, pero se pega a Isaac mientras se dirigen a la escalera de caracol más cercana.

—¿No te resultaría más fácil subir volando? —le pregunto a Luke.

—Pero entonces tendría que dejar de tocarte —dice, por lo bajo. Se me calientan las mejillas.

El cariño que transmitieron sus ojos, incluso herido, cuando entendió que estoy con él (que *estamos* con él) y que no lo voy a abandonar es algo que nunca podré olvidar. Es algo que no quiero olvidar.

Lucifer no puede librarse de esto. No puede. Estamos tratando de traer un poco de justicia al universo; ¿qué es más justo que negarle una victoria?

Si la vista de la biblioteca es celestial, también lo es el olor. Esa particular combinación de tantos conocimientos ancestrales y encuadernaciones y papel viejos. Todo lo bueno. Me lo aplico en el pulso. Si fuera Bosco, me revolcaría en él.

—¿Quién vigila a Bosco y Cupcake? —pregunto.

—¡Oh! —dice mi madre—. Resulta que tus sustitutos son muy responsables. Conocí a una de sus madres y se ofreció voluntaria cuando le dije que necesitábamos un lugar donde dejarlos con poca antelación.

—¿Vio a Porsoth? —le pregunto.

—Le dijimos que era un *cosplay* —añade Mag—. Se quedó superimpresionada.

—Uno de los chicos mencionó tus alas y lo reales que parecían —dice mi madre—, así que ella no podía dudar.

—Por no mencionar que el ser humano medio es muy hábil a la hora de encontrar explicaciones para lo que, de otro modo, sería inexplicable —afirma Isaac.

Porsoth menea el pico.

—No podría deciros las veces que, en mis primeros días, cuando merodeaba con mi otra apariencia para llevarme almas conmigo, los borrachos se convencían de que yo era una alucinación. Los humanos son buenos para la negación.

—Lo que hace que este grupo sea tan especial —dice Isaac—. Es un milagro que no hayáis acabado aquí antes.

—Solo estamos de visita —le digo.

A estas alturas, hemos subido tres niveles y Sean sale de un torbellino de escaleras. Oculto por la primera fila de estanterías, aparece un rincón con una gran mesa circular en el centro y una ventana que deja entrar una buena cantidad de luz por su lado más alejado. Las estanterías rodean el resto. Las mesas están cubiertas de libros de aspecto antiguo, pergaminos y otros documentos que me hacen la boca agua.

—Esta es la colección del Grial —dice Isaac—. Las partes interesantes, al menos. ¿Por qué no nos dices qué estamos buscando?

Recorro con la mirada a esta gente. Mi gente. Además de Sean y Saraya, a quienes, tengo que reconocer, empiezo a incluir en la misma categoría.

—Quizá deberías sentarte —le digo.

24
Luke

No puedo creer que tenga tan buena suerte; que Callie luche por mí y saber que lo hace porque me ama. Y tan mala suerte, porque un intenso dolor me recorre la pierna cuando me siento. Siento una gota de sudor correr por la frente, pero no gasto energía en secármela.

Callie sigue de pie, mirando lo que hay en la mesa mientras nos acomodamos. Lleva el pelo recogido en una coleta. Está lista para luchar. Bueno, para leer libros viejos y luego luchar. No me ha sorprendido saber que Sean es un idiota erudito. Otra cosa que nos diferencia. Apuesto a que él y Callie habrían formado una pareja perfecta en otras circunstancias.

No sé por qué he pensado algo así. No he detectado que haya ningún interés entre ellos. Pero una voz interior sigue repitiendo «el buen hijo» con la voz de mi padre y sé que ese no soy yo. Solo deseo que se calle.

Porsoth se sienta a mi derecha y la madre de Callie a mi izquierda. Sean está frente a mí. Saraya está de pie, apoyada en su espada. Este no es su lugar, pero está aquí. Y callada.

Mag y Jared se acomodan juntos, y él la besa en los labios.

Las manos de Porsoth revolotean sobre los libros, con ganas de empezar.

—Callie, ¿debemos esperar o tienes información que quieras compartir? Estoy ansioso por escuchar algo que exija esta recompensa.

Isaac mira a mi tutor, pero no le dice que saque las manos de los documentos. Con toda probabilidad, solo por las órdenes que ha dado Miguel.

Callie respira hondo y exhala.

—Cuando conocimos a Sean, nos dijo que estaba buscando el Grial. Incluso usó la palabra «buscador».

—¿Y qué? —pregunta Sean—. Es un mito o, al menos, una verdad muy difícil de confirmar. Crecí obsesionado con las historias que se contaban sobre él, y pensé que podría arrastraros a una persecución animada para seguirme el ritmo. No voy a mentir: siempre he querido robar el Grial, desde que me fui de aquí. Pero mi principal plan era despistaros.

—Tenernos ocupados mientras conocías a tu hermano sin decirle quién eras —replica Callie—. Ya me lo imaginaba. Solo que no lo hacías bien del todo, comparado con tus otros robos.

Saraya se muerde el labio, pero no dice nada.

Callie continúa.

—Pero sí compartiste tu objetivo con Luke: traer el Paraíso a la Tierra, supuestamente inspirándote en Solomon Elerion y en cómo estuvo a punto de conseguir lo contrario.

—Gracias a ti —dice mi madre con orgullo.

—Gracias a todos nosotros —dice Callie—. Y a Miguel —continúa, centrándose de nuevo en Sean—. En este caso, dijiste que era un regalo, así que te creímos.

Sean observa la mesa con atención. No ve a Saraya mirándole fijamente.

Callie sacude la cabeza.

—En la mayoría de las leyendas sobre el Grial, hay un rey herido o mutilado, que suele llamarse Rey Pescador. A veces hay dos hombres, un padre y un hijo, o dos hermanos, ambos heridos, aunque uno más que el otro. —Callie hace una pausa y nos mira fijamente a Sean y a mí.

La saludo con la mano, pero sus palabras me aceleran el pulso. ¿Qué querrá decir?

Las mejillas de Callie se sonrojan un poco.

—La herida casi siempre está en la ingle. En muchas historias se dice que simboliza...

—La pérdida de la fertilidad —dice su madre con entusiasmo—. Sí. El páramo, el reino devastado.

—Mi fertilidad está bien —digo, ofendido—. Es una herida en el muslo.

—Un eufemismo que se lleva utilizando desde hace mucho tiempo —dice Callie con una sonrisa.

—Te ha calado, hermano —dice Sean.

Lo ignoro.

—¿Hay una herida en el muslo y el Grial la cura?

—No —dice Porsoth—. Al menos no directamente.

Callie levanta una mano.

—Encontrar el castillo del Grial tiene que ver con interpretar las señales, sí, pero también con el valor de verlo. Con estar en el lugar adecuado y, normalmente, con que alguien haga la pregunta adecuada. Un caballero.

—¿Tenemos que encontrar un lugar que yo no pueda ver? —«Digno» no es una palabra que describa a personas como yo, pero quiero serlo. Quiero ser digno de ella, de su confianza y de su amor. De una vida juntos—. ¿Y necesitamos caballeros?

—Más o menos —dice Callie.

—Creo que sigo sin entenderlo —dice Sean.

—Esta es mi teoría —dice Callie, y puedo ver lo nerviosa que está por cómo golpetea los dedos contra su muslo derecho y en lo rápido que empieza a hablar—. Algunas historias son importantes por sí solas. Sean aparece y, aunque está haciendo algo por inercia, se llama a sí mismo «buscador» y, tanto él como su hermano, se enfrentan a diferentes retos. Su hermano está herido.

—Por accidente —añade Saraya.

—No por algo que alguien hiciera (excepto, sí, disparar una flecha), sino por quién era y con quién estaba en ese momento.

Isaac deja escapar un silbido bajo.

—Estás diciendo que la leyenda del Grial se está desarrollando. Y que ellos forman parte de ella.

Callie asiente.

—¿No lo veis? ¿Ahora mismo? —Nos abarca con una mano—. Estamos en la maldita mesa redonda. Somos los caballeros.

—Siempre he querido ser un caballero —dice Mag—. Pero ¿qué estamos haciendo? ¿Ayudar a Luke?

—Tenemos que encontrar el Santo Grial. Interpretar nuestro papel. Una vez que has empezado la búsqueda del Grial, tienes que seguir hasta el final. Esta es la única oportunidad que tenemos. Redimimos a Sean. Curamos a Luke. Y además, si esto funciona, el Grial nos permitirá detener a Lucifer. —Callie saca una silla y se sienta, tirando de un manuscrito hacia ella—. Así que poneos a buscar.

—¿Eso es todo? —pregunta Sean—. ¿Ese es el plan?

Sus cejas se arquean.

—¿Tienes uno mejor?

—No —contesta.

—Eso pensaba yo. Todo el mundo en marcha. Vamos a encontrar el Santo Grial ¡o nos vamos a enterar!

Tengo sentimientos enfrentados. Mi corazón quiere hacer esto por Callie. No soporto la idea de decepcionarla si se equivoca. Ni la idea de que esta herida se vaya extendiendo por todo mi cuerpo, de que yo sea el páramo que ha mencionado la madre de Callie.

¿Qué demonios?, como se suele decir. Alcanzo un libro y lo abro. Mi cerebro reconoce el idioma como francés y empieza a descodificarlo.

Otra vez esa palabra: «Digno». Hago lo que puedo para quitármela de la cabeza.

«El buen hijo, el buen hijo, el buen hijo», repite al fondo.

* * *

Pasa una hora, luego dos. Las palabras se vuelven borrosas ante mis ojos. Mi capacidad de atención es un reto en el mejor de los casos, y emplear la mitad de mi energía en alejar el dolor palpitante de mi muslo es, por decirlo suavemente, lo peor.

Cuando Sean se levanta con un libro y se dirige a las estanterías, me levanto del asiento para seguirlo.

—¿Luke? —Callie levanta la vista del manuscrito que está leyendo.

—Necesito estirar la... ingle —le digo, y le sonrío para que sepa que me encuentro lo bastante bien como para irme un momento.

Sean está en su elemento. Me lo encuentro pasando los dedos por una hilera de lomos de cuero dorado, buscando un volumen determinado.

Para ser justos, no he visto a Sean en ningún sitio que no pudiera ser su elemento. Intento imaginar nuestras vidas intercambiadas; él educado en el Infierno (Porsoth habría estado encantado con su vena *nerd*) y yo aquí (¿hay una escuela de guardianes delincuentes?). Luego recuerdo lo amable que Isaac ha sido con él. Y está claro que la antipatía de Saraya proviene de un profundo pozo de sentimientos. Perdió a su madre, pero apostaría a que ella lo quería. ¿Habría sido yo una persona diferente si hubiera crecido aquí en vez de él? ¿Sería él diferente si hubiera crecido en el Infierno?

A ambos nos han aplicado el tipo de presión que solo mi padre puede ejercer. Eso es algo que tenemos en común.

Sean gira la cabeza y me mira por encima del hombro.

—¿Sí?

—Pensé que podríamos hablar. —Aún no lo hemos hecho. Las cosas han ido tan rápido que nuestras conversaciones han sido breves y anecdóticas.

—¿Tenemos tiempo para eso? —Sean vuelve a la estantería.

—¿Vamos a solucionar algo ahí dentro? Yo soy el de la herida mortal.

Hace una pausa.

—¿No crees que esto vaya a funcionar?

—Espero que sí porque a Callie le gustaría. Y esto duele como cabría esperar de una herida mágica. —Inclino la cabeza hacia abajo para mirarme la pierna—. ¿Y qué hay de ti? ¿Piensas dejarte perdonar? Lo tienes mucho más fácil, hermano.

Sean se apoya con cuidado en la estantería.

—¿Es eso lo que piensas?

—Parece que tuviste una infancia idílica.

—¿Y tú no? ¿En el palacio?

Tengo que reírme.

—¿Estamos discutiendo sobre a quién han mimado más?

—No —dice Sean—. Obviamente has sido tú.

La alegría desaparece. El calor de la ofensa arde dentro de mí y la herida de mi pierna hace que queme aún más.

—¿Me estás provocando a propósito?

—No, hermano —dice Sean—. Dime en qué me he equivocado. Creciste en el regazo del lujo sobrenatural. Estuviste rodeado de sastres y tutores y probablemente tentadoras...

No se equivoca.

—... Te dejaban salirte siempre con la tuya. Eso era lo que decían los demonios *nerds*, al menos. Nuestro padre debió de pensar que tu holgazanería mostraba carácter. Entonces, de la nada, salvas al maldito mundo y te conviertes en un héroe. ¿Acaso es eso justo? Yo me convertí en un ladrón.

Justicia. En eso se ha quedado atascado. Callie y él comparten muchas creencias.

—¿Quieres saber cómo era en realidad? —le pregunto. No espero su respuesta—. A nuestro padre le molestaba cualquier cosa: que respondiera demasiado despacio o demasiado deprisa. Que me negara a practicar una forma de tortura. Y, cuando se molestaba, podía llegar a practicarla conmigo. O me enviaba a vivir con Lilith, que me quiere a su manera, pero no es una manera muy maternal. Ella tenía un montón de amantes humanos, en su mayoría músicos talentosos pero de mala muerte, dentro y fuera de casa. Me asignaba las tareas del hogar. Y, de vez en cuando, pasábamos un buen día juntos. Luego, mi padre me exigía que volviera; uno o tres años después. No se me permitía conocer a otras personas de mi edad, porque yo debía estar por encima de ellas. Yo era un fracaso capturando almas y mi supervisor no era Porsoth, sino Rofocale. Él me habría desintegrado alegremente o habría visto a nuestro padre hacerlo. No supe lo que era sentir que algo era mío y que me correspondieran hasta que conocí a Callie. Todo esto —hago un gesto entre nosotros—, todos estos juegos suyos, tienen como objetivo que renuncie a ella y sea quien él siempre quiso que fuera. Así que, sí, creo que lo pasé peor que tú. Fuiste capaz de alejarte de sus planes, el buen hijo. —Y convertirme en el hijo malo.

Sean se queda pensativo.

—¿De verdad? ¿Hasta qué punto me he alejado? Sí, tenía más personas en mi vida. Conocí el amor. Y tuve que dejarlo atrás. ¿Podrías hacerlo tú?

Lo intenté una vez y Callie se negó a dejarlo estar. Si ella estuviera escuchando esto... Me permito ver nuestra relación a través de sus ojos.

—Somos ridículos —digo—. Nosotros dos. Pobres niños ricos.

—No era rico.

—Lo eras, aunque no en dinero. —Suspiro—. No he venido por eso.

—¿No?

—No —le digo—. Quería decir que... No odio la idea de tener un hermano. Aunque seas tú.

¿Por qué he dicho eso? Parece que me estoy acostumbrando a ofrecer mi corazón en bandeja a la gente. Callie es una cosa, ¿pero Sean? La herida está pudriendo mi valor.

—No eres tan malo —dice Sean—. Yo tampoco lo odio.

Más de lo que esperaba.

—De acuerdo. Ahora hablemos de cómo vas a recuperar a Saraya.

Sean se burla.

—¿Recuperar? Nunca estuvimos juntos de verdad.

—Me he dado cuenta de cómo la miras. Y no creo que la idea de crear el Paraíso para ella fuera una frivolidad. Lo harías si pudieras. Yo estaba dispuesto a ayudarte.

No lo niega.

—Ella no me quiere. ¿Y cómo podría con lo que sabe ahora? Pensé que los guardianes vendrían; quería verla. Solo verla. Querer más sería una tontería.

—Sospechaba que eras un tonto. No puedes rendirte sin más. —No podría darle la espalda a Callie, ni por... un reino. Ni por nada. Eso es lo que mi padre no entiende. Desaparecería antes que decepcionarla. Por fin vislumbro un futuro que deseo.

—No puede funcionar. No puede ser. ¿El hijo del diablo y la guerrera jefe de los guardianes? Ni siquiera en un cuento de hadas podría existir.

—¿Se lo has preguntado?

—¿Qué? —Sean levanta las manos—. ¿Preguntarle qué?

Pues no.

—¿Le has preguntado algo?

Debería volver. Dejarlo reflexionar sobre esa pregunta. Pero vine para algo más.

—Sean, si las cosas... no van bien... Nuestro padre dice que solo puede haber un heredero. No quiero ser yo.

—Tampoco quiero ser yo. Díselo tú mismo.

—Lo he hecho. Pero ya sabes a lo que me refiero.

Me voy antes de que pueda darme una respuesta. Creo que no estoy pensando con claridad, pero lo único que oigo es el tictac de un reloj en mis oídos y reverbera con el dolor de mi pierna. Si disgusto a mi padre, si no encontramos una solución a esto, tengo que asegurarme de que Callie estará protegida. Podría cortarse la conexión que tiene conmigo.

Tras los últimos días, empiezo a sentir que se impone un sacrificio. El mío.

Me doy la vuelta.

—No le menciones esto a Callie.

Sean me está observando. No está ni de acuerdo ni en desacuerdo. Saca un libro de la estantería y camina hacia mí, rodeándome con su brazo libre. Me sostiene hasta llegar a la mesa redonda.

Callie deja de leer para observarnos, con una sonrisa en los labios al vernos juntos. Pero ella no sabe nada.

No, nunca renunciaría a ella. A menos que tuviera que hacerlo para salvarla.

25
Callie

No estamos avanzando y, además, nos está llevando tiempo. Llevamos más de dos horas con esto y, aparte de unos pocos fragmentos leídos en voz alta y luego descartados, no estamos más cerca de una respuesta.

Cierro de golpe el libro que estoy leyendo (una historia olvidada sobre la búsqueda del Grial que contiene una extraña conversación con ovejas) y me golpeo la cabeza con él. Entonces levanto la vista y veo que todos me miran preocupados alrededor de la mesa.

—¿Cariño? —dice mi madre.

Vale, la mujer de la calle, entra y nos interrumpe.

—¿Aún necesitáis ayuda? —pregunta, y sus ojos se detienen en Porsoth. Este se acerca a Isaac y le quita un libro para consultarlo él mismo. Los dos muestran una vena competitiva.

—La necesitamos —le digo a Vale.

—Vamos a dar un paseo —me dice Mag. Elle sabe cuándo estoy al límite.

Asiento y me levanto.

—Creo que es una buena idea.

Me sentí esperanzada cuando Luke volvió apoyándose en Sean. Comportándose como hermanos. Que estén trabajando juntos es bueno.

Mi madre le hace señas a Vale para que se siente a su lado y ella lo hace.

Saraya es la única que no está ocupada investigando. La tensión que delata su cuerpo es como yo me siento. No estamos avanzando. Mi plan ha fracasado.

Mag y yo volvemos a las escaleras de caracol.

—¿Arriba o abajo? —me pregunta.

—Arriba —contesto.

Subimos juntas, con los pies golpeteando el mármol.

—Se supone que todas las respuestas están en los libros —digo—. Llegué a pensar que así resolveríamos el enigma.

—Lo haremos —dice Mag. Y luego añade—: Resolverlo.

También he estado pensando en otra cosa.

—Quiero el apartamento de Jared. Cuando acabemos con esto necesitaré algo que me haga ilusión.

Mag parpadea, sorprendida.

—¿Ah, sí? Estupendo. Hay sitio para Luke, ya sabes.

—¿Qué pasa con Cupcake?

—La entrada está en la parte trasera. Podrías arreglártelas para colarla por allí. Y se admiten perros.

Todo esto parece ahora muy lejano, pero necesito pensar más allá.

—¿Cómo vas a pagar el alquiler? —dice.

—Buena pregunta —digo—. Ya lo pensaré.

Mag asiente.

—¿Qué te ha hecho cambiar de opinión? Sé por qué cambió la de mi madre.

—Porsoth nos dijo que Luke estuvo... —Se detiene para buscar la palabra adecuada.

—¿A punto de morir? —Aporto.

—Sí. Y cómo reaccionaste. Me di cuenta de que ya no puedo imaginar que vosotros dos no estéis juntos. Pensé en cuánto debió de hacerte sufrir la idea de perderlo. Yo... Si hubiera sido yo...

—Lo entiendo. Estar a punto de morir sirve para aclarar las cosas.

«Estar a punto de morir...». Espera un momento.

—Tengo una idea —digo y giro por donde hemos venido.

Mag me sigue sin vacilar y volvemos a bajar las escaleras a toda velocidad.

—Glastonbury —digo mientras irrumpimos en el rellano y nos damos prisa por llegar a la mesa—. ¿Qué has encontrado al respecto?

—Ya hemos estado allí —dice Sean con el ceño fruncido.

—Allí es donde se produjo la herida —digo—. ¿Y si nos fuimos demasiado pronto? ¿Y si simplemente no lo encontramos?

Isaac y Porsoth se dan codazos entre ellos y se pelean un poco.

—Te dije que eso era prometedor —dice Porsoth.

—Supongo que tienes razón —dice Isaac. Hojea la pila que tiene delante, saca un documento y se lo entrega a Porsoth.

Las cabezas de Vale y mi madre están muy juntas sobre el libro que estaban leyendo. Mi madre le dice algo y veo la primera sonrisa en el rostro de la otra mujer. Miran expectantes a Porsoth.

«Interesante».

—¿Vas a sacarnos de nuestra ignorancia? —dice Luke—. ¿Podemos parar esto?

—Tal vez, si encuentro la línea correcta. Esperad —dice Porsoth, y señala la página con un dedo del extremo de un ala—. Ah, aquí está. —Se aclara la garganta emplumada y lee en voz alta—: «El castillo existe entre las sombras, protegido por el espino en flor y las aguas rojas. Sus guardianes son leyenda».

Sí, eso podría ser importante.

—¿Por qué no lo has dicho antes? —pregunto.

—Lo he intentado —dice Porsoth—. Pero me dijeron que era demasiado obvio.

—Te dije que lo sentía —replica Isaac—. Bueno, te lo estoy diciendo ahora.

Sean dice:

—¿Crees que significa que el Grial ha vuelto a Glastonbury?

—A veces las cosas se esconden a simple vista —digo—. O quizá, en este caso, se ocultan de la simple vista. Pero eso *tiene* que ser una referencia al Espino Sagrado y al Jardín del Cáliz.

Luke me mira.

Me explico.

—Se dice que José de Arimatea creó el Espino Sagrado…

—Otra vez él —dice.

—… golpeando el suelo con su bastón. Creó un espino en flor especial que la gente sigue visitando. Y del pozo del Manantial Rojo mana agua teñida de sangre.

—Por el contenido en hierro —dice mi madre—. Residuos de ácido férrico.

—El mundo natural está hecho para reflejar las maravillas de la creación —dice Vale.

—¡Sí! —digo para animar—. Pero, hierro aparte, se dice que es una señal de la sangre que una vez tuvo el Grial. O del óxido de los clavos de la cruz.

—¿Por qué todas estas historias son tan asquerosas? —pregunta Mag.

Jared dice:

—Una pregunta excelente.

—¿Cómo lo encontraremos esta vez, si antes no pudimos? ¿Y qué significa «Sus guardianes son leyenda»? —pregunta Sean.

Buenas preguntas. Buenas e inoportunas preguntas.

—También está la Primavera Blanca, que también tiene que significar algo.

—Depósitos de calcita —dice mi madre, esta vez con más prudencia. Vale le sonríe para animarla.

—Pero no se menciona en el texto —dice Porsoth.

—Lo que podría ser una pista en sí misma —añade Isaac.

—«Sus guardianes son leyenda» —repite Sean.

—¿Podría ser una referencia a las propias leyendas? —pregunto.

—¿Que son tan fuertes que se repiten con nosotros? —pregunta Luke.

Por la tensión de su voz, me doy cuenta de que la herida sigue doliéndole.

—No. Espera. —Levanto la mano. Cierro los ojos y visualizo Glastonbury. Las ruinas. Las tierras que hay alrededor de ellas…—. Creo que sé lo que significa. ¿De dónde proviene esa frase?

Porsoth parpadea como un búho.

—Se atribuye a...

—Los monjes —dice Isaac—. Que solían estar en la abadía. Nunca se ha publicado. Forma parte de nuestra colección privada, recuperada por un guardián hace siglos.

Un monje de la abadía de Glastonbury. Hay algo que no fuimos a ver allí, porque no creí que fueran ellos de veras. Pero ¿y si no importara? ¿Y si su presencia *es* la pista?

—Ginebra y el rey Arturo. Sus supuestas tumbas fueron descubiertas por los monjes. En las mismas tierras de la abadía —digo—. Sus guardianes son leyenda. No hay nada más legendario que esos dos.

Todo el mundo se ha quedado callado y yo espero que alguien me contradiga. En lugar de eso, Luke levanta las manos, me sonríe y empieza a aplaudir. Aplaude de verdad.

—Basta —digo, avergonzada cuando Jared y Mag se le unen—. Tenemos que volver a visitar unas ruinas.

—Por fin —dice Saraya—. Hemos encontrado algo.

El grupo empieza a parlotear. Luke se apoya con las manos en la mesa y se levanta. Se acerca a mí, me rodea la cintura con una mano y me apoya la nariz en la mejilla.

—Creo que te merecías el aplauso.

—Apuesto a que sí —le digo.

Me besa dulcemente y debería dejar de preocuparme. Es un beso muy tierno. Pero me preocupo de todos modos.

* * *

Lo que sigue es una oleada de actividad. Los caballeros van juntos a las misiones, y yo insisto en que vengan todos. Excepto Isaac, que dice que su lugar está en la Ciudad de los Guardianes, y se queda atrás. Él y Porsoth intercambian un apretón de manos, y luego Porsoth agacha la cabeza para hacerle una pequeña reverencia.

—Que la luz te ilumine en tu tiempo de oscuridad —le dice Isaac al despedirse.

Ahora estamos en un barracón de suministros, vacío de guardianes porque todo el mundo está trabajando o entrenando.

Tengo mi brazo entrelazado con el de Luke para sostenerlo. Me mantengo cerca de él, porque necesito recordar que aún tenemos tiempo. Saraya está ocupada reuniendo todo lo que cree que podríamos necesitar, además de refuerzos. Resulta que hay muchas más armas de las que yo imaginaba, pero son las suficientes para ella. Mete una ballesta en una mochila grande.

Y, para el caso, supongo que Sean también sabe cómo utilizarlas. La ayuda en silencio. Ha llevado a mi madre a una parte de la cocina, donde están empaquetando algo de comida para llevar.

Ya es mediodía y estamos casi listos para irnos. Me sigue preocupando estar equivocada, y que el beso de Luke tuviera algo raro. ¿Una disculpa por adelantado? Está callado y eso no me gusta.

Pero presionarlo delante de todos no me llevará a ninguna parte. Ya encontraré el momento. Vamos a superar esto, porque tenemos que hacerlo. Dejar la Ciudad de los Guardianes es como si fuéramos expulsados de un santuario. Estar de vuelta en el mapa da la sensación de ser algo simbólico, pero de una manera que no es buena del todo.

—Volver al mapa es volver al trabajo —digo.

Saraya casi vibra de alegría por estar en movimiento.

—Estamos listos —dice mientras cierra la bolsa, que luego Sean se cuelga del hombro.

—¿Puedes hacer que no nos vean cuando lleguemos? —le pregunto a Luke—. Si no, esos guardias de seguridad van a alucinar, pero ya nos apañaremos.

—Reuniré la energía necesaria —dice Luke—. Estoy herido, no muerto.

Lo que no digo es que el Rey Pescador pierde lentamente su capacidad para moverse por sí mismo. No hay por qué metérselo en la cabeza. Se le llama «Rey Pescador» porque es lo único que puede hacer en muchas historias (en aquellas en las que puede salir del castillo): lanzar una caña y pescar uno o dos peces. No es que Luke no pudiera hacer de un joven Brad Pitt en *El río de la vida* con una caña de pescar, pero la imagen es ridícula.

—¿La gente navega en el Infierno? —le pregunto.

—¿Por qué no iban a hacerlo? —replica—. Podrías olvidarlo todo, o que te asaran vivo, o salir con Estigia.

—¿Te he dicho que te manda saludos? —Encuentro a Porsoth—. Estaba preocupada por ti.

Porsoth se inquieta.

—Yo..., esto..., la vi antes de irme.

Luke y yo intercambiamos una sonrisa, y casi me lo llevo a rastras en ese momento. «¿Qué estás pensando, hijo del diablo? ¿Qué has decidido hacer? ¿O no hacer, mi reservado amor?».

Lo dejo por ahora.

Pero decido preguntarle otra cosa.

—Estoy pensando en alquilar un apartamento. Quedarme con el de Jared.

—¿Sí? —Me escruta con la mirada.

Trago saliva.

—Mag dice que caben bien dos personas.

—¿Ah, sí? —pregunta.

—Sí. Y una cabra y una perra.

Luke parpadea lentamente.

—¿Me estás preguntando si quiero irme a vivir contigo?

—Te estoy preguntando si, cuando esto acabe, querrías que nos mudáramos juntos. Sí. —No es a lo que está acostumbrado, con sus aposentos de palacio—. Pero no tienes que responder ahora. —¿Qué estoy haciendo? ¿Qué me pasa?

—Claro que quiero —dice—. Sí. —Se inclina y me habla al oído—. Pero tendré que asegurarme de que tiene la ducha adecuada.

Le doy un manotazo.

—Podrías hacer magia de la buena.

—Es verdad. —Se endereza y añade—: Pongámonos en marcha. Tengo un objetivo por el que vivir.

Lo obligo a mirarme.

—Siempre lo has tenido, idiota.

Se endereza con una mueca de dolor.

—No soy idiota.

Mag y Jared entran entonces, cargando con dos paquetes llenos de lo que sea que mi madre haya reunido. Ella está detrás de ellos, junto con Vale. Mi madre lleva uno más.

—Los dos sois unos idiotas —dice Mag.

Le saco la lengua, porque soy una persona madura. Entonces, pregunto:

—¿Cómo vamos? ¿Hay alguna forma de viajar sin dolor de oídos? —aclaro—: No para mí, para los demás. Voy contigo —le digo a Luke.

Espero que lo entienda. Voy contigo, incluso cuando duele. Incluso cuando es difícil. Eso es lo que significa el amor.

—No quiero que sufras por mi culpa —dice—. Sobre todo si hay otra opción.

Saraya extiende los brazos y enseña los dientes en una sonrisa.

—Que todo el mundo se junte —ordena. Le lanza una mirada a Luke—. Tú también.

—¿Yo? —pregunta, sorprendido.

—Si Sean puede viajar de esta manera, tú también —dice encogiéndose de hombros.

Sean dice:

—Tiene razón. Es mucho más agradable.

—Yo iré delante —dice Porsoth, y sale antes de que nadie pueda protestar.

Los demás nos rodeamos con los brazos y formamos un estrecho círculo, como si fuera la mesa redonda. Allá vamos.

Saraya empieza a cantar en voz baja y Sean se le une. Sus voces vibran y entonces el mundo que nos rodea se les une también. Veo los grandes ojos de Mag y con qué fuerza agarra a Jared, y luego no veo nada. Volamos y flotamos, ingrávidos, entre las estrellas. No hay gritos. No hay dolor. No nos movemos a toda velocidad, como cuando Luke y yo zapeamos. Serpenteamos por el tiempo y el espacio.

Y, cuando nos detenemos, seguimos unidos sobre el verde brillante de las tierras de la abadía.

Es hora de encontrar un castillo invisible.

26
Luke

Cuando vuelvo al lugar donde casi me muero, descubro que soy más débil y también más fuerte. El dolor de la pierna es constante y no desaparece aunque me distancie de las sensaciones físicas. Pero si me distancio de ellas, también lo hago del contacto de Callie. Y no me atrevo a hacer algo así.

Dejo que me duela.

Me pidió que nos mudáramos juntos. En la Tierra. Su mundo, nuestro lugar.

Es difícil de imaginar. Parece una película de la que hubiera oído hablar a los demonios durante su equivalente a la *happy hour*. Pero eso no me impide desearla tanto como quiero que desaparezca el dolor. Puede que más.

El día es más cálido que ayer; el aire de la tarde es denso y húmedo. Extiendo mis poderes a nuestro alrededor y nos encierro en un caparazón con el que deberíamos llamar menos la atención. Algunos turistas se giran en nuestra dirección y luego se alejan sacudiendo la cabeza. ¿Habrán visto algo?

Esta vez las sensaciones físicas son diferentes. Me concentro para identificar qué está pasando y descubro el origen de mi malestar. Ya sea más o menos difícil de detectar, tengo la clara sensación de que nos observan.

Y si no son los ojos de los turistas que nos rodean, ¿de quiénes son?

—¿Podéis sentir eso? —pregunta Callie y todos asienten, incluso Porsoth. Se acerca a nosotros con su túnica de erudito arremolinándose a su alrededor.

—Entonces no soy solo yo —digo.

—Parece ser que no —dice Sean.

—Aquí pasa algo. —Porsoth se ajusta el cuello—. Algo extraño. *Eldritch**.

Saraya desenvaina su espada.

—Aún no —dice Callie, y Saraya ni siquiera se molesta en amenazarla. Estas dos casi se han hecho amigas de la noche a la mañana—. Creía que nadie usaba la palabra «eldritch».

—Solo cuando se presiente el terror —dice Porsoth—. O cuando se tortura a Howard Phillips.

Espero que no empecemos a hablar de Lovecraft. No hay nada más espeluznante que ese tipo, incluso muerto. No tendría una segunda oportunidad. Pienso en Agnes y me pregunto cómo estará. Probablemente convencida de que fracasaremos, con Porsoth abandonando el Infierno para venir a vernos y una luna de sangre en el cielo. No sabe que, ahora mismo, conseguirle otra oportunidad podría ser lo más sencillo de todo.

Callie no perderá la confianza en ella. Ni en mí. Lo que significa que tenemos que triunfar.

Y, si no lo hacemos, más vale que Sean mantenga la promesa que me hizo.

Mag gira lentamente en círculo, contemplando las ruinas de la abadía y sus encantadores alrededores. Le lanza una deslumbrante sonrisa a Jared. Él y su madre también se quedan boquiabiertos.

—Sí, esto tiene algo de espeluznante... Pero es tan bonito... —dice la madre de Callie. Parece un poco tímida cuando se lo explica a Vale—: Nunca había estado fuera de Estados Unidos. —Una pareja pasa a

---

* Palabra proveniente de la literatura de H. P. Lovecraft que vendría a significar 'espeluznante' o 'sobrenatural'. (N. de la T.)

unos metros de distancia de nosotros, hablando en voz alta sobre su almuerzo—. ¡Se escucha acento británico por todas partes! Es como si fuéramos a ver la TARDIS* en cualquier momento.

Vale, a quien había tomado por una persona rígida, le sonríe.

—Yo diría que vamos a ver algo mucho más raro que la TARDIS, mamá —replica Callie—. Al menos, antes de que esto acabe. —Se lleva las manos a las caderas. La organizadora Callie vuelve a la acción—. ¿Deberíamos separarnos? No puedo creerme que acabe de sugerir esto, con lo que les he gritado a quienes lo han hecho en las películas... Pero ¿deberíamos hacerlo?

—No —dice Saraya—. Dividir la fiesta *siempre* es una mala idea.

No digo que ella hizo eso mismo cuando envió su escuadrón de guardianes a por Sean. Y como resultado acabaron siendo nuestros aliados. Aunque eso podría ser justamente lo que está insinuando.

Ella continúa:

—Deberíamos quedarnos juntos. Así tendremos nuestras defensas a mano. Al menos hasta que encontremos el castillo del Grial.

No quiero ser el pesado del grupo, pero alguien tiene que preguntarlo.

—¿Y cómo lo hacemos?

La palabra «digno» vuelve a mi cabeza. Si esa es la llave que encaja en la cerradura invisible, tenemos un gran problema. Dudo que nadie que esté encargado de esta revelación me considere digno en ningún sentido de la palabra, con alma o sin ella.

—¿No debería ser ahora nuestro castillo? —dice Sean—. Si somos los gemelos del Rey Pescador, ¿no podemos exigir que se manifieste?

Callie se pellizca el labio, pensativa.

—Sí. Debería reconoceros. Tal vez. Si es así como funciona.

---

* La TARDIS («Time And Relative Dimension In Space»; "Tiempo y Dimensión Relativa en el Espacio") es una nave espacio-temporal que forma parte de la serie británica de ciencia ficción *Doctor Who*. (N. de la T.)

—¿Deberíamos caminar llamándolo como si fuera un perro? —Levanto un poco la voz—. Aquí, castillo castillo castillo...

—¿Y si es una metáfora? —pregunta la madre de Callie—. El castillo...

—¿Cómo puede albergar el Grial una metáfora? —Callie sacude la cabeza—. La herida de Luke no es imaginaria. Tiene que ser algo real.

Jared asiente.

—Algún tipo de realidad. Suena como una descripción de la realidad sacada de un manual de teoría de la conspiración. ¿Deberíamos consultar Internet?

Mag saca su teléfono encogiéndose de hombros.

—¿Por qué no? —Teclean una desconocida cadena de palabras clave.

Porsoth ha permanecido de pie, acariciándose el mentón en forma de pico, como hace cuando está sumido en sus pensamientos.

—Intento recordar qué puntos en común tienen las historias de los caballeros. Por lo general, se produce un encuentro que los lleva a descubrir el castillo. Supieran o no lo que era en ese momento.

—Un encuentro. —Eso es... muy impreciso. Como el resto de la frase.

Callie frunce el ceño con frustración. Se gira para mirar en distintas direcciones, levanta una mano y entrecierra los ojos de vez en cuando. Si aún tuviera mis poderes, le saldría un montón de humo por las orejas.

—¿Y si nos dividimos solo en dos grupos? Uno con Sean y el otro con Luke —dice Callie—. Un grupo puede peinar aquí el terreno y el otro intentarlo en el Jardín del Cáliz y el santuario del Manantial Blanco.

—Ya he dicho que nada de separarse. —Saraya rechaza la idea—. Empecemos por aquí. Podéis separaros un poco, pero manteneos al alcance de mi vista.

No sé a qué amenazas cree que nos enfrentaremos aquí, en el idílico Glastonbury, que necesiten su armamento o el de Vale o el de mi hermano Sean (espera, acabo de entender su broma del disfraz de cura, invocando a nuestro padre). Con qué cosas nos podemos encontrar que sean peores que nosotros mismos. Pero esos ojos invisibles siguen presentes.

Siguiendo sus órdenes, nos separamos un poco en parejas y tríos y Porsoth por su cuenta, y empezamos a serpentear por las tierras más cercanas a las ruinas. Pongo mis sentidos al límite, tanto para protegernos como para detectar cualquier cosa inusual. Aparte de las irritantes miradas invisibles, no lo consigo.

Mag y Jared desaparecen dentro de los muros de las ruinas que visitamos antes, pero...

—No vayamos por allí —digo.

Callie me toma de la mano.

—Acabo de darme cuenta de que yo tampoco quería volver a este sitio. —Se queda callada un instante mientras damos la vuelta—. Luke, no estarás ocultando más secretos, ¿verdad? ¿Aún quieres sostener esta lucha? Evitar que tu padre gane, ¿verdad?

Cada pregunta me atraviesa como lo haría una espada sagrada. Ella cree que no estoy convencido de que lo conseguiremos. Que no estoy convencido de que yo lo consiga. Es el alma más intuitiva que he conocido.

Peor aún, no sé si puedo responder con sinceridad. Puede que las respuestas aún no existan.

—¿Haría yo algo tan estúpido? —pregunto.

—¿Como decepcionar a tu padre? —pregunta ella—. Eso espero. Él no es tu dueño. Nadie lo es.

Oigo en mi cabeza «Ni siquiera yo», y quiero discrepar. «Soy tuyo».

—Alguien debería decírselo —digo.

—Luke... —dice ella, a modo de advertencia.

—Te prometo que lo estoy intentando —digo—, derrotar esto. *Derrotarlo a él*. Pero no estoy seguro de que sea posible. Es el rey del Infierno. No quiero ser como él.

La herida me envía un dolor intenso, recordándome que está intentando salirse con la suya. No es de extrañar que tuviera la cita más excitante posible y en vez de eso me tropezara con una leyenda.

—Si decides hacer algo estúpido avísame, por favor. —Callie resopla—. Puedo persuadirte de que no lo hagas.

Rodeamos el último grupo bajo de ruinas de piedra que tenemos delante y llegamos a una explanada de césped. ¿Por qué Sean no decidió escalar *estos* muros tan pequeños? Hay un letrero con la información histórica más adelante. Callie se detiene y lo señala.

—Allí —dice—. Vamos a leerlo.

Esa es mi chica. Hace los mejores planes leyendo.

Aceleramos para llegar los primeros. El resto del grupo nos sigue, unos más rápido, otros más despacio. En unos pocos pasos, Saraya se pone a nuestra altura.

—¿Es importante? —pregunta, señalando con la cabeza.

—No estoy segura —responde Callie—. Tal vez.

Nos acercamos al cartel. En la hierba vemos un rectángulo de piedra en forma de tumba que separa una parte de ella, pero el letrero confirma que no hay ningún cuerpo dentro. Un ramillete de flores amarillas está apoyado en la base del letrero que cuenta la historia del supuesto lugar de descanso del rey Arturo y Ginebra. Según la historia oficial, sus cuerpos fueron encontrados en estas tierras en 1191 y trasladados en 1278 a una tumba de mármol negro más permanente, con otro rey y otra reina (vivos) velando por ellos. Cuando la abadía se disolvió en 1539, la tumba se desmanteló. Ni siquiera quedan las ruinas.

—Apuesto a que estaban muy enfadados con tanto movimiento —señalo.

—Y luego, básicamente, desenterrados para siempre —dice Callie. Me lanza una mirada socarrona a través de las pestañas—. ¿Recuerdas la primera tumba en la que entramos juntos?

¿El lugar de nuestro primer beso? Sí, lo recuerdo.

—Está grabado a fuego en mi cerebro. Quieres que te entierren en pijama.

—O con un vestido de baile —dice.

—¿En serio? —Levanto las cejas—. ¿Cuándo se ha producido ese cambio?

—Mantengo mis opciones abiertas.

—¡Argh! —dice Saraya—. Parad ya. Dais vergüenza ajena.

Callie y yo intercambiamos otra mirada.

Sean se ha unido a nosotros y ojea el texto del cartel.

—Creo que son envidiables, no vergonzantes.

Saraya vuelve a gruñir. No señalo que él dijo casi lo mismo de nosotros al principio de conocernos.

Sean observa a Saraya, sin que ella se dé cuenta, y me dan ganas de zarandearle y decirle que no espere tanto. Jared, Mag y la madre de Callie se unen a nosotros.

Porsoth llega el último.

—Sigo estando seguro de que aquí *hay* algo —dice—. Recuerdo que Morgana solía decir que las colinas de Ávalon estaban llenas de secretos y que estos estaban bajo tus pies.

—Bajo nuestros pies —dice Callie—. No me hagas reír.

Contempla la tumba alargada y cubierta de hierba, señalada como el primer lugar de descanso de Ginebra y Arturo, y luego baja a su parte inferior. Se tumba estirada sobre la hierba. Sus excitados ojos me miran y me hace un gesto para que vaya con ella.

Me pierna protesta de forma dolorosa, pero decido que no me importa. Me acomodo a su lado con toda la elegancia que puedo.

—¿Esto se le está haciendo raro a alguien más? —pregunta Jared.

Mag le da un codazo.

—¿Qué ves? —pregunta Porsoth.

Su cara. Los rostros de los demás. Las nubes que pasan por encima de nosotros.

—Cierra los ojos —dice Callie.

Lo hago.

Durante un largo instante, solo percibo sonidos: pájaros y respiración, y el latido del corazón de Callie si me esfuerzo por encontrarlo debajo de todo eso. El olor de la hierba, como la esencia del propio color verde. Una nota de suciedad debajo de la hierba, debajo de nosotros.

Y debajo de eso... Secretos. Unas débiles voces llegan a mis oídos, o podrían estar dentro de mi cabeza. No distingo bien las palabras.

Pero algo está ocurriendo, eso está claro.

Callie extiende la mano y toma la mía. Sus dedos están helados a pesar del calor y del sol que nos rodean. Hay unos susurros de árboles gigantescos que hablan entre ellos. Los ecos de conversaciones del pasado. Un viento lleno de fantasmas, frío como la tumba, flota sobre nosotros.

Me doy cuenta de que la sensación del calor del sol ha desaparecido.

—¡Oh, Dios mío! —dice Mag—. Lo siento si eso ofende a alguien de la Ciudad de los Guardianes.

Abro los ojos y veo a un hombre con armadura de cuerpo entero que cabalga hacia nosotros en un veloz caballo a través de una súbita niebla. El suelo retumba y el ruido de los cascos me hace temblar la mandíbula. Agarro a Callie de la mano y nos levanto a los dos, olvidando mi herida.

Hasta que se me dobla la rodilla. Las alas se abren en mi espalda y podría volar si recuperara el equilibrio...

El caballero sigue acercándose.

Saraya tiene la espada en alto, pero parece dudar. Me levanto un poco del suelo, pero no lo suficiente. El caballo va muy rápido. La lanza del caballero es muy firme. Sean se lanza sobre mí para apartarme de su trayectoria y un casco lo golpea en la pierna.

—¡Mierda! —grita.

Veo cómo cae al suelo y el jinete pasa al galope como si estuvieran en un torneo.

—¡Menuda emboscada! —grito, con el corazón retumbando en mi pecho.

Sean se frota la pierna.

Ahora estamos heridos los dos.

—¿Estás entero? —pregunta Saraya a Sean. Tiene la espada en alto, y es evidente que está haciendo cuentas para saber si puede enfrentarse a un caballero fantasmal con una espada y estos refuerzos.

—Viviré —dice, y observo que se alegra de que ella pregunte. Si pregunta es porque le importa.

«No esperes demasiado tiempo, hermano».

El caballero da la vuelta al caballo y vuelve lentamente hacia nosotros.

—¿Qué os trae por aquí? —pregunta el caballero con voz femenina.

—¿Dónde es «aquí»? —pregunta Callie—. Solo para estar seguros.

—Has entrado sin permiso en las tierras de Camelot —responde el caballero.

Lo conseguimos. La intuición de Callie ha encontrado una entrada.

—Estamos aquí para visitar el castillo —digo, sin aliento—. Buscamos el Grial.

—Perdonadme —dice el caballero. Tira la lanza al suelo—. Creía que erais unos intrusos. Hace años que no nos visita un buscador auténtico; el último era una especie de actor.

Se levanta la visera, se quita el casco y se lo pone a un lado. Su rostro es hermoso, pero está esquelético y deteriorado. Una larga melena rubia le cae por la espalda.

—Lady Ginebra —dice—. A su servicio.

—Creo que me voy a desmayar —anuncia la madre de Callie.

27
Callie

Que mi madre casi se desmaye nos espabila del susto de ver a lady Ginebra, el excepcional caballero de ultratumba. Vale toma a mi madre por las axilas y la sujeta contra su fuerte cuerpo. Mi madre echa la cabeza hacia atrás y le dice a Vale: «Gracias». Mi madre ha tenido solo dos citas desde que tengo memoria. Una fue con su director en el juego de rol «Dungeons & Dragons», lo que la obligó a retirarse como sacerdotisa maga de nivel cinco, y otra fue con la encargada de una biblioteca a la que ya no solemos ir. Mi madre dijo que «nada le hizo clic» en ninguno de los dos casos.

Por la forma en que mira a Vale hay un buen clic ahí.

—¿Crees que...? —me susurra Luke.

—Eso espero —digo.

Mi madre merece ser feliz. Ya me preocuparé más delante de si es factible o no para ella tener una novia de la Ciudad de los Guardianes. La posibilidad resulta maravillosa. Si Luke y yo podemos hacer que lo nuestro funcione, entonces ellas también.

Jared atrae mi mirada y sé que está pensando lo mismo que yo. Mag aplaude con las manos bajo la barbilla.

—Esto es encantador —dice.

Vale ayuda a mi madre a mantenerse en pie. Ella se sonroja y se niega a mirarnos.

Lady Ginebra sigue alzándose sobre nosotros en su poderoso corcel. Al menos estamos en el lugar correcto.

—¿Puedes enseñarnos el castillo? —pregunto.

—¡Oh, no! —dice lady Ginebra de forma imperiosa—. Los buscadores deben encontrarlo por sí mismos. Son las reglas.

Se vuelve a poner el casco y se adentra en el espeso bosque que nos rodea.

—Creo que ya no estamos en Glastonbury.

—Al menos no el Glastonbury actual —coincide Porsoth—. Pero este paisaje me resulta bastante familiar.

—Esa es una forma de esconder el Grial —dice Sean desde el suelo, frotándose en medio del muslo—. En otra época.

Me acerco a mi madre y le pongo las manos en los hombros.

—No pienses en un posible viaje en el tiempo y en lo que implica, o te volverás loca. —Bajo la voz—. Lo apruebo.

Agacha la cabeza, lo que significa que sabe a qué me refiero. Me hace un gesto para que me vaya.

—Ya estoy bien. Solo tuve un momento de... Era lady *Ginebra*.

—Como un esqueleto o un zombi o algo así —digo, como si estuviera acostumbrada a este tipo de cosas. Nunca lo voy a estar—. Se ha adentrado en el bosque. ¿Deberíamos seguirla?

Saraya se acerca a Sean y le ofrece una mano para levantarse. Creo que está a punto de decirle algo, pero se queda callado. Da un traspié cuando trata de caminar con la pierna. Nota: los caballos fantasma provocan accidentes reales.

—¿Cómo te sientes? —le pregunto a Luke.

—Como si me ardiera la pierna. —Su tono de voz es despreocupado y me pregunto cuánto esfuerzo le está costando.

Vale levanta las manos.

—Yo puedo cargarlo.

—Estoy bien —dice Luke, apretando la mandíbula.

Un viento intenso sopla a nuestro alrededor, como si nos empujara hacia los árboles. Las ramas se mecen con fuerza, sus sombras se mueven por debajo. Es como los cuentos de hadas, que te aconsejan que te alejes de los bosques oscuros.

—El tiempo podría transcurrir aquí de manera diferente a Glastonbury —dice Porsoth—. No deberíamos retrasarnos. Al amo no le gustaría que llegaras tarde.

Lucifer y su ridícula fecha límite.

—Exacto. No querríamos hacerlo esperar —digo.

—No si quieres ganar —dice Luke.

Ah, claro.

—Agnes está dispuesta a renunciar a su segunda oportunidad por ti —le digo a Luke.

—Ella quería venir conmigo a la Tierra —dice Porsoth—. Pero no puede salir del Infierno.

—Podrá hacerlo —digo, con tanta seguridad como puedo—. Pronto.

Vuelvo a pasar un brazo por debajo de la axila de Luke para sostenerlo y nos dirigimos hacia el espeso bosque. Por encima del hombro, veo que Sean se las arregla para caminar solo, pero Saraya está a su lado. Ella le ayudará si tiene algún problema. Estos dos tienen que hablar de una vez.

Mag lee algo en su teléfono y luego lo guarda.

—Creo que el actor que ha mencionado es Nicolas Cage.

—¿Qué? —pregunta mi madre—. ¿De verdad?

—Vino aquí buscando el Santo Grial y bebió del manantial.

—¿No vino a robar la Declaración de Independencia? —bromea Jared.

—¿Podría haberlo encontrado? —pregunta la madre de Callie.

—No. —Porsoth es el que responde—. Sospecho que todo esto se dice para proteger el Grial. Según las leyendas, un día alguien lo reclamará y entonces sus sirvientes serán liberados de su juramento de protegerlo.

—¿Vamos a dejar sin trabajo a una lady Ginebra muerta? —pregunto.

No quiero una reina zombi rencorosa vagando por la Tierra.

—La verdad es que no sabría decirte —responde Porsoth, pensativo—. Deberías preguntárselo a ella.

Preguntas, claro. Hay que tener cuidado. En la mayoría de las historias, se debe hacer una pregunta y como resultado se obtiene la curación. Solo desearía saber quién tiene que hacerla para curar a Luke. Y supongo que ahora también a Sean.

—Puedo eliminarla, si es necesario —dice Saraya.

Todos sabemos que no hay que cuestionar a Saraya, pero yo prefiero no ponerla a prueba.

El bosque tiene un sendero bastante bien definido, por el que nos adentramos. Los árboles son viejos y sus copas, que están muy por encima de nosotros, susurran con brisas frías y racheadas. De vez en cuando oímos cascos a lo lejos. Pero nunca los alcanzamos.

El tiempo pasa y el camino no da señales de finalizar. Acabamos deteniéndonos para beber agua.

—¿Alguien más tiene la sensación de que estamos haciendo algo mal? —pregunto.

—Estamos siguiendo el mismo camino que Nicolas Cage, ¿no? —pregunta Mag—. Pero sin llegar a ninguna parte.

Luke suelta un suspiro quejumbroso. Debe de estar doliéndole la pierna.

—Odio decirlo, pero tal vez deberíamos dejar el camino.

—¿Por qué? —pregunta mi madre.

—Si me tomara tantas molestias para ocultar algo, desde luego no crearía un camino que llevara hasta allí.

Los bosques que hay a nuestro alrededor son oscuros e inquietantes. No deseo aventurarme en su naturaleza salvaje y arriesgarme a perderme. Pero es probable que Luke tenga razón.

—¡Migas de pan! —digo con demasiado entusiasmo.

—¿Qué? —pregunta Luke.

—¿El equipo de cocina ha traído algo que podamos usar para dejar un rastro? ¿Para que podamos volver a salir, si nos perdemos en el bosque?

—¡Oh, sí! —dice mi madre—. Hay una *baguette*. —Agarra uno de los paquetes y saca una barra cortada por la mitad, que levanta en señal de victoria.

—Esto debería funcionar —dice Mag, alcanzándola—. No he visto ni oído ningún animal por aquí.

—Tienes razón —dice Porsoth—. Estamos solos. No hay otros seres vivos.

No es que sea la frase más tranquilizadora. Podría haber muchos muertos. Me lo guardo para mí.

—Allá vamos —digo, y dejo que Luke dé el primer paso hacia el espeso bosque. Nuestro grupo tiene que serpentear entre los troncos. Vuelvo a tener la sensación de que alguien nos observa. Puede que estemos llegando a alguna parte. Es reconfortante que seamos muchos.

—¿Qué es eso? —Una especie de piedra aparece delante de nosotros, apenas visible en la maleza. ¿Es el castillo?

Cuando por fin llegamos, Sean se adelanta y retira el musgo de una enorme escultura de piedra. Es un ángel furibundo que toca una trompeta hacia el cielo con una mano y empuña una espada con la otra.

—Prometedor —dice Luke, como si no fuera también aterrador. Pero él creció en el Infierno, así que... Los dos no son tan diferentes.

Asiento con la cabeza.

—Sigamos.

Continuamos avanzando entre los árboles y encontramos más estatuas. Una cabeza de dragón. Otro ángel, con la boca abierta en un grito. Una criatura que parece un primo lejano de Porsoth, con cabeza de serpiente y cuerpo de leopardo, así como partes de otros animales. Esta tiene que ser la «bestia aulladora», una criatura de la leyenda artúrica.

Los árboles empiezan a afinarse, la luz cambia. La niebla se convierte en algo parecido a la luz del sol atravesando el polvo. Hay una luminosidad que parece de otro mundo.

En un claro nos espera la estatua de piedra más grande que hemos visto. Es una cabeza de monstruo, enorme comparada con cualquiera de las otras estatuas. Tiene la boca abierta. La parte superior de la abertura nos permite caminar dentro. Debajo encontramos unas palabras grabadas.

—¿Qué dice? —le pregunto a Luke. Una fina capa de sudor le cubre la cara. Su mandíbula está tensa por el esfuerzo.

—«Responde con la verdad o piérdete» —dice Porsoth en su lugar.

—Antes has mencionado algo sobre una pregunta —me dice Luke.

—Sí —dice Sean—, pero ¿esta cosa va a preguntar? ¿O le susurramos o...?

Excelentes preguntas para las que tampoco tengo respuesta.

—¿Quizá Luke y Sean deberían entrar?

Es evidente que la boca es algún tipo de cueva, hecha así expresamente por quienquiera que la esculpiera.

—Solos, no —dice Saraya.

—Claro que no —le confirmo.

Como nadie más protesta, enlazo mi brazo con el de Luke.

—Nosotros iremos primero.

—¡Espera! —Mag arranca rápidamente un trozo de *baguette* y me lo ofrece—. Por si necesitas dejar un rastro o algo. —No le digo que estoy tentada de comérmelo; lo agarro y lo meto de cualquier manera en el bolsillo de la chaqueta de Luke.

—Vas a acabar con mi buen aspecto —dice.

—¿Estás bromeando? Básicamente eres un hombre sexi con carbohidratos, o sea, el sueño de cualquier mujer. —Le acaricio el hombro. Es verdad. Y él es muy consciente de lo impresionante que resulta incluso sin pan—. ¿Estamos listos?

Vuelvo a enlazar mi brazo con el suyo. Saraya mira a Sean, pero no se ofrece a ayudarlo mientras caminan junto a nosotros.

Entramos. Las hojas crujen bajo nuestros pies a medida que avanzamos, vacilando cuando pasamos del suelo a la piedra. La boca abierta es tan ancha que los cuatro podemos entrar al mismo tiempo, y así lo hacemos.

Luke jadea de dolor y me agarra el brazo con tanta fuerza que resulta doloroso. Lo sostengo a duras penas y él se apoya más en mí.

Sean emite un quejido parecido. Saraya dice:

—Esto no me gusta.

Aunque acabamos de llegar de un exterior con luz, ya estamos completamente a oscuras. Es como si nos hubiera tragado la ballena bíblica de Jonás y hubiéramos caído en el profundo pozo de su vientre.

—¿Y si se suponía que *no* debíamos entrar en esta boca gigante? —pregunto, a pesar de que fue idea mía.

Saraya hace un ruido y su espada empieza a relucir. Hay luz suficiente como para ver que estamos en un pasadizo. Me giro y veo que detrás de nosotros no hay más que piedra y oscuridad.

—Parece que la salida está al final del pasadizo —dice Sean—. Se ha diseñado así expresamente.

—Seguiremos avanzando —dice Saraya—. Y haréis exactamente lo que yo os diga.

Nuestras voces resuenan en el aire. La oscuridad parece surgir para oponerse al pequeño resplandor de la espada de Saraya. Sabría si estamos debajo de algo, ¿verdad? Mi miedo detectaría automáticamente el peligro y se activaría. Pero lo que siento no es mi pánico habitual en los espacios cerrados. Lo que es una bendición.

—¿Estás bien? —pregunta Luke—. ¿No estás hiperventilando?

—Aún no —le contesto.

Saraya avanza en la oscuridad. Los demás la seguimos en silencio. Nuestra respiración es el único sonido del lugar, aparte de nuestros pasos. Hasta que empiezan a escucharse unas voces.

—*Busqué el Grial por vanidad...*

—*Quería poder...*

—*Goberné cruelmente, y lo habría hecho para siempre...*

—*Yo deseaba ser un dios...*

La mayoría son de hombres, pero otras parecen de mujeres. Es una letanía de breves cuentos con moraleja; una lista de malas razones para emprender la búsqueda del Grial. Imagino que es para hacernos cambiar de opinión. Los fantasmas de quienes fracasaron podrían haber vuelto para estar cerca de la magia del Grial.

Eso debería significar que nos estamos acercando.

Pero también demuestra cuánta gente ha venido a lo largo de los siglos, buscando el Grial por una razón u otra, y se les ha negado. ¿Tenemos nosotros alguna posibilidad? Y, si no la tenemos, ¿qué significaría para Luke y Sean? ¿Acabarán atrapados aquí, como unos Reyes Pescadores residentes?

Pensé que descubrir el patrón dominante era lo más importante. Pero el éxito es salir de aquí y no quedarse atrapado en el arrepentimiento.

—Hay una luz más adelante —nos dice Saraya un segundo antes de que la veamos.

De hecho, hay un anillo de luz que señala el final del pasadizo. Nos espera allí, invitándonos a acercarnos, mientras lo hacemos con cautela. Casi lo hemos alcanzado cuando una extraña criatura se adentra en la abertura y bloquea parcialmente la luz con su silueta. Una cabeza estrecha a la que le sigue un cuerpo con cuatro patas. Un coro de ladridos resuena a nuestro alrededor, a pesar de que solo tenemos una figura delante. Los aullidos y gruñidos son como los de una jauría de sabuesos invisibles.

Recuerdo de dónde sacó su nombre la bestia aulladora. La gente cree que es por las constantes cacerías que se hacían para abatirla. Pero no. Es porque sonaba como treinta perros de caza. A veces se la llama la «bestia bizarra», por razones obvias.

—¿De vuelta? —pregunta Saraya en voz baja. La criatura no se mueve en nuestra dirección, aún no.

Me giro y no veo nada. Alargo la mano y choco con un muro de piedra.

—No hay vuelta atrás —digo—. Ya no hay vuelta atrás. Creo... que es la bestia aulladora.

—Otra prueba que debemos superar. —Saraya levanta su espada un poco más—. Quédate detrás de mí.

—Espera, Luke. ¿Podrías ponerlo a dormir? —pregunto, alzando la voz por encima del aumento de sus aullidos.

—Puedo intentarlo. —Su voz está tensa por el dolor, pero Saraya lo deja avanzar hasta colocarse a su lado en el pasadizo.

Nos acercamos a la criatura, yo tirando de Sean, porque no quiero quedarme atrapada en la pared mientras avanza detrás de nosotros. Las reglas aquí son tan misteriosas que no podemos arriesgarnos.

La bestia no se mueve hasta que casi estamos encima de ella. Podemos ver su cabeza de serpiente y el suave movimiento de una lengua bífida mientras nos observa acercarnos. Su cuerpo de leopardo es grácil y esbelto. El penetrante sonido de los ladridos parece provenir del interior de su estómago. Cada nueva ronda de aullidos me eriza el vello de los brazos.

La bestia se pone en guardia en la apertura de la cueva.

—¿Ahora? —sugiero mientras se abalanza hacia nosotros.

Luke extiende la mano y grita:

—¡Duerme! —Cosa que no suele hacer. Suele levantar la mano y quienquiera que sea el destinatario se desmaya.

Aquí, la orden no provoca nada. La criatura camina más lentamente, juega con nosotros. Nos acecha, avanzando de un lado a otro del pasadizo, se toma su tiempo. Las babas caen de la boca de la serpiente, lo que es... raro. Los ladridos y aullidos de su interior continúan sin pausa.

—Voy a intentar derribarlo —dice Saraya—. Quedaos atrás.

—No hay «atrás». —Busco detrás de mí y vuelvo a confirmarlo.

Ella pone su espada en alto. Mi mente grita, al mismo volumen de los ladridos, que encuentre otra solución. Incluso un monstruo cumple su papel. Esto es un animal. No quiero matarlo. No quiero que esté muerto.

Me decido por la que probablemente sea la idea más tonta y arriesgada que haya tenido. Pero tengo que intentarlo.

—Espera —digo, y meto la mano en el bolsillo de la chaqueta de Luke. Saco el trozo de pan y avanzo rápidamente.

—No —dice Luke, y alguien me agarra la camiseta por detrás.

Coloco el pan delante de mí.

—Hola, bestia —le digo—. Bestia bonita. ¿Quieres comer algo? ¿Un poco de pan?

—Callie... —La voz de Luke está tensa.

La cabeza de la serpiente se desliza de un lado a otro, con los ojos brillando en la oscuridad, y entonces sus patas de leopardo se acercan dos pasos, y luego dos más. Le tiendo el pan y lo agito un poco.

No estoy preparada para cuando se lance contra mí y...

Casi con delicadeza me quita el pan de los dedos. La bestia aulladora vuelve a sentarse sobre sus patas traseras, mastica de una forma que no es propia de una serpiente y luego suelta el suspiro de profunda felicidad de treinta sabuesos.

—Supongo que estáis aquí por la copa —dice con un ligero siseo. Y luego—: No os haré el viaje más complicado. Venid. Por aquí.

La criatura se da la vuelta delicadamente, como la seda en movimiento, y nos conduce hacia la luz.

Podría caerme redonda. Necesito un minuto. O diez.

Los demás se unen a mí. Saraya está boquiabierta. Luke sonríe a pesar de su dolor, con las cejas levantadas, orgulloso.

—Has sobornado a la bestia aulladora. —Sean sacude la cabeza con asombro—. Bien hecho.

La bestia retrocede hasta donde podamos verla.

—Dije por aquí, *por favor*.

28
Luke

Por supuesto, Callie ha encantado a la llamada «bestia aulladora». Callie y los animales son siempre los mejores amigos. Me sorprende que no se hiciera amiga del temible corcel de Ginebra. Apuesto a que somos de los pocos que han llegado tan lejos, y apostaría a que los otros eran unos matones, si me baso en las voces que oímos al entrar.

No soy tan malo como ellos. No suelo pensar algo así.

Salimos del pasadizo, que se cierra a nuestras espaldas con una pared de ladrillo, y entramos en un..., bueno, castillo. No es el típico cuchitril medieval con corrientes de aire. El interior no es tan lujoso como la Fortaleza Gris. Pero aquí no hay paredes de piedra lisa, ni una luz lúgubre. Un fuego flameante crepita en el hogar y unos tapices que representan batallas de caballeros y ángeles montando unicornios cuelgan de las paredes. Hay una mesa preparada para un banquete.

Un hombre con ropajes de rey, rasgos esqueléticos y una corona está sentado a la cabecera de la mesa. Se levanta y nos hace señas para que nos acerquemos. Debe de ser el rey Arturo.

De repente se oye un estruendo en el otro extremo del pasillo y una puerta se abre de par en par. Entra lady Ginebra, que ha cambiado su armadura de cuerpo entero por un par de calzones de cuero y una camisa de cota de malla. La bestia aulladora va a su encuentro y recibe una palmadita en su cabeza de serpiente.

Se sienta en la otra cabecera de la mesa.

No nos reconoce hasta que se ha acomodado. Desenvaina un afilado cuchillo que lleva en las caderas, corta una generosa porción de mantequilla y, sonriéndonos, la aplica a un panecillo. Se lo da a la bestia.

—He oído que has descubierto el punto débil de esta criatura —dice—. No descubrirás el nuestro.

—¿Nos sentamos? —pregunta Callie, bajito.

La voz del rey Arturo retumba, lo que contrasta con su aspecto marchito.

—Por favor, uníos a nosotros. Esta es la siguiente etapa de vuestra búsqueda.

—Así es —digo, muy consciente de las matanzas que se han producido históricamente en la mesa. Los de nuestra especie violamos a menudo los derechos de nuestros invitados. ¿Qué inspiró sino la Boda Roja? Hago una reverencia—. Luke Morningstar, príncipe del Infierno.

El rey Arturo hace una pausa.

—Conocí a tu padre. Un tipo despreciable.

Subestimado durante milenios.

—También es mi padre —dice Sean—. Soy Sean no-Morningstar.

Callie hace su mejor reverencia.

—Y ella es Saraya la Grosera, de los guardianes —dice, señalando a Saraya. Esta pone los ojos en blanco al oír su apodo, pero asiente.

—Y yo soy Callie. De Kentucky.

—Un grupo interesante, ¿no te parece, milady? —comenta Arturo.

—Desde luego, mi señor —dice Ginebra—. Pero están aquí por el Grial, como siempre.

—A algunos no nos importa el Grial —dice Saraya.

—A ninguno de nosotros —aclara Callie—. Solo nos importa curar las heridas de Luke y Sean. Se han visto envueltos en vuestra historia.

Se produce un silencio. Me percato de que la bestia aulladora se ha ido. No puedo ni empezar a adivinar si eso es buena o mala señal.

—¿Nuestra historia? —dice el rey Arturo—. ¡Oh, no, no! Es una historia en la que tal vez nosotros también nos hemos visto envueltos. Servimos al Grial.

—Maldita sea —murmura Callie—. Deberíamos sentarnos. La pregunta clásica es «¿A quién sirves?», así que no puede ser eso —dice, y no tengo ni idea de a qué se refiere.

Hago lo que me dice; le retiro la silla con los modales que he observado y no con los que me enseñaron.

Alargo la mano para tomar un trozo del asado y Ginebra resopla.

—¿Piensas darte un festín? —pregunta con incredulidad.

—Pensé que nos invitabais a la mesa.

Sean se sienta a mi lado.

—Eso parecía.

—¡Oh, sí! —dice el rey Arturo—. Pero esta comida es veneno para los de vuestra clase. —Hace una pausa—. Estoy bromeando. ¿O no? —Se ríe a carcajadas con la cabeza echada hacia atrás. Temo que, en cualquier momento, su mandíbula se salga de la fina piel que aún cubre el hueso.

—He perdido el apetito —le digo—. ¿Cuál es la siguiente prueba? ¿Dónde está el Grial?

—Pues está en esta habitación —dice Arturo, y bebe un trago de su copa. Levanta la mano libre y recorre con ella la mesa de izquierda a derecha—. No tienes más que descubrirlo.

Entiendo la inclinación de los seres sobrenaturales por jugar. Pasan demasiado tiempo vivos. Estos dos y su criatura deben de repetir siempre el mismo patrón. Mi padre siempre se queja del aburrimiento. Sospecho que esta es la razón principal por la que dejó el Cielo y creó el Infierno. Con el fin de entretenerse.

—Si tenéis heridas, el Grial ha decidido daros una oportunidad —dice Arturo—. Por difícil que me resulte aceptarlo.

—¡Qué anfitriones más amables! —dice Callie, cargada de ironía.

Saraya llena una copa con vino tinto de una jarra, lo huele y se lo bebe.

—No es veneno —declara y vuelve a golpear la copa contra la mesa.

Ginebra se encoge de hombros y mira a Saraya por encima del hombro.

—Podemos resolverlo —dice Sean—. Es un simple proceso de eliminación.

—Recuerda, podría no ser una copa —dice Callie—. A pesar de lo que ha dicho la bestia.

—Lo más probable es que sea un plato —dice Sean—. O una fuente.

Todos examinamos la mesa. El número de fuentes y platos podría ser infinito.

Pienso en la primera iglesia a la que Sean fue en busca del Grial, en cómo contemplamos el elegante cáliz con piedras preciosas incrustadas y que él dijo que no había ninguna magia. Entonces no podía beneficiarme de mis sentidos, pero ahora sí.

Atraigo la mirada de Sean.

—¿Echamos una carrera? —pregunto, refiriéndome a quién de los dos puede encontrar antes el objeto mágico en la habitación.

Me lanza su sonrisa más desafiante.

—Te toca.

Parece que hemos heredado la vena jugadora de mi padre después de todo.

Callie y Saraya nos observan mientras nos apartamos de la mesa. Sean se pasea lentamente con las manos levantadas. Cierro los ojos y extiendo mis sentidos.

—No hay... nada. —No me siento atraído por un solo objeto, a pesar de que todo este lugar está impregnado de magia. Me giro hacia Sean, que asiente con la cabeza.

—Lo mismo por aquí —dice.

—Estás haciendo trampa —le digo a Arturo.

—¿De verdad creías que sería tan fácil? La magia del Grial está oculta, pero puede ser descubierta.

—Puedes conseguirlo —dice Callie con tono suplicante.

Todo el lugar es mágico. Igual que el Infierno, donde crecí. Ya que el Grial está oculto, tal vez sea *eso* lo que lo haga visible.

—Déjame intentar algo —le digo a Sean.

Ginebra y Arturo se reclinan en los altos respaldos de sus sillas, sonriendo desde sus rostros cadavéricos.

Ignoro cuáles son sus expectativas respecto al fracaso. Muy pronto tendré que enfrentarme a esa cuestión con mi padre, suponiendo que salgamos de aquí.

La mesa contiene objetos que parecen demasiado obvios. Objetos que podrían ser el Grial y destinados a tentar a alguien para que tome la decisión errónea. Nadie tiene que decir que solo tenemos una oportunidad.

Camino por el perímetro de la habitación, con mi pierna como una varilla de zahorí y doliéndome intensamente. En lugar de buscar lo mágico, lo que emana poder, me centro en lo que parece diferente y carente de interés. Recorro los tapices con los dedos: un unicornio junto a ángeles que luchan contra caballeros oscuros; una escena en el bosque con una belleza de cabello claro que podría ser Ginebra antes de que cambiara los vestidos por calzones. Y un tapiz que representa la mesa de un suntuoso festín... No muy diferente del que hay sobre la mesa en este momento.

Lo estudio detenidamente.

Sean aparece por detrás de mi hombro.

—Es esta mesa, ¿verdad?

El número de platos y fuentes parece coincidir. Nos tomamos el tiempo necesario para compararlos, empezando por ambos lados. La escena coincide casi al pie de la letra.

—¿Qué pasa? —pregunta Callie, preocupada.

Alargo la mano y toco el único punto del tapiz que no coincide con la mesa. Está en blanco. No me sorprendería que mi mano se hundiera en la imagen y volviera a salir con el Grial. Pero va a ser aún más sencillo.

—Ya veo —dice Sean, y me hace un gesto con la cabeza.

El rey Arturo es astuto, pero el príncipe del Infierno también lo es.

—Casi te burlas de nosotros —digo, y me vuelvo hacia la mesa. Creo que he descubierto dónde voy a encontrar el objeto que no encaja con el espejismo de este lugar.

Me cruzo con Callie en mi camino hacia Arturo.

—¿Qué haces? —me pregunta.

—Recuperar el Grial —digo.

Sean camina por el otro lado, así que acabamos flanqueando al rey Arturo.

—¿Vas a dárnoslo o tenemos que tomarlo nosotros mismos? —pregunto.

Arturo sujeta una sencilla copa de metal envejecido y maltrecho. Mi herida se tensa en su dirección.

—Ahora es tuyo —dice Arturo—. Has demostrado ser capaz de verlo, y eso te hace digno de él.

Deja el Grial en el suelo y lo empuja hacia mí. Sean le lanza una mirada codiciosa y yo lo agarro.

—Toma un trago —dice Callie.

Hay líquido dentro. Me palpita la pierna, espero que por poco tiempo. Me lo llevo a los labios y bebo. Su magia estalla, brillando como un sol. Cómo pudo ocultarse, dado el poder que encierra, es algo que solo un mago o una bruja podría adivinar. Haría falta una magia casi tan poderosa como la suya para ocultarlo.

Espero a que cicatrice mi herida. A que cese el dolor.

Nada cambia.

—Inténtalo tú —le digo a Sean frunciendo el ceño.

Da vueltas detrás del rey Arturo, que está sentado con las manos cruzadas, observándonos.

Sean agarra la copa y bebe un sorbo. Espera un momento, hace una mueca y sacude la cabeza.

—¿Qué pasa? —pregunta Callie.

—No funciona —responde Saraya.

—Es el Grial —digo—, pero no nos cura.

—¡Ja! —se burla Ginebra—. La curación de tus heridas solo puede venir de dentro. De una pregunta y una respuesta en presencia del Grial.

—Pero deben ser la pregunta y la respuesta correctas —dice el rey Arturo.

Sean se acaricia la barbilla y baja la mano.

—Solo hay una pregunta que me importe —dice—. Preguntaré eso.

—Por lo general, se pregunta a la persona herida y no al revés —dice Callie.

—Voy a hacer esa pregunta —dice Sean—, pase lo que pase. Recibí el buen consejo de que lo hiciera.

Sean camina hacia donde Saraya está sentada.

—Es una pregunta para ti —dice Sean.

Ella lo mira fijamente, imperturbable.

—He estado pensando en lo que Callie y Luke están intentando hacer, lo de dar una segunda oportunidad. Esa posibilidad parece lo más importante de la creación. Así que mi pregunta es esta... ¿Puedes darme tú una segunda oportunidad?

Saraya lanza una larga mirada a la jarra de vino, como si fuera a vaciarla. Luego se levanta y le tiende las manos a Sean. Él las toma y el aire de la habitación se vuelve pesado mientras esperamos.

—Sí, puedes tener una segunda oportunidad —dice—. Idiota.

La sonrisa de Sean se extiende por su rostro y su cuerpo se endereza visiblemente.

—Ha funcionado —dice, y abraza a Saraya y la levanta del suelo para demostrárselo.

Espero que le clave un puñal por tomarse esa libertad, pero solo le devuelve la sonrisa y le dice:

—Bájame.

Lo hace, aún sonriendo. Me encuentra con la mirada.

—¿Cuál es *tu* pregunta, hermano?

No tengo ni idea. Todas mis preguntas se refieren a cómo podría llegar a tener lo que quiero: una vida con Callie, escapar del control de mi padre, que el dolor de mi muslo desaparezca aunque sospecho que me lo merezco.

—Creo que sé qué preguntar —dice Callie.

—Pero Sean me ha hecho la pregunta —replica Saraya.

—Lo único que importa es que la pregunta y la respuesta cuenten con la aprobación del Grial —dice Ginebra.

Callie me tiende las manos y yo pongo las mías en las suyas. La miro fijamente a los ojos. ¿Qué pasa si esto no funciona? ¿Y si tengo que hacer *yo* la pregunta?

Pero sigo sin tener una. Yo soy el interrogante aquí, el que tiene menos probabilidades de salir de esta respirando tranquilo.

—Sé que estás pensando en hacer algo estúpido. Cuando te pregunté, me mentiste.

—Yo no lo llamaría «mentir». —No quiero decepcionarla. Me temo que estoy a punto de hacerlo.

—Quiero que te pienses muy bien la respuesta. Debe ser verdad. Creo que... solo hay una manera de que te libres de tu herida. Solo tienes una oportunidad para superar esto.

—¿Sin presión? —Mantengo un tono de voz despreocupado, pero nada me ha parecido nunca tan serio.

—Puedes hacerlo —dice Callie—. Ahí va. —Traga saliva, y luego—: ¿La vida de quién vas a vivir?

«¿La vida de quién voy a vivir?».

Nunca hubiera imaginado esta pregunta. Mi mente le da vueltas, analizándola desde diferentes ángulos, tratando de averiguar la única respuesta que puede ser verdadera. Diferentes caras pasan por mi mente y la de mi padre es la que más tiempo permanece. Él diría que la respuesta es su vida, porque es la vida que quiere para mí. Esperaría que respondiera así a Callie.

Me ha dicho que me la pensara muy bien y así lo hago. Pienso en lo que quiero. Una vida con Callie, sí, pero ¿qué más? Si he llegado hasta aquí, quizá es porque valgo más de lo que creía. Si soy digno del amor de Callie, entonces tal vez soy digno del mío.

Cierro los ojos y me hago la pregunta: «¿La vida de quién vas a vivir?». Respondo por instinto, directamente desde el corazón.

—La mía —digo.

Callie me mira expectante cuando abro los ojos. El Grial repiquetea sobre la mesa, casi como si bailara. El dolor de la pierna... ha desaparecido. Se ha ido.

—Voy a vivir *mi* vida —digo—. Ha funcionado.

Vuelve la sinfonía de ladridos y gruñidos de la bestia aulladora, con sus garras arañando el suelo.

—Intenté detenerlo, pero el demonio tenía un hechizo de Morgana —dice.

El rey Arturo apoya la cabeza en sus manos.

—Mi hermana vuelve a atacar.

Mag irrumpe primero en la habitación, llegando por donde está la bestia aulladora.

—¡Hemos llegado para rescataros!

Vale salta por delante de ellos, blandiendo una espada.

Porsoth entra a trompicones y se inclina ante el rey y la reina.

—Mis disculpas, mi señor, mi señora. Conocí a Morgana hace tiempo y, ah, la convencí para que me dejara entrar. —Tira del cuello de su túnica como si le apretara mucho.

Jared y la madre de Callie entran en la habitación a continuación, deteniéndose en el umbral.

—Habéis llegado en el momento justo —digo—. Estamos curados. Lo que significa que es hora de largarse de este puestecito de Santos Griales.

—¿No te impresiona, al menos, que hayamos podido entrar? —pregunta Mag—. Porsoth ha sido muy valiente invocando al zombi de Morgana.

Porsoth se balancea de un pie a otro, un poco avergonzado.

—Tan solo utilicé nuestro lejano pasado juntos.

—A ella le gustaba *él* —dice Mag.

—Más vale que Estigia no se entere —dice Callie, y se sonríen mutuamente.

Sabía que Porsoth fue una buena pieza en otros tiempos, pero no que hubiera sido tan mujeriego.

—Deberíamos irnos —dice Porsoth—. Corréis el peligro de llegar tarde.

Mientras todos se reúnen, me da la sensación de que salir va a ser mucho más fácil que entrar. Callie me aparta de los demás.

—No eres tonto, así que no hagas ninguna tontería —me dice—. Recuerda lo que acabas de decir. Que vas a vivir tu propia vida. —Me besa, aliviada.

Pero sospecho que nuestra pesadilla aún no ha acabado.

—¿Va todo bien? —pregunta la madre de Callie.

Callie mira a su alrededor.

—Creo que... lo hemos conseguido, ¿verdad? —le dice a Sean.

—Sí, esta es la redención que necesitaba —dice Sean—. No hay duda de que has superado la prueba de Lucifer.

—Estoy deseando decirle a Agnes que yo tenía razón —dice Callie.

Parece que los demás no tienen mi presentimiento, y no sé cómo explicárselo.

—No estoy seguro de que debas volver al Infierno con nosotros —le digo a Sean.

—Eso forma parte del trato —dice Sean—. Se lo oí decir. Así que voy a ir.

—Yo también —añade Saraya.

Me lo temía.

—El resto no podéis, los humanos —digo—. No lo pasaríais bien.

—Tiene razón —dice Callie—. No os gustaría lidiar con Estigia.

Vale asiente a la madre de Callie, Mag y Jared.

—Los acompañaré a casa.

—Buena suerte, cariño —dice la madre de Callie, y se acerca para tocar con su frente la de Callie y darle un rápido abrazo. Después me abraza a mí—. Y a ti también, Luke. Tú la haces feliz.

Estoy tan conmovido que no puedo responder. No sé si lo que ha dicho es una orden o la afirmación de un hecho.

—Dale al diablo su merecido —dice Mag.

—¿Cuánto tiempo lleváis tramando esto? —les pregunta Callie.

—Se les ocurrió ayer —dice Jared.

Callie se ríe y su amor es evidente. Tiene a esta gente que haría cualquier cosa por ella, incluso ayudarla a redimirme. Y quizá yo me lo merecía.

Es una idea curiosa.

—Debéis abandonar este lugar —anuncia el rey Arturo—. Nuestra misión ha acabado.

—¿Qué vais a hacer? —pregunta Callie—. Los dos, quiero decir.

—Haremos lo que siempre hemos hecho, y dormiremos hasta que nos despierten los poderosos ángeles —dice.

—Y luego, si es necesario, lucharemos —añade lady Ginebra, y enseña los dientes.

Me resulta familiar.

Puede que hayamos ganado la apuesta, pero mi padre no se dejará convencer tan fácilmente para renunciar al premio al que ha echado el ojo: un sucesor inmediato. Recojo el Grial de la mesa y veo que me cabe perfectamente en el bolsillo.

El Santo Grial es una pequeña y opaca copa de metal que ha llevado siglos escondida a simple vista en una mesa fantasmal. Y es mi billete para escapar de las garras de mi padre, si lo hago bien. Si no, viviré *mi vida* de una manera solitaria.

Y solo.

29
Callie y Luke

Estamos parados fuera de Camelot un instante y al siguiente solo tenemos delante los campos verdes, ahora oscuros, de la abadía de Glastonbury. Mi madre, Jared y Mag acaban de irse con una Vale cantarina.

—¿Cómo viajamos? —pregunto al grupo restante—. ¿Por las buenas o por las malas?

—Esto... Puede que no sea muy buena idea enfadar a Lucifer utilizando el método de los guardianes —dice Porsoth—. Aunque merezcas comodidad.

—Seremos vulnerables durante un tiempo si viajamos en sentido contrario —dice Sean.

—Viajaré sola —dice Saraya—, y así podré protegeros.

—¿Cómo nos encontrarás? —pregunto.

Saraya esboza una sonrisa socarrona.

—Cuando Sean cruzó las fronteras del Infierno, pude seguir su rastro en cualquier parte. Eso significa que puedo encontraros. Estaré justo detrás de vosotros.

—De acuerdo, entonces —dice Luke—. Está decidido.

—No estás solo en esto —le digo, recordándoselo—. Te cubro las espaldas. Todos lo hacemos.

Los ojos de Luke se clavan en los míos y creo que va a confesar... lo que sea que le esté pasando por la cabeza. Pero no lo hace. Desliza una mano hasta mi mejilla, luego baja hasta mi hombro y recorre mi brazo hasta llegar a mi mano. Me inclino hacia delante para seguir su contacto.

—Allá vamos —dice.

La penetrante oscuridad nos rodea enseguida, gritando y amenazando con volverme del revés, como siempre. Estoy tan nerviosa por lo que vaya a pasar que casi consigo bloquear el dolor del zapeo. Casi.

Acabamos en el pórtico exterior adonde Lilith y yo llegamos el día anterior. Agacho la cabeza, con las manos en las rodillas, y respiro a pesar de estar desorientada. Cuando me levanto, Saraya aterriza junto a Sean. Él también se ha adaptado.

Una luna baja y de color rojo aparece en el cielo. ¿Debería seguir viéndose así?

Agnes entra corriendo por la puerta; los guardias gritan tras ella.

—¡Deprisa! —dice.

—Tiene razón. No nos sobra ni un segundo —dice Porsoth, y se dirige hacia la entrada de la Fortaleza Gris a paso ligero.

No queda más remedio que seguirle la corriente.

—Lo hemos conseguido, Agnes —le digo mientras aceleramos.

—¿Ah, sí? —dice con el ceño fruncido. Imagino que le cuesta creerlo.

Deberíamos sentirnos como una brigada conquistadora que está de vuelta. Sean *fue* un reto, pero lo superamos. Agnes va a tener su segunda oportunidad. El problema es que Luke no se siente victorioso. Su sombrío estado de ánimo enturbia cualquier entusiasmo que podamos mostrar ante Lucifer. Pero estoy segura de que el hombre al que amo tiene sus razones. Me consuela saber que, aunque no las comparta, está a punto de revelarlas.

Y yo estaré ahí para que no olvide lo que prometió. Su respuesta tuvo que ser verdadera para que el Grial la aceptara. Vivirá su vida. *La suya.* La de nadie más. Necesita entender que la vida puede ser buena.

Hacemos un recorrido rápido y silencioso por los pasillos hasta que nos detenemos frente a la sala del trono. El soldado sin dedos está de pie como centinela.

—Anúncianos —le ordena Luke.

—Lukas Astaroth Morningstar —dice el centinela. Vacila y nos mira a los demás.

Porsoth se aclara la garganta.

—Con eso bastará —dice Luke.

—Entra. —Nos llega la fría voz de Lucifer.

Luke levanta la mano como diciendo: «¿Ves?».

—Estamos aquí contigo —le digo—. No lo olvides.

Sean dice:

—Tiene razón.

Saraya gruñe como si estuviera de acuerdo. Es conmovedor, sinceramente.

Luke vuelve a dudar, luego se da la vuelta y entra a grandes zancadas en la sala del trono. Aquí estamos, de vuelta donde empezó esta cita interminable. Aunque no me arrepiento.

Sigo a Luke, con Sean y Saraya detrás de mí. Porsoth y Agnes se cuelan los últimos, y van a colocarse junto a Lilith y Rofocale. La madre de Luke se siente aliviada y sonríe, y luego le dedica a Sean una sonrisa más sensual, muy suya. Rofocale tiene una expresión imperturbable y llena de desaprobación.

—Vaya, hijo —dice Lucifer—, me has traído un regalo de despedida. No deberías haberlo hecho. Con su cabeza habría bastado.

Me doy cuenta con horror de que se refiere a Sean. Saraya se pone delante de él.

—No es un regalo —dice Luke—. Es la prueba de que hemos ganado la apuesta. No sigues con el tema de irte, ¿verdad?

—Exacto —salto, antes de que Lucifer pueda contestar—. ¿No te retractarías de nuestro trato, ¿verdad? El alma de Sean está libre y está listo para una segunda oportunidad.

—No habrá una segunda oportunidad para él. —Las alas de Lucifer se abren, intimidantes, porque de lo contrario se quedaría quieto—. Solo puede haber un heredero, hijo, te lo dije. —Se levanta entonces y abandona el trono—. Todo esto es tuyo, hijo. No tienes más que reclamarlo —dice, señalando con la cabeza la ornamentada silla negra.

Luke está inmóvil. Está a punto de tener que tomar una decisión. Creo que no lo había entendido hasta ahora. No podía imaginar que

Lucifer dejara el Infierno, pero, por una vez, parece que no está jugando. ¿Qué va a elegir Luke? ¿Lucifer le está dando a elegir realmente? Lo dudo.

«Piensa rápido, Callie. Deberías poder hacer algo para detener esto».

Luke mete una mano en el bolsillo y saca el Grial, colocándolo de pie sobre la palma de su mano para mostrarlo.

—Esto sí es un regalo. Pero no es para ti; no exactamente. —Los labios de Luke se curvan en una sonrisa fría como el hielo—. Es una carta para librarme de ser el heredero y estoy listo para jugar con ella.

* * *

El jugador está listo; la gran apuesta está en marcha. Callie me mira perpleja, como si no tuviera ni idea de lo que estoy diciendo. Esta es mi única jugada y espero contra todo pronóstico que funcione.

—Has encontrado el Grial —dice Lucifer—. Interesante. Demuestras ser un heredero más digno de lo que pensaba. Por favor, dime que el aburrido Arturo está muerto.

—Más o menos —aporta Callie—. Luke, ¿qué estás haciendo?

—Estaba a punto de hacer la misma pregunta —dice Sean.

—Podría matarte simplemente, repuesto —le dice Lucifer a Sean.

Saraya saca su espada.

—Inténtalo.

—¿Te das cuenta de que aún soy el rey y puedo invocar a los ejércitos del Infierno? —pregunta Lucifer—. Yo también soy un ángel, igual que tu amo.

Saraya duda un instante. Levanta la barbilla.

—Adelante.

Mi madre decide entonces entrar en la refriega.

—¿Por qué no puedes simplemente irte en paz, Lucifer? Nuevo heredero, ¿tienes algún interés en el trono del Infierno?

—No —dice Sean.

—Pues que siga su camino —dice mi madre.

—Y yo tampoco. —Hago aparecer mis alas para dejarlo claro.

—Luke, no te precipites —dice mi madre—. Siempre has sabido que todo esto sería tuyo algún día.

—Nadie me ha preguntado nunca si lo quiero —le digo—. No lo quiero. Dáselo a Rofocale, si quieres.

—Señor... —empieza Porsoth—, no creo que sea lo mejor...

—No —dice Lilith—. Eso no va a pasar.

Rofocale querría protestar, pero se lo guarda para sí.

Las alas de Lucifer se abren y, con dos aleteos, se coloca frente a mí. Desde su posición se permite mirarme de forma amenazadora. Es una posición ventajosa que siempre le ha gustado usar conmigo. Pero me niego a acobardarme.

Ignorándolo, Callie se acerca a mi lado.

—¿Qué estás haciendo? —me pregunta.

No prestarle atención a mi padre mientras está ejerciendo todo el poder de su presencia... Eso no es fácil. Me pregunto si renunciará a alguno de sus poderes; cuánto tiempo planea estar ausente.

—Estoy diciendo que no —le contesto, lo cual es verdad.

Lanzo la copa al aire y luego la atrapo.

—Me han dicho que, entre los muchos poderes que esto tiene, uno es crear un paraíso en cualquier tierra. Y entonces no hará falta un diablo sin un Infierno.

La mandíbula de mi padre se tensa; su rabia es palpable. ¿Lo he vencido? ¿Es eso posible? La idea de Sean era buena, pero pretendía hacerla realidad en el lugar equivocado.

El maldito centinela de la puerta irrumpe para anunciar a alguien.

—¡El arcángel Miguel! —grita, claramente sorprendido.

El ángel resplandeciente que intentó intimidarme la otra noche para que me quedara con el trabajo entra a grandes zancadas para unirse a la fiesta.

Lucifer se gira con incredulidad.

—No sabía que te había invitado a ti —dice.

—Saludos, Lucifer —dice Miguel—. Uno de mis guardianes está aquí —dice mientras mira a Saraya y a Sean—, más bien dos, y por eso puedo estar presente. He oído que te estás preparando para partir.

Sean parpadea. Su reincorporación a los guardianes parece ser una novedad para él. Vuelvo a meterme el Grial en el bolsillo.

—¿Qué haces aquí? —le pregunta Callie a Miguel.

—Sé que tratar con estos advenedizos puede resultar agotador —dice Miguel—. Son muy cansinos.

—*No* eres cansina —le digo a Callie.

—El chico amenaza con hacer del Infierno un Paraíso —dice mi padre, y suspira—. Yo solo quiero tomarme unas vacaciones.

—Eso sería una mala idea —me dice Miguel—. Por lo que tengo entendido, vosotros dos queríais dar una segunda oportunidad a quienes se lo merecían. Eso eliminaría dicha posibilidad. Mientras que tú podrías hacerte cargo y luego hacer lo que quisieras.

Callie se va a dejar influir por esto, pero yo me mantengo firme.

—No seré el heredero.

Abre la boca, pero no discute. Supongo que siempre supe que ella se resistiría si se enfrentaba a la profundidad de mi egoísmo.

—Tengo la intención de vivir mi vida —digo, en voz baja—. Aunque sea solo, será en mis propios términos.

—¿Qué quieres decir con «aunque sea solo»? —Callie me mira boquiabierta y luego resopla—. Sigues pensando que voy a abandonarte, ¿verdad? Eso no va a pasar.

Mi corazón experimenta una inoportuna sacudida de electricidad. Le creo. Empiezo a tener esperanzas.

—¿De verdad no quieres gobernar? —pregunta.

—Nunca he querido. No quiero arriesgarme a ser como mi padre, y no tengo ningún deseo de dirigir el reino. No creo que sirva para eso.

Callie lo asimila y asiente.

—De acuerdo, entonces.

—Alguien debe gobernar —dice mi padre—. Es muy sencillo. Debes ser tú, Luke.

—Eso no es lo que dijiste —dice Callie, y casi puedo ver su mente creando posibilidades—. Solo dijiste que *alguien* debe gobernar...

Me mira y veo cómo su sonrisa se extiende como un cielo. Se vuelve hacia mi padre.

—Yo soy alguien. Yo lo haré.

* * *

Miro fijamente a los fríos, duros y desdeñosos ojos de Lucifer, y lo repito.

—Yo lo haré. Yo gobernaré.

Lilith se acerca a nosotros.

—No es una mala idea —dice con aprobación—. Significaría que nuestro hijo también se queda aquí.

Luke me pone la mano en el brazo.

—Callie, no tienes que hacer esto por mí. Si de verdad quieres que lo haga, yo...

—No —suelto—. No, no quiero que lo hagas. Nunca querría que hicieras algo que no quieres hacer. Pero... ¿qué te parecería ayudarme? Yo me ocuparía de la parte difícil. —Se detiene y me guiña un ojo. ¿Está haciendo mi propia jugada? ¡Qué descaro!—. Solo tienes que estar guapo.

—Soy bueno en eso —le digo—. Pero no creo que entiendas lo que estás diciendo.

—Yo también podría ayudar —dice Porsoth—. Como un querido amigo de confianza.

Lucifer hace un estruendoso batir de alas para silenciarnos.

—Disculpadme —dice.

—No, déjala hablar —dice Miguel.

Sean y Saraya observan lo que sucede como si fuera un partido de tenis, tal vez literalmente, dado lo aficionados que son los guardianes a los deportes. Lucifer se queda callado. Aprovecho mi oportunidad.

—Puntos a favor —le digo a Luke, levantando una mano para contarlos con los dedos (para demostrar que lo estoy entendiendo bien)—.

Tendría un nuevo trabajo, ya que hoy por hoy estoy en paro. Apuesto a que viene con alojamiento y comida incluidos, para los dos. Las cabras pigmeas y los perros están permitidos. Puedo hacer todas las reformas que quiera mientras estemos al cargo. Podemos... estar cerca de nuestros amigos cuando volvamos a casa. No veo ningún punto en contra.

—Hay un gran punto en contra —dice Luke, como si le costara continuar—. Eres humana. No estoy seguro de que sea posible hacer algo así.

«¡Uy!».

—¡Ah! ¿Me olvidé de contártelo? No soy humana. No del todo, al menos.

—¿Qué? —pregunta Luke, sorprendido.

—En ese aspecto, soy como tu madre —contesto. Lilith sonríe—. Porsoth me lo confirmó. Soy más o menos inmortal. Algo sobre viajar de un lado a otro tan a menudo. Creo que esto se me daría bien. Pude usar tus poderes; ¿el trabajo viene con ellos?

—Algunos de ellos —responde Lucifer con un gruñido.

—¿Y no estás asustada por no ser humana del todo? —pregunta Luke—. Debe de ser culpa mía.

No sé cómo hacérselo entender.

—Los problemas en los que nos metemos juntos, es lo único en lo que he sido buena. Es lo único que quiero hacer el resto de *mi* vida.

Me mira con dureza, como si intentara ver si es mentira. «No lo es. Es lo único verdadero».

—Los demonios se rebelarían —gruñe Rofocale.

—No creo que lo hagan —dice Porsoth, insistiendo con un poco de vibrato en la voz—. Sospecho que les gustaría el cambio. Y podría persuadir a los que se atrevieran a desafiarla.

—Debe de haber otros puntos en contra —dice Luke, pero tiene esperanzas. Puedo verlo. Quiere que esto funcione—. ¿Estás segura de que esto es lo que quieres?

—Lo quiero. Puede que sea la primera vez que sé lo que quiero hacer con mi vida. —Me llevo las manos a las caderas y hablo directamente a

Lucifer y Miguel—. Quiero gobernar el Infierno. Y quiero que Luke no tenga que hacer esto o cualquier otra cosa solo porque lo quiere Lucifer. Nunca más.

* * *

No debería ser una sorpresa, dado que últimamente he estado en iglesias, pero creo estar haciendo algo que la mayoría de la gente describiría como «rezar». Estoy rezando para que esto suceda. Nunca quise quedarme aquí y ser un mal soldado para mi padre. Pero ¿quedarme aquí con Callie, mientras ella desempeña algo que la hace feliz? ¿Vivir la vida que quiero a su lado? Sí, por favor.

Sería una gran reina, y ni siquiera se me ocurrió.

—¿Lucifer? —dice Miguel.

—Quieres tomarte esas vacaciones —le digo—. No lo olvides.

Lucifer calla y yo me imagino toda una vida maquinando para conseguirle a Callie lo que ahora sabe que quiere. Si tengo que empezar una guerra contra mi padre, lo convertiré en parte de mi vida. La mía. Ella me ha brindado ese conocimiento, el deseo de vivir por mí mismo. Se lo debo todo, pero no se va a cobrar ninguna deuda. No con amor.

Finalmente me he enfrentado a mi padre.

—De acuerdo —dice Lucifer—. Te doy cien años. Entonces lo discutiremos.

Callie abre mucho los ojos. Mi padre se acerca a mi madre, la besa y se marcha.

—Cien años —dice ella—. Cien años. ¿Está hablando en serio?

—Si no hablara en serio no se habría ido —dice Porsoth—. ¡Qué día tan feliz! ¡Tenemos tantas celebraciones que organizar! ¡Oh, y tu coronación! Estarás radiante.

Miguel también se ha ido. Sean y Saraya siguen aquí.

—No me lo esperaba —dice Sean, y me da un medio abrazo fraternal.

—Ahora no perdamos el contacto —digo.

—Eso. —Callie se acurruca a mi lado con la cara radiante de alegría—. Por favor, venid a visitarnos. A menudo. O podemos visitaros nosotros.

—Ahora vas a ser la reina del Infierno —señala Saraya.

—Es solo un trabajo —dice Callie.

¡Oh, guau! ¡Que se prepare el Infierno!

—Entonces nos veremos pronto —dice Sean—. Gracias a los dos, por todo.

«Todo» es Saraya, el centro de su universo.

—Cuando quieras. Bueno, espero que no sea de la misma manera —digo—, ya me entiendes.

Saraya y él se rodean el cuello con los brazos y, con un último adiós por parte de Sean, abandonan nuestras fronteras. Lo percibo.

Miro a Callie y ella a mí.

—Pero yo quiero alas —dice. Luego aclara—: Las mías.

—Algo podrá hacerse —dice Porsoth con una risita—. Consultaré a los hechiceros inmediatamente.

—Puedo sacar los volúmenes pertinentes de la biblioteca —interviene Agnes.

—¿No quieres irte ya? —pregunta Callie—. Tú puedes.

—No estoy preparada —declara Agnes con un encogimiento de hombros.

Callie y yo nos miramos, pero no decimos nada. Se me ocurre otra cosa y meto la mano en el bolsillo para comprobarlo. Sí, tengo razón.

—Sean ha robado el Grial —digo.

Callie aplaude y su alegría es lo mejor que haya visto jamás.

Epílogo
Callie

Ha llegado el día de la coronación. *Mi* día de la coronación, como reina del Infierno. Luke ha insistido en que le llamen «príncipe regente», al menos hasta el día que nos casemos, para que quede claro quién manda. Resulta que a mi yo supercontrolador... le encanta estar al mando.

Porsoth y yo hemos pasado varios días en la biblioteca repasando reglamentos antiguos y discutiendo algunos retoques. A Rofocale se le ha asignado la supervisión del primer grupo de segundos cancilleres. Ha entrado en razón más rápido de lo que esperaba. Porsoth dice que siempre le he caído bien, y soy consciente de que es mentira. Pero incluso acepta órdenes de Luke sin quejarse directamente.

Agnes ha estado trabajando con él, aplazando su marcha, lo que no me esperaba. Dice que esto ya le parece una segunda oportunidad, pero que se reserva el derecho de irse si nos volvemos insoportables. No he señalado la ironía de que hicimos todo esto por ella y ahora parece feliz donde está. Una verdadera jugada de Agnes.

También hemos conseguido idear un medio con pañuelos para que mi familia pueda venir de visita cuando quiera. Mi madre traerá a Vale hoy como su cita. Le dijimos a Jared que dejara su apartamento a alguna encantadora pareja humana. Espero que sean felices en él.

Se oye un silbido detrás de mí y estoy sonriendo cuando me giro para mostrar mi falda de brocado negro. Los sastres del Infierno han trabajado en esta confección gótica durante seis semanas y parece demasiado exquisita para ponérsela. No soy *yo* del todo, pero Porsoth me ha recordado que ahora tengo un puesto importante y que «precisamente hoy» tengo que dar la talla.

Y me gusta. Me gusta especialmente cómo me mira Luke, que está impresionante con su traje negro. Bosco y Cupcake, que han estado pasando el rato en la antesala de nuestros aposentos, entran corriendo por detrás de él. Hacen un círculo, emocionados, a mi alrededor y luego vuelven a salir por la puerta. Ver cómo el personal demoníaco los trata como mascotas reales es muy divertido.

—Eres todo un espectáculo —dice Luke, como si acabara de recuperar la capacidad de hablar.

—Continúa —le digo, y giro una vez más para asegurarme.

—¡Oh, no! Te estás convirtiendo en mí —dice.

Arrugo la nariz para demostrarle que *no* es así.

—Tienes algo en la cara —le digo mientras se acerca a mí.

Me pasa el brazo por la cintura.

—No, tú tienes algo en la cara.

—Porsoth me matará si estropeo este vestido —digo.

—Ahora eres su jefa. Y mía —dice, y se inclina para besarme. Dura lo suficiente como para que pase de ser un «beso rápido» a un «estamos empezando algo». Aparto la pesada cortina de la ventana para asomarme. Las llanuras siguen cubiertas de demonios que se dirigen a la Fortaleza Gris para la ceremonia.

—¿Sabes? A veces quiero decirlo, las palabras —digo—. Te quiero.

—Y yo a ti —dice Luke. Nuestras respiraciones se entremezclan. Siento la piel caliente, como si pudiera quitármela igual que me quitaría este vestido.

—Entonces —dice—, ¿tenemos que llegar a tiempo?

Hago una pausa para reflexionar.

—No —digo—. Lo he consultado con el líder. Desde luego que no.

Se ríe y me toma en brazos, con faldas complicadas y todo, y se dirige a la cama. Nuestra cama. Nuestra vida juntos.

Y es solo el principio.

Agradecimientos

Ningún libro es fácil, pero escribir este durante la pandemia fue especialmente difícil. Mi primer agradecimiento es para Tiffany Shelton y Jennie Conway, mis comprensivas editoras, que nunca se asustaron porque necesitara un poco (o mucho) tiempo extra. Jennie, me guiaste hasta la meta con este libro y te estaré eternamente agradecida. Ya que estamos, incluyamos a todo el equipo de profesionales de St. Martin's: Kerri Resnick por la increíble portada y el fabuloso equipo de *marketing* y relaciones públicas: Mary Moates, Erica Martirano y Kejana Ayala. Es un placer trabajar con vosotros.

Al grupo del Zoom de los viernes (C, Richard Butner, Ted Chiang, Kelly Link, Gavin Grant, Karen Joy Fowler, Molly Gloss, Barb Gilly, John Kessel, Jim Patrick Kelly, Kristin Livdahl e invitados), por ser un faro de luz cada semana y por vuestra simpatía hacia la escritura.

A mis queridos amigos Kami Garcia y Sam Humphries, lo mismo. Kami, no habría acabado este libro sin ti.

A los Moonscribers, mi querido grupo de escritura, y a los excepcionales escritores de la Lexington Writer's Room por su sentimiento de comunidad.

Mis agentes, Jennifer Laughran y Kate McKean, son las mejores y nunca me llevan por mal camino. Es un regalo tenerlas a mi lado.

Las mascotas (Puck, Sally, Izzy, Phoebe y Stella) no ayudáis a escribir los libros, pero sois esenciales para que yo lo haga, aunque no podáis leer esto.

Christopher Rowe, sigues siendo lo mejor de mi vida. Gracias por el patio para la escritura y todo lo demás.

Sobre la autora

Gwenda Bond es autora superventas de numerosas novelas, entre ellas las trilogías de Lois Lane y Cirque American. Escribió la primera novela oficial de «Stranger Things», *Mentes peligrosas*, y también creó *Dead air,* una serie de misterio y pódcast guionizado escrito junto con Carrie Ryan y Rachel Caine. *Diabólicamente sexy* fue su primera comedia romántica para adultos.

Sus artículos de no ficción han aparecido en *Publishers Weekly, Locus Magazine, Salon, Los Angeles Times* y muchas otras publicaciones. Es licenciada en Bellas Artes por el Vermont College of Fine Arts. Vive en una casa centenaria de Lexington, Kentucky, con su marido y sus revoltosas mascotas. Cree que se ha escapado de una comedia de los años cuarenta. Escribe una *newsletter* mensual a la que puedes suscribirte en su web y también puedes seguirla en Twitter.

¿TE GUSTÓ ESTE LIBRO?

escríbenos y
cuéntanos tu opinión en

 /Sellotitania /@Titania_ed

 /titania.ed

#SíSoyRomántica